# annabrevet
## SUJETS & CORRIGÉS 2025



# Histoire-Geo 3e
## Enseignement moral et civique


- **Christophe Clavel**
  Professeur agrégé d'histoire-géographie
  au collège Léonard de Vinci (Bois-Guillaume)
- **Jean-François Lecaillon**
  Professeur certifié d'histoire-géographie



ISSN 1168-3791 ISBN 978-2-401-10562-1

Achevé d'imprimer par IPS en France
Dépôt légal n° 10562-1/01 - Août 2024



Hatier

# SOMMAIRE

**Avec ton Annabrevet, prépare-toi à l'épreuve d'histoire-géographie EMC** en 3 étapes !



## 1 S'échauffer, s'approprier les méthodes



## 2 S'entraîner sur chaque thème du programme

## 3 Préparer l'épreuve écrite : le sprint final



### Les vidéos de l'ouvrage

Sur la chaîne Youtube **annabrevet** retrouve des vidéos de cours et de méthode !

# Les sujets et les fiches classés par thème

Pour chaque thème, voici les ressources de ton Annabrevet.

Indique sur cette liste l'avancement de tes révisions.
☐ À retravailler encore ☒ Désormais OK !

## HISTOIRE

### L'Europe, un théâtre majeur des guerres totales (1914-1945)

#### Civils et militaires dans la Première Guerre mondiale



#### Démocraties fragilisées et expériences totalitaires (entre-deux-guerres)



#### La Deuxième Guerre mondiale, une guerre d'anéantissement

## Françaises et Français dans une république repensée

### 1944-1947 : refonder la République, redéfinir la démocratie



### La Vᵉ République (1958-1995)



### Femmes et hommes dans la société française (années 1950-1980)



# GÉOGRAPHIE

## Dynamiques territoriales de la France contemporaine

### Les aires urbaines, une nouvelle géographie d'une France mondialisée

## Les espaces productifs et leurs évolutions



## Les espaces de faible densité et leurs atouts



# Pourquoi et comment aménager le territoire ?

## Aménager pour répondre aux inégalités entre territoires français

## Acquérir et partager les valeurs de la République



## Construire une culture civique




- Coordination éditoriale : Gaëlle Messé et Grégoire Thorel assistés d'Élise Pavageau
- Graphisme : Dany Mourain et le studio Favre & Lhaïk
- Prépresse : Hatier
- Infographie : Vincent Landrin
- Illustration : Juliette Baily
- Cartographie et schémas : STDI
- Mise en page : STDI

# Les vidéos associées à l'ouvrage

**Retrouvez l'ensemble de ces vidéos sur la chaîne Youtube annabrevet**

- Régimes totalitaires
hatier-clic.fr/bvt_hge_01

- La France défaite et occupée
hatier-clic.fr/bvt_hge_02

- La naissance de la Ve République
hatier-clic.fr/bvt_hge_03

- Les espaces productifs industriels en France
hatier-clic.fr/bvt_hge_04

- Les espaces de faible densité et leurs atouts
hatier-clic.fr/bvt_hge_05

- Aménager le territoire français
hatier-clic.fr/bvt_hge_06

- L'Union européenne : une puissance stratégique ?
hatier-clic.fr/bvt_hge_07

- La laïcité un concept à géométrie variable ?
hatier-clic.fr/bvt_hge_08

- Le président de la République a-t-il vraiment tous les pouvoirs ?
hatier-clic.fr/bvt_hge_09

- Les explorateurs de l'engagement
hatier-clic.fr/bvt_hge_10

# S'échauffer, s'approprier les méthodes

## INFOS et CONSEILS sur l'épreuve



## Trois sujets ÉTAPE par ÉTAPE

# 1 Comment s'organise l'épreuve ?

**L'épreuve comporte trois exercices : une analyse de document(s), un développement construit et un exercice d'enseignement moral et civique.**

## A Quelles sont les modalités de l'épreuve ?

### 1. La durée

- L'épreuve dure **2 heures**. Les trois exercices étant distribués dès le début de l'épreuve, tu peux répartir ton temps comme suit :

– **45 minutes** pour l'analyse de document(s) ;
– **45 minutes** pour le développement construit et la tâche graphique ;
– **25 minutes** pour l'EMC.

- Il te restera ensuite **5 minutes** pour te relire.

### 2. Le barème

L'ensemble de l'épreuve est noté sur **50 points**. Les deux premiers exercices sont notés sur **20 points** chacun, tandis que l'EMC est noté sur **10 points**.

> REMARQUE **La répartition des points est équilibrée : tu ne dois négliger aucun exercice !**

## B Comment se déroule l'épreuve ?

### 1. Analyser et comprendre des documents

- L'exercice 1 porte sur un document, parfois deux, se rapportant soit au programme d'**histoire**, soit au programme de **géographie**.
- Il a pour objectif de vérifier que tu sais **analyser et interpréter** un document en t'appuyant sur tes connaissances.

### 2. Maîtriser différents langages pour raisonner

- L'exercice 2 comprend une ou deux questions se rapportant soit au programme d'**histoire** (si la géographie a été traitée dans l'exercice précédent), soit à celui de **géographie** (si l'histoire a été traitée précédemment).

● La première question appelle une réponse rédigée sous la forme d'un **développement construit**, dont la longueur est précisée dans la consigne (généralement une vingtaine de lignes).

● Généralement, une seconde question met en jeu un autre langage, à travers un **support graphique**.

### 3. Enseignement moral et civique

● L'exercice 3 se rapporte à un thème de ton programme d'EMC. Il comprend un ou deux documents, associé(s) à trois ou quatre questions.

● Il vise à évaluer ta connaissance des **valeurs, principes, notions et acteurs** nécessaires à la vie commune au sein d'une société démocratique.

## C En résumé

**Épreuve d'HISTOIRE-GÉO. EMC**

**DESCRIPTIF**

- 2 heures
- 50 points
- 3 exercices
  - d'histoire
  - de géographie
  - d'EMC

**MÉTHODE**

1. Répondez de manière claire et concise aux premières questions portant sur le(s) document(s).
2. Organisez votre développement construit en 2 ou 3 paragraphes.
3. En EMC, essayez de vous projeter dans la situation pratique décrite.

**CONSEIL**

Pendant l'année, apprenez régulièrement les repères temporels et spatiaux pour pouvoir réaliser la tâche graphique (frise chronologique, schéma, carte).

# 2 Comment réussir l'analyse de document(s) ?

**L'analyse d'un ou de deux documents, en histoire ou en géographie, est guidée par des questions.**

## A Comment t'y préparer ?

- Tout au long de l'année, tu études des documents avec ton professeur. Suivre attentivement ces exercices réalisés en classe est essentiel dans l'optique de l'examen.
- **Le piège à éviter** : considérer que le document te dispense d'apprendre tes leçons, et croire qu'avec un document sous les yeux, tu auras toujours quelque chose à dire. Bien au contraire : un document d'histoire ou de géographie ne peut prendre tout son sens que si **tu y reconnais des éléments de ton cours**.

## B Comment faire le jour de l'épreuve ?

- Les questions, au nombre de 4 ou 5, appellent des réponses de longueur inégale. Lis-les toutes avant de commencer à y répondre.
- On te pose généralement, en premier lieu, quelques questions simples pour **identifier et présenter le document** (auteur, date, type, contexte).

> ATTENTION ! **Lis bien les questions : « relever » ou « citer » n'est pas la même chose que « expliquer » ou « montrer ».**

- Ensuite, on te demande de **relever des informations** dans le document, parfois d'**expliquer un extrait** ou un point précis (une phrase d'un texte, un point d'une courbe, un chiffre d'un tableau), puis d'en **dégager le sens** historique ou géographique.
- Enfin, souvent, la dernière question t'invite à mettre en relation différents aspects du document ou de tes réponses pour construire une **réponse plus approfondie**. Là, ta connaissance du cours est essentielle.

## C Comment décrocher la mention ?

- Ne te contente pas de paraphraser le document. Efforce-toi d'y retrouver des éléments de ton cours et de les expliciter.
- Utilise le **vocabulaire spécifique**, les mots-clés du chapitre sur lequel porte le document.
- Fais **plusieurs petits paragraphes** pour développer tes idées dans la question de synthèse, qui rapporte souvent de nombreux points.

# 3 Comment réussir le développement construit et la tâche graphique ?



**Le deuxième exercice évalue ta maîtrise de l'écrit (développement construit) et du langage visuel (tâche graphique).**

## A Comment t'y préparer ?

- Rédiger un développement construit exige deux choses : une bonne **connaissance du sujet** et une certaine **habitude de rédiger**. Les deux viennent en s'entraînant.
- Le sujet porte sur une partie du cours : il n'y a donc guère de surprise à attendre. Apprends tes leçons, **rédige des fiches** et relis-les pour en **mémoriser le plan.**
- Les tâches graphiques doivent elles aussi faire l'objet d'un apprentissage régulier. En **histoire**, il s'agira de placer des dates sur une frise, de nommer une période ou un personnage ; en **géographie**, on te demandera de placer des noms sur une carte, de compléter une légende ou un schéma.

## B Comment faire le jour de l'épreuve ?

- Commence par la **tâche graphique**. N'y consacre pas plus de dix minutes.

> CONSEIL **N'oublie pas d'apporter une règle et des crayons de couleur !**

- Consacre-toi ensuite au **développement construit**. Là, le piège à éviter est le hors sujet ! Surligne les termes clés du sujet et définis-les, note au brouillon quelques dates ou personnages en histoire, quelques chiffres ou localisations en géographie. Appuie-toi sur le plan de ton cours pour organiser ton propos, en **deux ou trois parties**.

## C Comment décrocher la mention ?

- **Soigne** la tâche graphique : écris lisiblement, colorie proprement. Cela t'évitera de perdre bêtement des points !
- Pour le développement construit, veille à employer le **vocabulaire spécifique** de chaque leçon, que le correcteur s'attend à trouver.
- Une phrase d'**introduction** et une de **conclusion** te permettront à coup sûr de gagner des points. En géographie, un petit **schéma** (propre et dans le sujet) sera très vivement apprécié.

> REMARQUE **Les correcteurs ont toute liberté pour ajouter des points hors barème afin de valoriser une copie particulièrement brillante.**

# 4 Comment réussir l'exercice d'EMC ?

**L'évaluation des compétences d'EMC repose sur un ou plusieurs documents et sur une mise en situation.**

## A Comment t'y préparer ?

- Le programme d'EMC n'est pas très long, mais il faut surtout en comprendre la dimension civique et morale. On attend donc de toi de la **réflexion personnelle** et de l'**engagement**.
- L'épreuve d'EMC comporte **un ou deux documents**, que tu devras étudier en répondant à quelques questions, de façon tout à fait comparable à l'histoire ou à la géographie.
- La dernière question comporte une **mise en situation pratique**. Tu dois te projeter dans la situation proposée et rédiger ta réponse en intégrant des éléments de connaissances. La longueur demandée est précisée dans la consigne.

## B Comment faire le jour de l'épreuve ?

- La plupart des éléments permettant de répondre aux questions se trouvent dans le ou les documents. Mais il peut aussi y avoir des questions de définition.
- La dernière question est celle qui rapporte le plus de points. Commence par noter au brouillon les **connaissances essentielles** qui se rapportent au sujet. Puis, toujours au brouillon, bâtis le **plan** de ta réponse, afin de développer des arguments construits tout en respectant la forme demandée (lettre, discours devant les autres élèves, etc.).

> ATTENTION ! **Évite les jugements rapides. Reste toujours nuancé et réfère-toi aux principes démocratiques vus en cours.**

## C Comment décrocher la mention ?

- Les **méthodes rédactionnelles** vues en cours de français te seront certainement très utiles pour la question finale : procédés d'argumentation, caractéristiques des différents types de texte, etc.
- Si tu as quelque connaissance de l'**actualité**, il est recommandé de t'en servir si elle s'applique au sujet.
- N'oublie pas que l'épreuve d'EMC permet de montrer ton **engagement**. Il est toujours très valorisé de montrer en quoi le sujet te concerne personnellement, en tant que jeune et futur citoyen.

# La France défaite et occupée

45 min
20 points

▶ Histoire : L'Europe un théâtre majeur des guerres totales (1914-1945). La France défaite et occupée.

**CONSEIL**
Lis bien les premières lignes du sujet qui font le lien avec ton programme.

**DOCUMENT 1** Entrevue de Montoire-sur-le-Loir entre le [maréchal Pétain] et Hitler en zone occupée, le [24 octobre 1940]

[Quelle est la fonction du maréchal Pétain ?]
[Quel est le contexte ?]

ph© Ullstein Bild/Akg-Images

**CONSEIL**
Lors de ta première lecture du sujet, sois particulièrement attentif au titre des documents. Pose-toi toutes les questions nécessaires.

## DOCUMENT 1

▶ **1.** Dans quel contexte politique et militaire se trouve la France au moment où est prise la photographie ? *(4 points)*

▶ **2.** Qui sont les deux personnages qui se serrent la main au premier plan ? Quelles sont leurs fonctions ? *(4 points)*

▶ **3.** Quelle est la conséquence de cette rencontre pour la France ? *(2 points)*

**CONSEIL**
Lis attentivement les questions et surligne, dans chacune d'elle, le(s) mot(s) sur le(s)quel(s) elles portent.

**DOCUMENT 2** **Affiche relayant l'appel du [18 juin 1940] du [général de Gaulle] radiodiffusé à [Londres]**

[Confronte cette date à celle du document 1.]
[Quelle est sa situation ?]
[Quel est le sens de ce lieu ?]

A TOUS LES FRANÇAIS

*La France a perdu une bataille!*
*Mais la France n'a pas perdu la guerre!*

Des gouvernants de rencontre ont pu capituler, cédant à la panique, oubliant l'honneur, livrant le pays à la servitude. Cependant, rien n'est perdu!

Rien n'est perdu, parce que cette guerre est une guerre mondiale. Dans l'univers libre, des forces immenses n'ont pas encore donné. Un jour, ces forces écraseront l'ennemi. Il faut que la France, ce jour-la, soit présente à la victoire. Alors, elle retrouvera sa liberté et sa grandeur. Tel est mon but, mon seul but!

Voila pourquoi je convie tous les Francais, où qu'ils se trouvent, à s'unir à moi dans l'action, dans le sacrifice et dans l'espérance.

Notre patrie est en peril de mort.
Luttons tous pour la sauver!

VIVE LA FRANCE !

GÉNÉRAL DE GAULLE

QUARTIER-GÉNÉRAL,
4, CARLTON GARDENS,
LONDON, S.W.1.





**DOCUMENT 2**

▶ **4.** D'où le général de Gaulle lance-t-il l'appel du 18 juin 1940 et pourquoi ? *(3 points)*

▶ **5.** Que demande le général de Gaulle aux Français ? *(3 points)* *(Trois réponses sont attendues.)*

▶ **6.** Expliquez la phrase soulignée sur l'affiche. *(4 points)*

ÉTAPE 1 au brouillon

## Identifier le chapitre concerné et mobiliser ses connaissances

8 min

*Le temps pour chaque étape est indicatif, adapte-le à ton propre rythme.*

Prends le temps de lire **l'énoncé et les titres** des documents pour identifier la partie du programme à traiter (voir les annotations de l'énoncé). Parcours rapidement **les questions**.

Les notions que les documents et les questions m'inspirent :

- collaboration
- armistice
- résistance
- débâcle
- régime de Vichy
- occupation

ÉTAPE 2 au brouillon

## Comprendre les documents

8 min

Identifie la **nature**, l'**auteur**, la **date** et le **thème** de chaque document.

Note en marge ce que ces informations te suggèrent et demande-toi si elles confirment ton hypothèse sur le thème du sujet (étape 1) ; complète en notant les idées qui te viennent à l'esprit.

Document 1

- **Nature** : photographie d'actualité
- **Auteur** : source allemande
- **Date** : 24 octobre 1940 (4 mois après l'armistice)
- **Thème** : poignée de main entre Pétain et Hitler. La rencontre inaugure la politique de collaboration de Vichy avec l'Allemagne nazie.

Document 2

- **Nature** : affiche politique
- **Auteur** : discours à l'adresse des Français, par le général de Gaulle
- **Date** : 18 juin 1940
- **Thème** : alors que Pétain négocie l'**armistice**, de Gaulle invite les Français à poursuivre la lutte, à **résister**.

ÉTAPE 3 au propre

## Répondre à la question 1

5 min

Le contexte demandé est **double** : politique et militaire. Ta réponse devra donc évoquer **deux situations distinctes**.

▶ 1. Au moment où est prise la photographie, la France est un pays militairement vaincu. Par l'armistice du 22 juin 1940, elle a accepté sa défaite et cédé l'Alsace-Lorraine à son vainqueur. Depuis le 11 juillet 1940, elle est dirigée par le maréchal Pétain, désigné « chef de l'État ». Celui-ci contrôle l'ensemble des pouvoirs politiques (exécutif, législatif et judiciaire). Il dirige la zone libre depuis Vichy. Occupées, la zone nord et la côte atlantique sont sous le contrôle des Allemands.

**LÉGENDE**
contexte militaire
contexte politique

**CONSEIL**
La question vaut 4 points, cela suggère que chacune des deux réponses doit contenir au moins deux précisions.

ÉTAPE 4 au propre

## Répondre à la question 2

5 min

Ne te contente pas d'identifier les deux personnages et de leur attribuer un titre. Sois d'autant plus **précis** que la réponse est en partie donnée dans le titre du document. Au-delà du titre (« chef de l'État » pour l'un, « Führer » pour l'autre), précise le **pouvoir** que chacun détient.

▶ 2. Les deux personnages qui se serrent la main sont : Adolf Hitler à droite, le Führer de l'Allemagne nazie, celui qui a tous les pouvoirs pour la diriger ; le maréchal Pétain à gauche, chef de « l'État français » ou régime de Vichy, responsable de la zone libre.

**CONSEIL**
Indique la position de chacun sur la photographie, pour montrer que tu les reconnais.

S'ÉCHAUFFER

ÉTAPE 5 au propre

## Répondre à la question 3

6 min

La réponse n'est pas dans le document : celui-ci est prétexte à exposer ce que tu sais sur le sujet qu'il illustre.

Tu as déjà repéré le thème de la photographie (étape 2) : la **collaboration**. Appuie-toi sur ton cours pour en proposer une **définition concrète.**

▶ 3. La conséquence de cette rencontre est la mise en place d'une politique de collaboration de la France avec l'Allemagne. La première aide la seconde sur le plan économique (fournitures agricoles et industrielles, envoi de volontaires en Allemagne), militaire (ouvertures de bases navales, lutte contre la Résistance) et idéologique (adoption de lois antisémites et aide à la déportation des Juifs).

**CONSEIL**
Pour valoriser ta réponse, donne des exemples concrets (des faits ou des événements) qui l'illustreront, comme ceux donnés ici entre parenthèses.

ÉTAPE 6 au propre

## Répondre à la question 4

5 min

La réponse à cette question est dans le titre du document, mais il ne suffit pas de la recopier. Pars de ce titre pour **rappeler le contexte militaire** de juin 1940.

En confrontant l'appel du 18 juin au document 1, décris la situation de la France après l'armistice.

▶ 4. Le général de Gaulle lance son appel du 18 juin 1940 depuis Londres. L'occupation du nord de la France par les Allemands, le contrôle du Sud par le régime de Vichy ne lui permettent pas d'exprimer son opinion depuis son propre pays. Allié de la France au début de la guerre, le Royaume-Uni continue de lutter contre l'Allemagne.

**CONSEIL**
Quand tu récites ton cours, fais des phrases courtes : sujet, verbe, complément.

ÉTAPE 7 au propre

## Répondre à la question 5

5 min

La question porte sur le **contenu** de l'appel. **Surligne** dans le texte tout ce qui relève d'une demande ou d'un vœu.

**Trois réponses** sont attendues. Si tu en as le temps, n'hésite pas à compléter avec d'autres éléments.

▶ **5.** De Gaulle convie les Français « à s'unir » à lui (3e paragraphe), soit en le rejoignant à Londres, soit en entrant en résistance.
Il les invite à laisser de côté leurs divergences d'opinions.
Il les convie ensuite à « lutter » pour sauver la France. Cette « action » doit combattre les Allemands pour libérer le pays ; elle doit aussi renverser le régime de Vichy pour rétablir la « liberté » et la « grandeur » (ou réputation) du pays (2e paragraphe).

**CONSEIL**
Quand tu tires une information d'un texte, cite le passage ou le mot qui te donne raison. Montre au correcteur où elle se trouve et prouve-lui que tu n'inventes rien.

ÉTAPE 8 au propre

## Répondre à la question 6

5 min

Relis attentivement le passage et cherche le(s) mot(s) qui mérite(nt) éclaircissement : « Rien n'est perdu parce que cette guerre est une guerre mondiale ».

Appuie-toi sur tes **connaissances** pour expliquer ce que ces termes signifient. Cherche aussi **dans le texte** ce qui peut les justifier.

▶ **6.** « Rien n'est perdu, parce que cette guerre est une guerre mondiale. » Par ces mots, de Gaulle rappelle que l'Allemagne n'a pas gagné la guerre. De Gaulle pense aux « forces immenses qui n'ont pas encore donné ». Ces forces peuvent être celles que détient la France dans ses colonies ; ce sont aussi celles des États-Unis qui aident les Britanniques. La guerre peut aussi s'étendre à l'Est et à l'URSS.

2 Géo : maîtriser les différents langages *étape* par *étape*

S'ÉCHAUFFER

# Dynamiques des espaces touristiques français

45 min
20 points

▶ **1.** Rédigez un texte structuré d'une vingtaine de lignes montrant que la mondialisation transforme les espaces productifs touristiques français. Vous pouvez vous appuyer sur un exemple étudié en classe. *(15 points)*

**CONSEIL**
Quand tu lis l'énoncé, commence par repérer les termes qui te permettent d'identifier le chapitre du programme concerné.

▶ **2.** Sur le fond de carte *(5 points)* :
- Localisez et nommez trois mers ou océans.
- Pour les éléments suivants, choisissez un figuré adapté dans la légende, puis localisez et nommez :
– le principal pôle touristique français et mondial ;
– deux régions de tourisme balnéaire ;
– une région de tourisme montagnard et une région de tourisme vert ;
– un grand aménagement touristique (ex. : Futuroscope, Parc Astérix, Disneyland Paris).

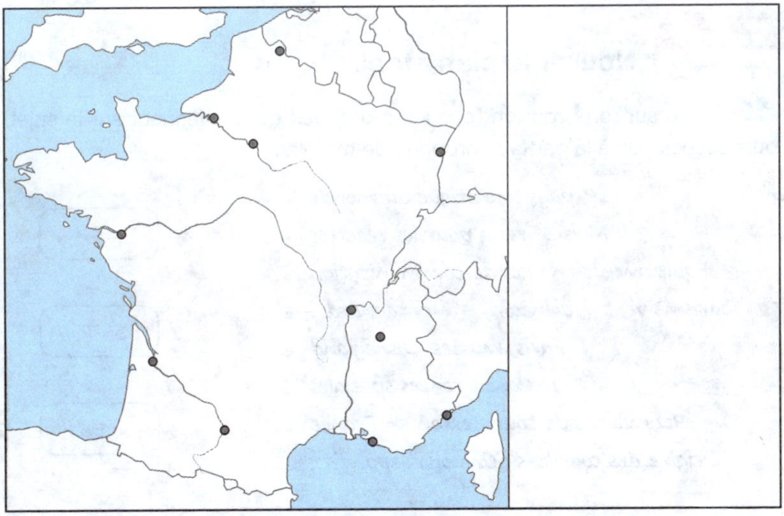

## ÉTAPE 1 — au brouillon

## Identifier le chapitre concerné et mobiliser ses connaissances

10 min

*Le temps pour chaque étape est indicatif, adapte-le à ton propre rythme.*

Lis attentivement le sujet. **Surligne les termes essentiels** sur cet énoncé, en particulier ceux qui pourraient te conduire à un hors sujet.

→ Le chapitre en question est celui des espaces productifs.
Attention : rester sur les espaces touristiques (éviter le hors sujet sur l'agriculture ou l'industrie, par exemple).

Au brouillon, note les **grandes parties du plan du cours** que tu as appris dans l'année. Pour la conclusion, tu peux faire le lien avec l'actualité si c'est pertinent.

Intro : le tourisme est un service.
I. La France, un grand pays de tourisme
II. Les différents types de tourisme en France
III. Les conséquences spatiales des activités touristiques
Conclusion : la COVID, crise sanitaire, crise touristique

**CONSEIL**
Vérifie donc l'énoncé de la tâche graphique. Il peut te souffler des idées !

## ÉTAPE 2 — au brouillon

## Nourrir le plan établi

5 min

Note sur ton brouillon tous les **mots clés** qui te viennent sur le sujet, puis associe-les à la partie appropriée de ton plan.

- 1er pays touristique au monde
- Mais 3e rang pour les recettes
- Équipements en axes de communication
- Tourisme vert – balnéaire – montagnard…
- Paris, musées, Disneyland
- Concurrences spatiales
- 90 millions de touristes/an en France
- Origine des touristes : Chinois, Japonais…

Partie I

Partie II

Partie III

**Rappelle-toi l'exemple vu en classe** avec ton professeur et note la ou les partie(s) où l'exploiter.

*Exemple vu en classe : Cap d'Agde, station balnéaire, Languedoc*
*→ parties II et III*

**Organise rapidement tes idées** dans chaque partie pour que le déroulé de ton propos soit logique.

Voici ce que ce travail pourrait donner pour la première partie de ton développement.

**Partie 1**

**I. La France, un grand pays de tourisme**

- *La France, 1er pays touristique au monde*
  - *→ le tourisme génère 2 millions d'emplois*
  - *→ il représente 7,2 % du PIB*
- *L'origine variée des touristes*
  - *→ 90 millions de touristes en 2018*
  - *→ 54 milliards d'euros de recettes générés*
- *Des recettes moindres par rapport aux autres pays*
  - *→ la France, 3e pays en termes de recettes*

## ÉTAPE 3 au propre — Rédiger le paragraphe construit

20 min

**Suis le plan que tu as défini** au brouillon. Saute une ligne entre introduction, développement et conclusion. À chaque partie, crée un nouveau paragraphe et marque-le par un alinéa.

*▶ 1. Le secteur tertiaire, qui produit des services et non des biens, est aujourd'hui le seul à créer des emplois : il représente 76 % de la population active.*

Parmi ces services, le tourisme est une activité majeure sur le territoire : la France est le premier pays touristique mondial (2 millions d'emplois, 7,2 % du PIB), avec près de 90 millions de touristes étrangers en 2018, surtout européens, et plus de 54 milliards d'euros de recettes. Ainsi, la mondialisation entraîne une augmentation du nombre de touristes, mais aussi une diversification de leur origine : aux habituels Américains et Japonais s'ajoutent aujourd'hui les touristes venus des pays émergents (Chinois, Russes). La France visee 100 millions de touristes étrangers et cherche à maximiser les recettes, pour lesquelles elle n'est que troisième.

Cette fréquentation record s'explique par la grande variété du territoire et l'extrême richesse du patrimoine français. Tous les types de tourisme y sont représentés (voir carte) : culturel (Paris), d'affaires (encore Paris, première ville de congrès du monde), historique (les plages du débarquement en Normandie), religieux (pèlerinages de Lourdes ou Vézelay), gastronomique (Lyon, Sud-Ouest), balnéaire (Côté d'Azur), montagnard (Alpes du Nord), vert (Gorges du Verdon, parcs naturels).

L'activité touristique peut être diffuse, tel le tourisme vert, mais elle marque souvent fortement l'espace, par ses aménagements. C'est le cas de la station balnéaire intégrée du Cap d'Agde sur la côte languedocienne. Le tourisme balnéaire de masse suppose en effet des voies d'accès (autoroute A9), des hébergements (hôtels, campings), des infrastructures de loisirs (ports de plaisance, parcs d'attractions, île artificielle dite « île des Loisirs ») et de commerces (hypermarchés). Avec la mondialisation des pratiques touristiques, la pression sur les territoires devient très forte, engendrant des concurrences entre les acteurs (concurrence hôtels/AirBnB, par exemple), voire dans certains cas extrêmes un refus du tourisme.

La crise sanitaire de la COVID-19 a cependant durement touché le secteur du tourisme. La mondialisation ne fait pas que transporter des touristes : elle facilite aussi la diffusion du virus.

**CONSEIL**
Tu peux éventuellement souligner l'idée principale de chaque partie, que tu écriras généralement en tête de paragraphe. Quelles idées vas-tu souligner dans les parties 2 et 3 ?

**CONSEIL**
N'oublie pas de renvoyer à la carte quand tu le peux.
Tu peux aussi donner des exemples tirés de tes propres vacances.

**CONSEIL**
Tu dois utiliser dans ta copie un exemple vu en classe dans l'année. Ici, les noms de lieux proviennent de la station balnéaire du Cap d'Agde.

ÉTAPE 4 au propre

## Réaliser la tâche graphique

10 min

Visualise mentalement le résultat final avant de te lancer. Commence par les aplats de couleurs, termine par les noms.

N'hésite pas à choisir des **couleurs** en rapport avec le type de tourisme (bleu pour le tourisme balnéaire, vert pour le tourisme vert…). Utilise des crayons de couleurs pour les surfaces. Écris les noms en script.

Sois très soigneux dans la réalisation de la carte. Il est en effet possible que le barème comporte un ou plusieurs points pour ce critère.

▶ 2. Tâche graphique

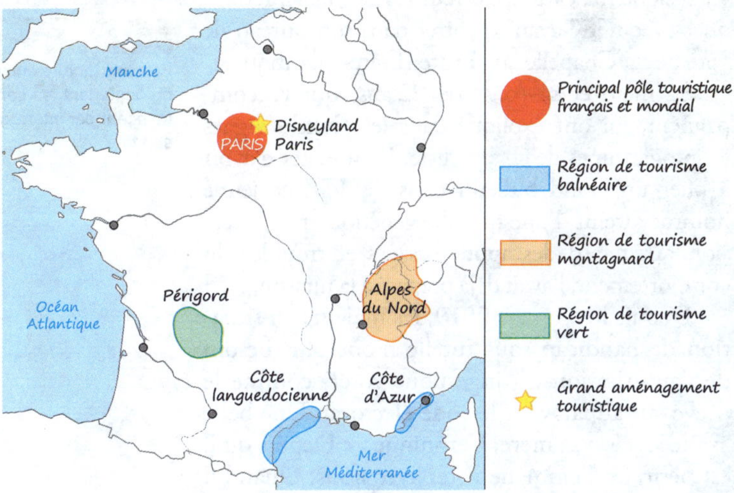

# 3 EMC : traiter un exercice *étape* par *étape*

# L'exercice du droit de vote

25 min
10 points

## EMC : Construire une culture civique

**DOCUMENT Premier [vote] d'un jeune [citoyen]**

Cartes d'identité et d'électeur au creux de sa main, Maxime, 19 ans, est prêt à se rendre aux urnes. « J'ai signé ma carte d'électeur », nous fait-il remarquer avec fierté avant d'entrer dans son bureau de vote de La Chapelle-sur-Erdre (Loire-Atlantique).

Sa mère et sa sœur de 22 ans, qui l'accompagnent, lui ont expliqué dans les grandes lignes les programmes de chaque liste. Pour éviter d'avoir à plier un grand bulletin dans l'isoloir, ce jeune homme atteint d'une maladie génétique rare, occasionnant retard des apprentissages et troubles du comportement, l'avait déjà préparé à la maison. […]

Depuis le 23 mars 2019, les majeurs en situation de handicap sous tutelle n'ont plus besoin de l'autorisation du juge pour voter, comme le prévoyait auparavant le code électoral. Une belle avancée selon sa mère, Véronique : « Depuis qu'il est petit, on l'emmène voter avec nous. Quand il a reçu sa carte d'électeur, c'était un signe fort. Il peut remplir son rôle de citoyen ».

Depuis six ans, sa commune organise des simulations de scrutin avant chaque élection (sauf les municipales), pour permettre aux personnes en situation de handicap de dédramatiser ce moment très codifié. La dernière remonte au 30 mars 2019, en prévision des Européennes. La salle de cérémonie de la mairie avait été transformée en bureau de vote et de faux bulletins […] avaient été édités pour l'occasion. Après s'être vus expliquer les enjeux du vote en présence du maire, les électeurs

[Que permet le droit de vote ?]
[Qu'est-ce qu'un « citoyen » ?]

**CONSEIL**
Fais une lecture active du document, en commençant par interroger son titre.

fictifs ont pu endosser tous les rôles (président, assesseur) puis participer au dépouillement. [...]

Pour la mère de Maxime, ce premier vote « fait pleinement partie de sa prise d'autonomie ». Elle ne croit pas si bien dire : « La prochaine fois, j'ai envie d'y aller tout seul, lance-t-il avec assurance. Je sais faire maintenant ».

Source : « Élections européennes 2019 : ils votent pour la première fois », *La Croix*, 26 mai 2019. www.la-croix.com

▶ **1.** Relevez trois conditions nécessaires à l'exercice du droit de vote.

▶ **2.** Comment la commune prépare-t-elle les personnes en situation de handicap à voter ?

▶ **3.** Quelles sont les étapes du vote présentées dans le texte ?

**CONSEIL**
Lis bien les questions. Surligne les mots clés en choisissant une couleur par question. Tu reprendras ce code couleur pour analyser le document (étape 2).

▶ **4.** Quels effets ce vote provoque-t-il sur Maxime et sur sa famille ?

▶ **5.** Montrez que le code électoral s'adapte pour permettre à tous les citoyens d'exercer l'ensemble de leurs droits.
*(Votre réponse ne comportera aucune information d'identité ou de signature.)*

ÉTAPE 1 *au brouillon*

## Identifier le chapitre concerné et mobiliser ses connaissances

**3 min**

*Le temps pour chaque étape est indicatif, adapte-le à ton propre rythme.*

- Lis le titre du document pour y repérer le **mot clé**.
- Lis ensuite les questions pour mobiliser les **éléments du programme** attendus et comprendre la **logique d'ensemble** du sujet.

| | |
|---|---|
| le mot clé | vote (contenu et exercice de ce droit) |
| les éléments du programme | les conditions de la citoyenneté, les valeurs de la République (liberté, égalité) |
| la logique d'ensemble du sujet | l'importance du droit de vote, les étapes du vote, l'intégration des personnes handicapées |

## ÉTAPE 2 au brouillon — Comprendre le document

7 min

Lis attentivement le texte une première fois pour en comprendre le sens **global.** Relis ensuite le texte en cherchant les **éléments de réponse** aux différentes questions. Utilise le code couleur que tu as établi lors de ta lecture des questions.

*Question 1* conditions de l'exercice du droit de vote
*Question 2* modalités de préparation des personnes handicapées
*Question 3* étapes du vote
*Question 4* effets du vote pour Maxime

## ÉTAPE 3 au propre — Répondre à la question 1

2 min

Le mot « relevez » dans la consigne t'indique que les réponses sont à **extraire du texte.** Sur ta copie, ne te contente pas de citer les mots ou expressions qui répondent à la question : tu dois aussi les traduire pour en expliciter le sens.

*▶ 1. Les trois conditions nécessaires à l'exercice du droit de vote sont :*
*– avoir sa carte d'identité qui certifie de la nationalité française,*
*– avoir 18 ans accomplis (être majeur)*
*– avoir une carte d'électeur en règle (signée) attestant d'aucune condamnation invalidant l'exercice de ce droit.*

**CONSEIL**
Pour bien amener une réponse, reprends toujours les termes de la question.

- élément de réponse issu du document
- explication du sens

S'ÉCHAUFFER

ÉTAPE 4 au propre

## Répondre à la question 2

3 min

Une fois encore, la réponse se trouve dans le document. Mais ne recopie pas celui-ci : explicite la notion de **simulation** qui résume la réponse.

▶ **2.** Pour préparer les personnes en situation de handicap à exercer leur droit de vote, la commune met en scène un faux scrutin pour qu'elles puissent se familiariser avec les lieux (salle, isoloir, bureau de vote), les objets (liste, bulletin, urne), les personnes (président, assesseur) et les actes à accomplir (voter).

**CONSEIL**
Cette partie de la réponse vise à éclairer le sens du mot « simulation » utilisé dans le document.

ÉTAPE 5 au propre

## Répondre à la question 3

3 min

Cette question renvoie aux étapes « présentées dans le texte ». N'hésite pas, cependant, à t'**aider de tes connaissances** pour compléter.

▶ **3.** L'électeur présente ses cartes d'identité et d'électeur. Les bulletins correspondant aux listes de candidats lui sont donnés en échange. Il entre ensuite dans l'isoloir pour glisser son choix dans une enveloppe. Puis il se présente devant le président du bureau de vote et ses assesseurs pour introduire son enveloppe dans l'urne. Après la clôture du scrutin, il peut assister, voire participer, au dépouillement.

ÉTAPE 6

## Répondre à la question 4

3 min

Les réponses étant dispersées dans le document, tu peux t'aider d'un brouillon pour les classer.

| Effets sur Maxime | Effets sur sa famille |
|---|---|
| Cette expérience est pour lui source de « fierté » et d'« assurance ». | Sa famille considère cette expérience comme un « signe fort » pour Maxime et l'accompagne dans sa « prise d'autonomie ». |

Rédige la réponse en réutilisant tous les éléments trouvés dans le texte.

▶ 4. L'expérience du vote provoque de la fierté (paragraphe 1) chez Maxime. Elle est un « signe fort » (paragraphe 3) qui le met en confiance (il prend de « l'assurance », paragraphe 5) ; elle le reconnaît comme égal des autres citoyens.
Pour sa famille, c'est une étape dans la conquête de son « autonomie » (paragraphe 5), son indépendance. Maxime surmonte son handicap.

**CONSEIL**
Quand tu extrais une information d'un texte, localise-la par un numéro de ligne ou de paragraphe, de manière à montrer au correcteur que tu n'inventes rien.

ÉTAPE 7

## Répondre à la question 5

4 min

Cette question nécessite une préparation **au brouillon**.

Lis-la attentivement pour repérer l'**idée sur laquelle elle repose.**

Retourne aux passages du document qui propose des réponses et liste-les. Complète cette liste par des connaissances ou expériences personnelles.

• Que me demande-t-on ?

La question porte sur le droit de vote et les conditions de son exercice par tous.

• Les éléments de réponse dans le document

Le document montre comment de nouvelles mesures permettent aux handicapés mentaux d'exprimer leur vote et d'exercer ainsi leur citoyenneté.

• Mes connaissances pour compléter

| Autres cas | Réponses |
| --- | --- |
| extension du droit de vote à de nouveaux électeurs (éligibilité) | → droit de vote des étrangers<br>→ baisse des limites d'âge<br>→ loi sur la parité |
| adaptation aux handicaps physiques | → accessibilité des bureaux de vote<br>→ vote par procuration |

Avant de rédiger, **organise ta réponse.**

1. Démarre en reprenant les termes de la question.
2. Poursuis en t'appuyant sur le cas traité par le document.
3. Propose ensuite au moins deux autres exemples illustrés.
4. Prends le temps de rédiger une phrase de conclusion sur le sujet.

Lorsque tu rédiges, pense à mettre en évidence la structure de ta réponse, en faisant autant de **paragraphes** que d'éléments.

▶ 5. En France, le code électoral s'adapte pour permettre à tous les citoyens d'exercer l'ensemble de leurs droits de manière égale ou équitable.

Ainsi, la loi du 23 mars 2019 facilite l'expression électorale des personnes handicapées sous tutelle qui n'ont plus besoin d'obtenir une autorisation d'un juge. Cette mesure de simplification, couplée avec des mises en situation préalable, met les personnes concernées à égalité avec les autres citoyens.

D'une manière générale, le code électoral français s'est adapté aux évolutions de la société, au cours des dernières décennies. Il s'est étendu successivement aux femmes (1944), aux jeunes (18 ans au lieu de 21 en 1974), aux membres de l'UE pour les municipales et les européennes (1992). La loi sur la parité (2000) s'emploie à favoriser l'accès aux responsabilités publiques des femmes.

Permettre à tous les citoyens d'exercer l'ensemble de leurs droits passe aussi par des mesures pratiques d'aménagement facilitant l'accès aux bureaux de vote pour les personnes à handicap physique ou par l'autorisation du vote par procuration.

Le code électoral s'est donc adapté de manière à inclure au maximum tous les citoyens. Cette évolution est conforme aux valeurs de la démocratie, fondée sur la liberté et l'égalité de tous.

**REMARQUE**
La question de mise en situation permet de nombreuses réponses. Elles ne sont pas toutes attendues. Concentre-toi sur quelques-unes et efforce-toi de les illustrer par des exemples.

# S'entraîner sur chaque thème du programme

## Histoire



## Géographie

## Enseignement moral et civique

4 Antilles, Guyane • Juin 2019

# La mobilisation des enfants pendant la Grande Guerre

**ANALYSER DES DOCUMENTS**

**45 min**
**20 points**

**INTÉRÊT DU SUJET** • La Grande Guerre est une guerre totale. Les enfants, y compris les plus jeunes, sont utilisés par la propagande pour mobiliser les esprits et soutenir le moral des troupes. L'école elle-même adapte son enseignement.

## DOCUMENT 1 Rapport annuel sur la situation de l'enseignement primaire rendu en 1917

*Un instituteur d'une école du département de la Somme répond à une enquête de son inspecteur.*

**[Question] Comment avez-vous adapté votre enseignement aux circonstances ?**

L'emploi du temps n'a pas été modifié, et les programmes ont été respectés. Mais chaque matière enseignée a reçu un caractère se rapportant aux événements actuels.

En morale et en instruction civique : la Patrie, l'amour de la patrie, le devoir militaire, les qualités du soldat, obéissance, courage, patience, bonne humeur ; le devoir des civils : travail, économie, versement de l'or, souscriptions aux emprunts, aux Bons de la Défense nationale, ont été illustrés par des faits d'actualité. Le récit des souffrances endurées par les malheureuses populations des pays occupés, les dévastations de l'ennemi ont ému les enfants qui comprennent toute la reconnaissance qu'ils doivent à nos soldats et à nos alliés.

L'étude de l'histoire a permis de montrer le rôle de la France dans le monde ; des comparaisons entre les événements passés et les événements actuels ont montré l'unité de notre tradition nationale[1].

En géographie, les nations alliées ont été étudiées avec intérêt ; de même les régions envahies de France si prospères autrefois, aujourd'hui dévastées par un ennemi sans conscience. L'importance de l'agriculture a été particulièrement mise en relief.

Dans l'enseignement du français, les textes de dictées, les morceaux de récitation, les exercices de rédaction ont été empruntés aux événements de guerre actuels ou de la guerre de 1870[2]. Les enfants ont écrit à leur père mobilisé.

Les autres matières du programme, sciences, dessin, arithmétique, ont été étudiées dans leurs rapports avec la guerre aussi souvent que possible […].

Rapport annuel sur la situation de l'enseignement primaire rendu en 1917, Archives départementales de la Somme.

1. L'instituteur fait par exemple allusion à la défense des Droits de l'homme par la France depuis la Révolution française.
2. Guerre qui a opposé les Français et les Allemands et qui s'est terminée par la défaite de la France.



DOCUMENT 2 **Carte postale de la Première Guerre mondiale réalisée par Georges Morinet, Éditions Patriotic, non datée**

*Les cartes postales sont d'un usage très fréquent pendant la Première Guerre mondiale. Elles sont utilisées dans la correspondance entre l'arrière et le front, ou entre civils. La série « Graine de Poilu » met en scène des enfants dans des photographies réalisées en studio puis colorisées ou retouchées.*

Ph © Lux-in-Fine/Leemage

Carte postale française conservée aux Archives départementales de l'Ain.

## DOCUMENT 1

▶ **1.** Quelle est la situation de la France quand ce rapport est publié ?

▶ **2.** Relevez trois exemples montrant que, selon l'instituteur, la guerre est très présente dans l'enseignement comme dans les activités proposées aux élèves.

## DOCUMENT 2

▶ **3.** Décrivez la carte postale.

▶ **4.** Montrez que cette image est une image de propagande.

## DOCUMENTS 1 ET 2

▶ **5.** En vous appuyant sur vos réponses et sur vos connaissances, montrez que les civils, y compris les enfants, sont impliqués et mobilisés dans le cadre d'une guerre totale.

## LES CLÉS DU SUJET

### Comprendre les documents

**Rapport annuel sur la situation de l'enseignement primaire**

- **Nature du document**
  Un témoignage, extrait d'une enquête officielle
- **Auteur**
  Un instituteur qui répond à son inspecteur
- **Thème**
  L'adaptation de l'enseignement à la situation de guerre
- **Contexte**
  1917, 4e année de la guerre, année décisive

Carte postale de la Première Guerre mondiale

- **Nature du document** : Une image publique sur un support de correspondance
- **Thème** : La mobilisation des enfants
- **Auteur** : Un dessinateur (Georges Morinet), les Éditions Patriotic
- **Contexte** : Non datée, sans doute entre 1915 et 1918

## Répondre aux questions

▶ **1.** Utilise la date du début de la guerre pour calculer depuis combien de temps elle dure. Comment les soldats supportent-ils la guerre des tranchées ? Et les civils ?

▶ **2.** Cherche le sens des mots « actuel » et « actualité » employés dans le rapport. Qu'est-ce qui est « actuel » pour l'instituteur en 1917 ?

▶ **3.** Commence par décrire le personnage : la façon dont il est habillé, ce qu'il tient en main. Décris ensuite les détails du dessin.

▶ **4.** L'enfant est-il triste ? Entre Français et Allemands, qui est présenté comme vainqueur de la guerre ? Justifie ta réponse.

▶ **5.** Parmi les civils, distingue les hommes, les femmes et les enfants.

S'ENTRAÎNER

# 4 CORRIGÉ GUIDÉ

▶ **1.** En 1917, la France connaît une situation difficile. La guerre dure sans résultat depuis trois ans. Dans les tranchées, les soldats sont épuisés ; en avril certains se mutinent. Les pénuries accablent les civils, des grèves éclatent.

> **INFO +**
> Avec les mutineries de soldats, les grèves dans les usines, la révolution russe et l'entrée en guerre des États-Unis, l'année 1917 est considérée comme un tournant de la guerre.

▶ **2.** La présence de la guerre dans l'enseignement se voit dans le souci de l'instituteur de traiter le programme en « se rapportant aux événements ». Par exemple : en morale, il enseigne l'amour de la patrie et le devoir militaire « illustrés par des faits d'actualité » ou par le « récit des souffrances endurées par les populations » ; en histoire, il compare « les événements passés et les événements actuels » ;

en géographie, il étudie « les régions envahies [...] aujourd'hui dévastées » ; en français, les dictées et récitations sont « empruntées aux événements de guerre actuels » ; toutes les autres matières sont étudiées « dans leurs rapports avec la guerre ».

▶ **3.** La carte postale représente un enfant portant un calot militaire, un fusil avec une baïonnette et une épée. Il fait le salut militaire, celui des soldats en présence des officiers. Avec son pied droit, il écrase une poupée qui représente un soldat allemand.

**CONSEIL**
Pour décrire une image, commence par le sujet principal, puis traite les détails. Travaille par plans ; lis cette image de gauche à droite.

▶ **4.** Cette carte est une image de propagande, parce qu'elle représente un enfant français facilement vainqueur de l'ennemi foulé aux pieds. L'enfant sourit : la guerre ne lui fait pas peur. Son salut militaire montre qu'il est prêt à faire son devoir.

▶ **5.** Les civils sont impliqués dans le cadre de la guerre. Il leur est demandé de soutenir les soldats en donnant de l'argent. Les jeunes filles deviennent « marraines de guerre » : elles écrivent à un soldat pour soutenir son moral. Les plus âgés et les femmes remplacent dans les usines, aux champs ou dans les administrations, les hommes partis au front. Les enfants sont utilisés par la propagande pour diffuser des nouvelles positives.

# 5 Nouvelle-Calédonie • Décembre 2020

# La violence des tranchées

**ANALYSER DES DOCUMENTS**

45 min
20 points

**INTÉRÊT DU SUJET** • La puissance des armes et la nature des combats durant la Grande Guerre sont d'une brutalité effrayante. Le souvenir des horreurs vécues marque les survivants.

S'ENTRAÎNER

**DOCUMENT 1** **Dernière lettre de Louis Gondelon tué sur le front de la Somme le 12 septembre 1916**

Le 9 septembre 1916

Bien chère maman,

Je t'écris en pleine offensive. Depuis 3 jours le régiment se bat, et se fait décimer. Le 3e et le 6e colonial[1], nous subissons de lourdes pertes : les Allemands en subissent le double de nous. Mais cela ne ressuscite pas les morts. J'ai lu les journaux du pays, elles ont bien raison de rire un peu les filles de Calédonie, car elles ne riront peut-être plus beaucoup. Nombreuses sont celles qui pleureront. Les Calédoniens se sont fait massacrer. Peu nombreux sont ceux qui sont debout à l'heure actuelle !

La majeure partie a été comptée comme disparus, c'est-à-dire prisonniers ou morts ! Nombreux sont les pauvres petits déchiquetés par les obus et qui gisent dans un coin de terre où jamais ceux qui les aiment ne viendront prier. Pauvre Mère va ! C'est terrible la guerre ! J'ai fait le sacrifice de ma vie ! […]

Mon copain Henri Martin a été blessé à mes côtés, tout d'abord cela m'a fait quelque chose de voir le sang ruisseler sur celui qui était un peu mon frère. Puis j'ai été heureux lorsque j'ai vu sa blessure ! Ce n'est rien, l'éclat d'obus est venu s'arrêter sur la clavicule. Cela lui vaut 2 mois d'hôpital, de bonheur ! […] Je suis bien seul maintenant. […]

Ne t'en fais pas si je viens à tomber, ce sera en Français. Je n'aurai fait que suivre la loi commune à tant de Calédoniens. Je n'aurai pas été un lâche. [...]

Ton petit qui t'aime.

Louis

Source : *Mémoires océaniennes de la Grande Guerre. Chronique calédonienne.* Livret pédagogique du Musée de la ville de Nouméa, 2011.

1. Régiment colonial.

DOCUMENT 2 ***Soldat blessé***

Source : *Soldat blessé (automne 1916, Bapaume)*, Otto Dix, 1924.

## DOCUMENT 1

▶ **1.** Durant quelle bataille de la Première Guerre mondiale l'auteur écrit-il cette lettre ? À quelle phase de la guerre correspond cette bataille ? (*3 points*)

▶ **2.** Montrez que les combats sont violents et meurtriers. (*4 points*)

▶ **3.** Pourquoi l'auteur associe-t-il l'hôpital à l'idée du bonheur ? (*3 points*)

## DOCUMENT 2

▶ **4.** Comment l'artiste montre-t-il l'atrocité de la guerre ? (*4 points*)

## DOCUMENTS 1 ET 2

▶ **5.** À l'aide des documents et de vos connaissances, décrivez la situation des soldats au front durant la Première Guerre mondiale. (*6 points*)



## LES CLÉS DU SUJET

### Comprendre les documents

**Dernière lettre de Louis Gondelon tué sur le front de la Somme le 12 septembre 1916**

- **Nature du document**
  Lettre, document témoin
- **Auteur**
  Louis Gondelon, un soldat français
- **Thème**
  Les dures conditions d'une offensive
- **Contexte**
  1916, 3e année de la guerre, offensive de la Somme pour soulager Verdun

***Soldat blessé***

- **Nature du document**
  Dessin, document témoin
- **Auteur**
  Otto Dix, combattant et artiste peintre allemand
- **Thème**
  L'horreur de la blessure sur le front
- **Contexte**
  Même contexte que le document 1, dans les lignes allemandes ; publié en 1924

### Répondre aux questions

▶ **1.** Sur quel front Louis Gondelon a-t-il été tué ? Quelle bataille importante dure pendant toute l'année 1916 ?

▶ **2.** Que signifie le mot « décimer » ? Quel autre mot dans le texte a un sens proche ? Comment sont les corps atteints par les obus ? Que deviennent-ils ?

▶ **3.** À quoi échappe le soldat hospitalisé ?
▶ **4.** Relève les détails du visage, du corps ou des mains qui traduisent la peur, la souffrance ou l'horreur. Quel style adopte l'artiste ?
▶ **5.** Où vivent les combattants ? Dans quelles conditions ? À quels types d'armes sont-ils confrontés ?

## 5 CORRIGÉ GUIDÉ

▶ **1.** L'auteur écrit sa lettre durant la bataille de la Somme. Elle se déroule en septembre 1916. L'offensive alliée a vocation à soulager Verdun où la bataille dure depuis plus de six mois.

> **INFO +**
> Du 21 février au 18 décembre 1916, la bataille de Verdun est la plus longue et meurtrière de la guerre (plus de 300 000 morts).

▶ **2.** Les unités sont « décimées » (perte d'un homme sur dix), la « majeure partie » (plus de 50 % ?) des hommes a disparu ; ils se font « massacrer ». Les corps sont « déchiquetés » et abandonnés dans « un coin de terre ».

▶ **3.** Le blessé est évacué, il est retiré du front. Si sa blessure n'est pas grave, il échappe à la mort et aux horreurs de la tranchée. C'est un bonheur, car il peut vraiment se reposer.

▶ **4.** L'artiste traduit l'atrocité de la guerre en montrant la peur dans le regard du blessé (yeux exorbités), la souffrance dans sa bouche hurlante ou la crispation de ses mains. Le bas du corps ne ressemble plus à rien, le ventre semble troué. Le style caricatural accentue l'impression d'horreur.

▶ **5.** Pendant la Première Guerre mondiale, les soldats vivent dans des tranchées soumises à toutes les intempéries et peu protégées de l'artillerie adverse. Mal nourris, les combattants y passent de longues semaines d'inquiétude, l'ennemi pouvant attaquer à tout moment. Ils subissent des bombardements violents, parfois pendant de longues heures, ils peuvent être asphyxiés par des gaz mortels. Les assauts sont meurtriers, les hommes s'exposant sans protection au feu adverse. La folie guette les plus fragiles.

6 Asie • Juin 2018

# Les États totalitaires dans l'entre-deux-guerres

**MAÎTRISER LES DIFFÉRENTS LANGAGES**

45 min
20 points



**INTÉRÊT DU SUJET** • L'entre-deux-guerres est marqué par l'apparition d'un nouveau type de régime. Leurs dirigeants contrôlent tous les pouvoirs. Ils s'immiscent dans la vie privée de la population.

▶ **1.** En vous appuyant sur un exemple étudié en classe, rédigez un développement construit d'une vingtaine de lignes décrivant un État totalitaire dans l'Europe de l'entre-deux-guerres. *(14 points)*

▶ **2.** Sur la frise chronologique ci-dessous, vous placerez aux dates qui conviennent les quatre repères historiques proposés, en représentant différemment les périodes et les événements. *(6 points)*

– la Première Guerre mondiale ;
– la révolution russe ;
– la Seconde Guerre mondiale ;
– l'arrivée au pouvoir d'Hitler.

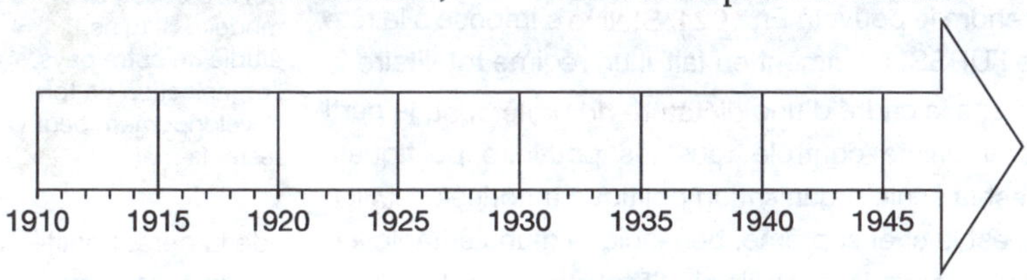


## LES CLÉS DU SUJET

### Analyser le sujet de développement construit (▶ 1)

- Le sujet consiste à expliquer le **fonctionnement** d'un régime autoritaire contrôlant toute la société.
- Il faut mettre en relation la notion de « **totalitarisme** » avec les moyens dont dispose le régime pour imposer sa loi.

## Organiser ses idées

Selon l'exemple étudié en classe, tu peux traiter de l'Italie fasciste, de l'Allemagne nazie ou de l'URSS de Staline.

**Expliquer le fonctionnement d'un régime autoritaire dans l'entre-deux-guerres**

INTRODUCTION Cite les régimes totalitaires de l'époque, nomme le leader de l'exemple choisi, rappelle comment il arrive au pouvoir.

❶ Décris l'idéologie du régime et son fonctionnement.

❷ Explique comment il contrôle ou séduit la population et encadre la société.

CONCLUSION Résume les principales caractéristiques d'un État totalitaire. Appuie-toi sur la définition du totalitarisme.

## 6 CORRIGÉ GUIDÉ

▶ **1.** • La Première Guerre mondiale ébranle le régime tsariste. L'année 1917 est marquée par des révolutions qui permettent aux bolchéviques de Lénine de prendre le pouvoir. En 1924, Staline s'impose à la tête de l'URSS. Comment en fait-il un régime totalitaire ?

• Dans le cadre d'une dictature du prolétariat, le parti communiste contrôle tous les pouvoirs politiques. Il est la seule organisation politique autorisée. Staline en est le chef suprême, bénéficiaire d'un véritable « culte de la personnalité ». Placée sous le contrôle de l'État, l'économie est planifiée de façon impérative. L'égalité de tous devant les moyens de production est décrétée. Les symboles du régime sont l'étoile et le drapeau rouge. Sur celui-ci figurent un marteau (symbole de la classe ouvrière) et une faucille (symbole de la paysannerie).

• Les entreprises sont nationalisées et les terres collectivisées. L'industrialisation est mise en œuvre dans le cadre de plans quinquennaux. Les populations bénéficient d'ambitieux programmes sociaux : santé et éducation gratuites, moyens de transport bon marché. Par la propagande, l'école, le contrôle des médias et les organisations de jeunesse, le régime endoctrine les populations. Contre les opposants

**ATTENTION !**
Le corrigé est établi sur l'exemple de l'URSS et sert de modèle. Si tu as étudié un autre pays, l'organisation de ton développement peut rester la même.

**INFO +**
Le rouge est le symbole du sang versé par les ouvriers pendant leurs luttes sociales. Tous les pays communistes l'utilisent.

(bourgeois, koulaks, minorités ethniques ou religieuses), la police politique (NKVD) fait régner la terreur et instaure des camps de travail (Goulag).

• De 1924 à 1939, l'URSS de Staline est devenue un État totalitaire : le régime contrôle la totalité des activités et des personnes dans tous les domaines de la vie publique et privée.

▶ 2.

S'ENTRAÎNER

7 Pondichéry • Mai 2018

# La déportation et l'extermination des Juifs

ANALYSER UN DOCUMENT

45 min
20 points

**INTÉRÊT DU SUJET** • La Seconde Guerre mondiale fut l'occasion de violences inédites et de crimes contre l'humanité. Les survivants témoignent de l'horreur : la déshumanisation des victimes, leur assassinat en masse, le génocide.

**DOCUMENT** Témoignage d'une déportée

*Simone Veil (1927-2017) est arrêtée par la Gestapo à Nice en mars 1944, avec sa mère et sa sœur. Elles sont conduites au camp de transit de Drancy en région parisienne et déportées ensemble en avril 1944.*

Le 13 avril 1944, nous[1] avons été embarquées à cinq heures du matin, pour une nouvelle étape dans cette descente aux enfers qui semblait sans fin. Des autobus nous ont conduits à la gare de Bobigny[2], où l'on nous a fait monter dans des wagons à bestiaux formant un convoi aussitôt parti vers l'Est. […] Nous étions effroyablement serrés, une soixantaine d'hommes, de femmes, d'enfants, de personnes âgées, mais pas de malades. Tout le monde se poussait pour gagner sa place. […] Le voyage a duré deux jours et demi ; du 13 avril à l'aube au 15 au soir à Auschwitz-Birkenau[3]. C'est une des dates que je n'oublierai jamais, avec celle du 18 janvier 1945, jour où nous avons quitté Auschwitz et celle du retour en France, le 23 mai 1945. Ces dates demeurent attachées à mon être le plus profond, comme le tatouage du numéro 78651 sur la peau de mon bras gauche. […]

*Plus tard le soir de l'arrivée au camp, dans un baraquement surveillé par des kapos[4].*

Celles qui avaient été séparées des leurs commençaient à s'inquiéter, se demandant où étaient passés leurs parents ou leurs enfants. […] Les kapos montraient par la fenêtre la cheminée des crématoires et la fumée qui s'en échappait. Nous ne comprenions pas, nous ne pouvions pas comprendre. [...] Une kapo qui se tenait dans un coin de la pièce se mettait à crier ou menaçait certaines d'entre nous de son fouet. [...] Puis les kapos nous ont fait lever et mettre en rang par ordre alphabétique et nous sommes passées l'une après l'autre devant des déportés qui nous ont tatouées. [...] Ensuite nous sommes passées au sauna. Les Allemands étaient obsédés par les microbes [...] la folie de la pureté les hantait. [...] Peu leur importait que par la suite, celles d'entre nous qui ne mourraient pas à la tâche survivent dans la vermine et les conditions d'hygiène épouvantables. [...]

Au printemps de 1944, les autorités du camp avaient décidé de prolonger la rampe de débarquement des convois pour la rapprocher des chambres à gaz. [...] Nous nous faisions à l'effroyable ambiance qui régnait dans le camp, la pestilence des corps brûlés, la fumée qui obscurcissait le ciel, la boue partout, l'humidité pénétrante des marais. [...]

À partir de début mai, les trains chargés de déportés hongrois se sont succédé de jour comme de nuit, remplis d'hommes, de femmes, d'enfants et de vieillards. [...] Une épouvantable tristesse m'étreignait en voyant, éparpillés au sol, les vêtements des personnes qui venaient d'être gazées.

Extraits de l'ouvrage *Une jeunesse au temps de la Shoah*, écrit par Simone Veil, 2017.

1. *Nous* désigne Simone Veil, sa mère Yvonne et sa sœur Madeleine.
2. Bobigny : nom d'une ville proche de Drancy d'où partaient les convois de déportés.
3. Auschwitz-Birkenau : plus grand centre de mise à mort du Reich, situé en Pologne.
4. Kapos : déportés choisis pour faire régner l'ordre dans le camp.

▶ **1.** Relevez cinq étapes de la déportation de Simone Veil à Auschwitz-Birkenau. *(5 points)*

▶ **2.** Relevez deux éléments du texte montrant que les déportés sont « déshumanisés », c'est-à-dire qu'ils ne sont plus considérés comme des êtres humains. *(4 points)*

▶ **3.** Dans ce témoignage, relevez au moins trois éléments montrant que les déportés sont arrivés dans un centre de mise à mort. *(6 points)*

▶ **4.** Quels éléments de l'idéologie nazie expliquent les génocides des Juifs et des Tziganes ? *(2 points)*

▶ **5.** **Expliquez la phrase soulignée dans le texte.** *(3 points)*

S'ENTRAÎNER

## LES CLÉS DU SUJET

### Comprendre le document

**Le témoignage d'une déportée**

- **Nature du document**
  Un témoignage, récit de souvenirs publié en 2017, extrait d'une autobiographie initialement publiée en 2007
- **Auteur**
  Simone Veil, jeune femme de 17 ans déportée à Auschwitz
- **Thème**
  Les conditions du voyage et de vie à Auschwitz
- **Contexte**
  1944, la fin de la guerre, accélération de la Shoah

### Répondre aux questions

▶ **1.** Les étapes demandées renvoient aux différents trajets entre Nice et Auschwitz-Birkenau, ainsi qu'aux moments marquants de l'arrivée au camp. Attention : les « étapes de la déportation » ne comprennent pas celle du retour en France.

▶ **2.** Identifie les mots du texte qui évoquent des espèces animales et la manière de les traiter, de les dresser ou de les marquer.

▶ **3.** Recherche dans le document tout ce qui a trait à l'exécution des Juifs et à l'élimination de leurs corps.

▶ **4.** Revois le sens du mot « génocide » dans ton cours. Comment nomme-t-on la haine ou le rejet des Juifs ? Selon quel critère le nazisme classait-il les hommes ?

▶ **5.** L'important dans la phrase soulignée n'est pas dans l'incompréhension dont témoigne Simone Veil, mais dans le fait qu'elle « ne peut pas » comprendre. Que signifie une telle impossibilité, le fait qu'il n'y ait pas d'explication possible ?

## 7 CORRIGÉ GUIDÉ

▶ **1.** Les étapes de la déportation de Simone Veil sont : un trajet en autobus jusqu'à Bobigny, au camp de Drancy ; un voyage de deux jours et demi en train de Drancy à Auschwitz ; une sélection à l'arrivée et la séparation des familles ; une séance de marquage (ou tatouage) des prisonniers pour mieux les contrôler ; une séance de nettoyage au sauna pour éviter les épidémies.

> **CONSEIL**
> Dans la description des étapes, précise les lieux de passage, les moyens de transport, les objectifs des Allemands.

▶ **2.** Plusieurs éléments du texte montrent que les déportés sont « déshumanisés » : ils sont transportés dans des « wagons à bestiaux » ; les kapos (ou surveillants du camp) menacent les prisonniers avec des « fouets » ; les survivants sont soumis à « des conditions d'hygiène épouvantables » où grouille la « vermine » (punaises, poux, puces, « microbes ») ; ils sont marqués (« tatoués ») comme des animaux d'élevage.

▶ **3.** Les éléments qui montrent qu'Auschwitz est un camp « de mise à mort » sont : la présence de « chambres à gaz » (3e et 4e paragraphes) ; celle de « cheminées des crématoires » (2e paragraphe) dans lesquelles les corps des personnes assassinées étaient brûlés ; le fait que les prisonniers mouraient pendant leur détention (fin du 2e paragraphe).

> **CONSEIL**
> Précise à quelle ligne ou dans quel paragraphe du texte se situent les passages que tu cites.

▶ **4.** Les éléments de l'idéologie nazie qui expliquent les génocides des Juifs et des Tziganes sont, d'une part, la théorie raciale, qui définit la population aryenne (la « race » supposée allemande) comme une communauté d'hommes supérieurs, et, d'autre part, l'antisémitisme (haine des Juifs) qui désigne les Juifs comme ennemis du peuple allemand.

> **INFO +**
> Les Aryens (population d'origine indo-iranienne) sont désignés par Hitler comme les ancêtres des Allemands et comme une « race supérieure ».

▶ **5.** « Nous ne comprenions pas, nous ne pouvions pas comprendre. » Dans cette phrase, Simone Veil dit ne pas trouver d'explication à ce qu'elle découvre en arrivant à Auschwitz. Elle souligne surtout le fait qu'elle « ne peut pas » comprendre : cela signifie que la réalité est inimaginable, inconcevable, tant elle est « inhumaine » (contraire à toute humanité).

S'ENTRAÎNER

# Rafle du Vel' d'Hiv' (1942) et déportation de masse pendant la Seconde Guerre mondiale

## ANALYSER DES DOCUMENTS

45 min
20 points

**INTÉRÊT DU SUJET** • La Shoah est un crime contre l'humanité qui fut systématiquement organisé, planifié, mis en œuvre. Le régime de Vichy s'en rendit complice en participant activement à l'arrestation et à la déportation des Juifs vivant sur son territoire.

**DOCUMENT 1** **Circulaire de la préfecture de Paris ordonnant la rafle du « Vel' d'Hiv' » des 16 et 17 juillet 1942**

À messieurs les commissaires [...]
Paris, le 13 juillet 1942.

Les autorités occupantes ont décidé l'arrestation et le rassemblement d'un certain nombre de Juifs étrangers. [...] [La mesure] concerne tous les Juifs étrangers, quel que soit leur sexe, pourvu qu'ils soient âgés de 16 à 60 ans. Les enfants de moins de 16 ans seront emmenés en même temps que les parents[1]. [...]

Vous constituerez des équipes d'arrestation. Chaque équipe sera composée d'un gardien en tenue et d'un gardien en civil ou d'un inspecteur des Renseignements généraux ou de la Police judiciaire.

[...]

Les équipes chargées des arrestations devront procéder avec le plus de rapidité possible, sans paroles inutiles et sans commentaire. [...] Des autobus seront mis à disposition. Lorsque vous aurez un contingent suffisant pour remplir un autobus, vous dirigerez :

a) Sur le camp de Drancy les individus ou familles n'ayant pas d'enfant de moins de 16 ans.

b) Sur le Vélodrome d'Hiver : les autres.

En ce qui concerne le camp de Drancy, le contingent prévu doit être de 6 000.

[...]

La garde du Vélodrome d'Hiver sera assurée, tant à l'intérieur qu'à l'extérieur par la gendarmerie de la région parisienne et sous sa responsabilité.

Le directeur de la police municipale, Hennequin.

Archives de la police, sorties à l'occasion d'une exposition organisée par la mairie du IIIe arrondissement de Paris en 2012.

1. En réalité, la rafle s'est portée sur tous les Juifs, français comme étrangers et de tout âge.



DOCUMENT 2 **Principaux itinéraires des convois de déportation à destination d'Auschwitz**

Mémorial de la Shoah.

## DOCUMENT 1

▶ **1.** À l'aide de l'expression soulignée, présentez la situation de la France en 1942.

▶ **2.** Identifiez les personnes visées par la circulaire.

▶ **3.** Décrivez ce qu'est une rafle à l'aide de ce document.

▶ **4.** Montrez comment les services de l'État français collaborent avec l'occupant.

## DOCUMENT 2

▶ **5.** Expliquez pourquoi la rafle du « Vel' d'Hiv' » n'est qu'une étape dans la politique nazie mise en place en Europe durant la Seconde Guerre mondiale.

## LES CLÉS DU SUJET

### Comprendre les documents

**Circulaire de la préfecture de Paris ordonnant la rafle du Vel' d'Hiv'**

- **Nature du document**
  Document officiel, faisant acte exécutif
- **Auteur**
  La préfecture de police de Paris, une institution exécutive française
- **Thème**
  L'arrestation et la déportation des Juifs parisiens
- **Contexte**
  17 juillet 1942, France occupée par une Allemagne nazie au sommet de sa puissance

**Principaux itinéraires des convois de déportation vers Auschwitz**

- **Nature du document**
  Carte contemporaine, document didactique
- **Source**
  Mémorial de la Shoah, institution chargée d'entretenir le souvenir du génocide
- **Thème**
  La déportation des Juifs vers les camps d'extermination
- **Contexte**
  Années 1942-1945, période d'accomplissement de la « Solution finale »

## Répondre aux questions

▶ **1.** Qui « occupe » ? Que signifie l'emploi de ce verbe dans le contexte de 1942 ? Selon tes connaissances, en combien de zones la France était-elle divisée ?

▶ **2.** Attention : deux mots associés sont à prendre en compte pour bien répondre à la question. Interroge-toi aussi sur le cas des enfants.

▶ **3.** Dans le document 1, identifie les étapes de l'opération. Rédige ensuite ta réponse en reliant chacune d'elle, de manière à faire un récit.

▶ **4.** Qui prend la décision de la rafle d'après le document ? Ne recopie pas celui-ci : à partir des informations qu'il fournit, définis le type d'action, d'une part, et de responsabilité, d'autre part, assuré par les services de l'État français.

▶ **5.** Utilise la légende pour distinguer les types de camps et leur localisation. De quoi témoigne le passage de « camp d'internement » à « camp d'extermination » ? Que déduire de la présence d'autres camps que celui d'Auschwitz et « d'autres convois » vers ce camp, qui ne partent pas de Paris ? Utilise tes connaissances concernant la « Solution finale ».



# 8 CORRIGÉ GUIDÉ

▶ **1.** En juin 1940, la France a été vaincue par l'Allemagne. L'armistice a été signé et le territoire est divisé en plusieurs zones. Les deux plus grandes sont la zone occupée au nord et le long de la côté atlantique, et la zone libre au sud sous l'autorité du maréchal Pétain, installé à Vichy. L'Alsace-Lorraine est rattachée à l'Allemagne. Les départements du nord de la France sont dans une zone « interdite ».

**CONSEIL**
Pour être complet, n'hésite pas à évoquer le début de la guerre. Cite les temps forts, ceux qui permettent d'expliquer la situation.

▶ **2.** Les personnes visées par la circulaire sont « les Juifs étrangers ». Ce sont donc toutes les personnes caractérisées par leur confession ou appartenance à la communauté juive et n'ayant pas (ou plus) la nationalité française. Aucune distinction sérieuse de sexe ou d'âge n'est faite, les enfants de moins de seize ans sont également concernés. Ils ne doivent seulement pas être séparés de leurs parents.

**REMARQUE**
Le document 1 ne vise que les Juifs étrangers mais, comme le souligne la note, la rafle affecte aussi les Juifs français.

▶ **3.** Une rafle est une opération d'arrestation massive (des milliers de personnes, selon le document) et d'emprisonnement des personnes visées. Celles-ci sont interpellées à leur domicile, rassemblées, puis emmenées vers des lieux de détention (le camp de Drancy, en l'occurrence) à l'aide de véhicules utilitaires (des bus).

▶ **4.** La rafle est décidée par les Allemands. Les Français leur apportent une aide matérielle. Ils fournissent des personnels d'intervention pour opérer les arrestations ; d'autres pour garder les interpellés au vélodrome ou dans le camp de Drancy (la gendarmerie). Ils fournissent aussi les véhicules (et leurs chauffeurs) servant au transfert des victimes vers les sites d'internement. Les Français ne sont que des exécutants, sans lesquels, cependant, l'opération n'aurait pas pu être menée à bien.

▶ **5.** La rafle du « Vel' d'Hiv' » n'est qu'une étape dans la politique nazie. Elle n'est d'abord qu'une rafle parmi d'autres. La déportation des Juifs se fait pendant toute la durée de la guerre, jusqu'à la fin de celle-ci en 1945. Au début, les Juifs ont été recensés, fichés et limités dans leurs droits ; puis ils ont été enfermés dans des camps. Ils ont été progressivement exclus des sociétés nationales, puis déportés dans des camps de concentration. À partir de 1942, les nazis ont pris la décision d'une « solution finale » : l'extermination des Juifs d'Europe, leur assassinat pur et simple. Celui-ci avait commencé « par balles » sur le front de l'Est dès juin 1941 ; il s'est poursuivi par les privations, puis par le gaz dans les camps comme Auschwitz. Plus de cinq millions de Juifs ont été victimes de ce génocide auquel le régime de Vichy a collaboré.

**INFO +**
Pendant la guerre, on distingue les camps de prisonniers militaires où sont respectées les conventions de Genève, les camps de concentration où les conditions de vie sont très dures, et les camps d'extermination où les personnes sont assassinées.

# La défaite de l'Allemagne nazie

**ANALYSER UN DOCUMENT**

45 min
20 points

**INTÉRÊT DU SUJET** • En 1945, les forces alliées entrent en Allemagne. Pour justifier l'anéantissement de l'ennemi auprès de leurs peuples, elles le diabolisent. Elles précisent aussi que l'ennemi est le nazisme, bien plus que l'Allemagne.



**DOCUMENT** Loup abattu sur la porte de Brandebourg à Berlin

ph © Everett Collection / Bridgeman Images

Il est écrit en russe : « Ce que sera la bête sauvage nazie ».

D'après une affiche soviétique de 1945, cndp.fr.

▶ **1.** Que représente le loup sur l'affiche ? *(4 points)*

▶ **2.** Par quels pays le loup a-t-il été tué ? *(4 points)*

▶ **3.** Pourquoi la scène se déroule-t-elle à Berlin en 1945 ? *(4 points)*

▶ **4.** Relevez sur l'affiche un élément qui montre que la Seconde Guerre mondiale est une guerre d'anéantissement. *(4 points)*

▶ **5.** Quel pays est vaincu en 1945 d'après cette affiche ? *(4 points)*

## LES CLÉS DU SUJET

### Comprendre le document

**Loup abattu sur la porte de Brandebourg à Berlin**

- **Nature du document**
  Affiche de propagande, document officiel
- **Auteur**
  Les services de la propagande russe
- **Thème**
  La fin du monstre nazi
- **Contexte**
  1945, avant la victoire alliée du mois de mai

### Répondre aux questions

Chacune des questions rapporte quatre points. Pour en obtenir la totalité, sois précis et justifie chaque réponse en t'appuyant sur les détails de l'image ou sur tes connaissances.

▶ **1.** Réfère-toi au texte de l'affiche. Attention au piège : la réponse ne doit pas être la même que celle de la question 5.

▶ **2.** Le nombre de réponses correspond au nombre de poignards plantés dans le dos de l'animal. Identifie les drapeaux déployés dans le ciel.

▶ **3.** Quel est le statut de Berlin dans l'Allemagne de l'époque ? C'est le même qu'aujourd'hui. Pourquoi est-ce important ? De quoi la ville est-elle le symbole ?

▶ **4.** Aide-toi de ton cours pour définir la notion d'anéantissement, puis fais le lien avec l'élément que tu relèves sur l'affiche.

▶ **5.** Renvoie aux informations données par l'affiche, son titre et son texte pour justifier ta réponse.

## 9 CORRIGÉ GUIDÉ

▶ **1.** D'après le texte de l'affiche (« la bête sauvage nazie »), le loup représente le régime nazi, celui établi en Allemagne par Hitler depuis 1933.

▶ **2.** Sur le dessin, le loup a reçu trois coups de poignard. Chacun correspond à un pays dont le drapeau est déployé dans la partie supérieure de l'affiche. De gauche à droite : le Royaume-Uni, les États-Unis et l'URSS.

▶ **3.** Berlin est la capitale de l'Allemagne nazie. Elle en est le symbole national. C'est là aussi qu'ont lieu les derniers combats de la guerre et la rencontre entre les armées soviétique et américaine.

▶ **4.** La Seconde Guerre mondiale est une guerre d'anéantissement. La notion renvoie à la volonté des États en guerre de détruire totalement l'adversaire ou les populations jugées indésirables en fonction de critères idéologiques. L'élément qui témoigne de cette caractéristique est la mort (anéantissement) du loup, figure du nazisme (une idéologie) et non de l'Allemagne.

**INFO +**
Par la charte de l'Atlantique (août 1941), le Royaume-Uni et les États-Unis s'étaient fixés pour but de guerre la destruction de la « tyrannie nazie » et non celle de l'Allemagne.

▶ **5.** D'après l'affiche, le pays vaincu est l'Allemagne.
Le titre du document fait référence à Berlin (sa capitale) et à la porte de Brandebourg, monument emblématique de cette ville sur le fronton duquel apparaît le nom de Berlin écrit en russe. Le loup incarne le nazisme qui est l'idéologie du parti à la tête de ce pays.

10 Asie • Juin 2019

# Les femmes face à la Seconde Guerre mondiale

ANALYSER DES DOCUMENTS

45 min
20 points

**INTÉRÊT DU SUJET** • Les femmes ne furent pas que des victimes. Elles ont activement participé à la guerre, au profit d'un camp ou de l'autre. Leurs engagements témoignent d'une guerre totale.

**DOCUMENT 1** **Lettre des comités féminins de résistance de la Côte-d'Or adressée à la population**

Chères Amies, Chers Amis,

Nous connaissons la lamentable situation des personnes âgées due au rationnement et aux difficultés qu'elles ont pour se ravitailler, ne pouvant se déplacer facilement ni faire les « queues ».

Nous constatons que le gouvernement de Vichy ne fait rien pour vous, que vous souffrez particulièrement de la faim.

Beaucoup d'entre vous ont des enfants qui du fait de la dureté de la vie ne peuvent suffisamment subvenir aux besoins de leurs parents.

Les femmes de la Résistance en accord avec les Francs-Tireurs vous envoient quelques tickets de pain pour augmenter votre maigre ration.

Nous pensons faire œuvre de patriotisme en aidant ceux qui ont peiné toute une vie pour faire de notre Bourgogne une région riche et prospère.

Nous regrettons de ne pouvoir vous donner davantage pour le moment.

Recevez Chères Amies, Chers Amis, nos sentiments de reconnaissance.

Les Femmes de la résistance, Section Côte d'Orienne
Responsable Cl. Cadrex, 1943

© Collection particulière, www.cheminsdememoire.

DOCUMENT 2 **La célébration de la fête des Mères par l'Union française pour la défense de la race[1]**

Aujourd'hui nous puiserons parmi les grands élans collectifs et nous vous parlerons de la fête des Mères. Nous exalterons cette fête des Mères, nous acclamerons les Mères elles-mêmes et nous remercierons les femmes de grand cœur, inlassables organisatrices qui préparent pour les Mères l'hommage annuel qui leur est bien dû. [...] Votre tâche, jeunes mamans, ne se borne pas à partager à vos petits leur ration de sucre de raisin. Il faut aussi leur donner la ration de l'âme[2], la nourriture qui fera d'eux des femmes et des hommes dignes de ce nom. Vos enfants, dans un corps sain, doivent posséder une âme virile, une âme à toute épreuve, l'âme de la France, l'âme de la race. Et vous mamans qui avez déjà formé et remis à la société pour le bien collectif votre enfant déjà homme, soyez remerciées pour votre sacrifice. Ce sacrifice multiplié sera sans doute le salut de notre pays que tant de scélérats[3] sans patrie et sans honneur veulent faire périr.

Union française pour la défense de la race, La Fête des Mères par Paule Marguy, texte de l'émission de radio du 17 mai 1943, Alain Corbin, *Les Filles de noce*, Paris, Aubier, 1978, p. 486.

1. L'Union française pour la défense de la race : organe dirigeant de la propagande du Commissariat général aux questions juives de Vichy depuis 1942. À partir de janvier 1943, cette instance diffuse ses thèses à la radio, le lundi et le vendredi à l'heure du déjeuner.
2. Âme : employé ici dans le sens d'« esprit ».
3. Scélérats : criminels, personnes malveillantes.

S'ENTRAÎNER

## DOCUMENT 1

▶ **1.** Quel rôle les femmes jouent-elles ici dans la Résistance ? Évoquez d'autres formes de résistances. *(4 points)*

## DOCUMENT 2

▶ **2.** Identifiez les rôles réservés aux femmes par le régime de Vichy. *(2 points)*

▶ **3.** En vous appuyant sur des éléments du texte, montrez que ce dernier illustre l'idéologie du régime de Vichy. *(6 points)*

### DOCUMENTS 1 ET 2

▶ **4.** Quelle difficulté des Français sous l'occupation est, ici, évoquée ? *(2 points)*

▶ **5.** Expliquez le passage souligné dans le document 2 et montrez que les deux textes témoignent d'engagements opposés pendant la Seconde Guerre mondiale. *(6 points)*

## LES CLÉS DU SUJET

### Comprendre les documents

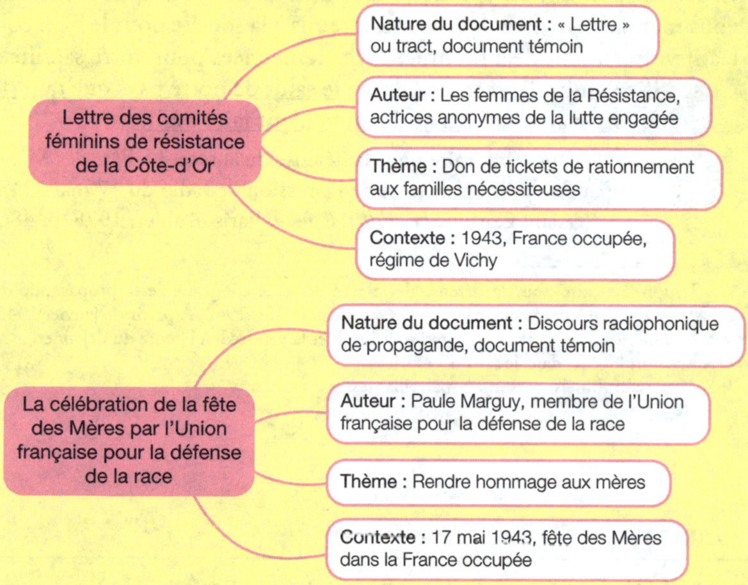


### Répondre aux questions

▶ **1.** D'après le texte, qui est dans une situation difficile ? Contre quel mal se mobilisent les auteures de la lettre ?

▶ **2.** Identifie les différents types de « nourriture » que les mères doivent donner à leurs enfants. Au service de qui doivent-elles se mobiliser ?

▶ **3.** Utilise la devise du régime. Quelles qualités sont recherchées dans une « âme virile » ? À quelle idéologie fait référence le mot « race » ? Qui sont les « sans patrie » de l'époque ?

▶ **4.** Cherche un mot-clé, commun aux deux textes.

▶ **5.** Qui (ou quoi) peut menacer « le salut » de la France en 1943 ? Au service de quel sentiment s'expriment les deux textes ? Appuie-toi sur l'identité des auteurs pour définir à quoi ils s'engagent pour l'avenir.

## 10 CORRIGÉ GUIDÉ



▶ **1.** Le rôle que jouent les femmes de la Résistance est d'aider à nourrir les personnes âgées en leur donnant des « tickets de pain ». Les résistantes faisaient aussi du renseignement, portaient des messages, cachaient des personnes recherchées par les autorités ; quelques-unes rejoignirent des maquis pour aider les combattants.

▶ **2.** Le régime de Vichy attend des femmes qu'elles nourrissent la population : les corps, en fournissant du « sucre de raisin » et du pain ; les « âmes », en éduquant leurs enfants dans l'idéologie du régime.

**INFO +**
Face à la pénurie de sucre blanc, le sucre de raisin servit de substitut pendant la Seconde Guerre mondiale.

▶ **3.** Le régime résume son projet par la devise « Travail, Famille, Patrie ». Les mères faisant leur travail en s'occupant de leurs enfants sont le pilier de la famille. Le sacrifice pour le salut du pays est une référence à la patrie. La recherche d'une âme « virile » évoque l'image d'un régime fort et autoritaire. « L'âme de la race » fait écho à l'idéologie raciale. Dans le contexte, les « scélérats sans patrie » font référence aux Tsiganes et aux Juifs, marque de l'antisémitisme du régime.

▶ **4.** Dans les deux textes, il est question de « ration ». La difficulté des Français évoquée est celle de l'approvisionnement. Il y est question de lutter contre la « faim » (doc. 1) ou pour la « nourriture » (doc. 2).

**INFO +**
Le rationnement concernait l'alimentation, mais aussi les moyens de chauffage (charbon), de transport (essence) ou le textile pour s'habiller.

▶ **5.** Le passage souligné désigne des ennemis de la France, des personnes « sans patrie et sans honneur ». L'expression désigne les Juifs et les Tsiganes considérés comme n'ayant pas de pays (Israël n'existe pas à cette date). Les deux textes se réclament du patriotisme et les auteurs luttent pour la victoire : l'Union française pour la défense de la race (doc. 2), en accord avec la politique de collaboration de Vichy, se bat pour la victoire des puissances de l'Axe (Allemagne, Italie) ; les résistantes de la Côte-d'Or (doc. 1), hostiles à Vichy, le font pour celle des Alliés (Royaume-Uni, États-Unis, URSS).

# Le régime de Vichy : des valeurs antirépublicaines

## MAÎTRISER LES DIFFÉRENTS LANGAGES

45 min
20 points

**INTÉRÊT DU SUJET** • En abandonnant la devise « Liberté, Égalité, Fraternité », le régime de Vichy remet en cause les Droits de l'homme de 1789. La France n'est plus une démocratie.

▶ **1.** Sous la forme d'un développement construit d'une vingtaine de lignes, montrez que le régime de Vichy ne respecte pas les valeurs républicaines. *(15 points)*

▶ **2.** Sous la forme d'un schéma avec des flèches, classez les événements suivants dans l'ordre chronologique (sans donner leurs dates). *(5 points)*
plan Marshall ; disparition de l'URSS ; construction du mur de Berlin ; victoire des Alliés ; fin de la Seconde Guerre mondiale ; chute du mur de Berlin.

## LES CLÉS DU SUJET

### Analyser le sujet de développement construit (▶ 1)

- Le sujet invite à décrire le fonctionnement du régime de Vichy. Il faut mettre en évidence sa **nature autoritaire.**
- Il faut confronter ce fonctionnement aux **valeurs** de la République.

### Organiser ses idées

**Décrire le fonctionnement du régime de Vichy**

**INTRODUCTION** Rappelle comment et quand le régime de Vichy s'est instauré aux dépens de la République.

❶ Décris le fonctionnement du régime et les valeurs qu'il prône.

❷ Montre comment il trahit les idéaux de 1789 dans la vie quotidienne.

**CONCLUSION** Définis la nature du régime en un mot.

## 11 CORRIGÉ GUIDÉ

▶ **1.** Suite à la défaite face à l'Allemagne, le 11 juillet 1940, la France change de régime politique. Quelle est la nature du nouveau régime dit « de Vichy » ?

• La République est abolie. Désigné « chef de l'État », le maréchal Pétain contrôle tous les pouvoirs : exécutif, législatif et judiciaire (il détient le pouvoir d'amnistie). Il est aussi le chef des armées. La séparation des pouvoirs n'est donc plus respectée. Les élections étant ajournées, le peuple n'exerce plus sa souveraineté. La devise « Liberté, Égalité, Fraternité » est remplacée par « Travail, Famille, Patrie », valeurs qui ne garantissent plus les droits de la démocratie aux Français. L'idée d'égalité est rejetée au profit de l'élitisme.

**INFO +**
Les valeurs de la République sont la séparation des pouvoirs, la souveraineté populaire, les libertés fondamentales et l'égalité de droit.

• Au quotidien, les Français perdent leurs libertés d'expression (censure), ils sont soumis à une étroite surveillance policière et de nombreux leaders de l'opposition sont emprisonnés ou leur parti interdit. La propagande d'État se développe pour promouvoir la « Révolution nationale », l'encadrement de la jeunesse est renforcé. Les jeunes Français peuvent être envoyés en Allemagne pour travailler avec le Service du travail obligatoire (STO) à partir de 1943. Dès octobre 1940, le statut des Juifs bafoue l'égalité des droits entre les Français. À partir de 1941, les rafles de Juifs étrangers (puis français) et leur déportation vers l'Allemagne remettent en cause les règles du droit d'asile.

**INFO +**
En 1942, le régime de Vichy fait le procès des dirigeants de la IIIe République tenus responsables de la défaite. Le procès de Riom permet d'incarcérer d'importants opposants au régime (Léon Blum et Édouard Daladier, par exemple).

Pendant quatre ans, le régime de Vichy n'a pas respecté les valeurs de la République. Il a même adopté des mesures qui y étaient contraires. La France était devenue une dictature.

▶ **2.**

Victoire des Alliés → Fin de la Seconde Guerre mondiale → Plan Marshall → Construction du mur de Berlin → Chute du mur de Berlin → Disparition de l'URSS

S'ENTRAÎNER

# La décolonisation des empires (1945-1975)

**MAÎTRISER LES DIFFÉRENTS LANGAGES**

45 min
20 points

**INTÉRÊT DU SUJET** • Menée au nom de la liberté des peuples, la guerre de 1939-1945 provoque une vague d'indépendances. Mais les métropoles ne cèdent pas volontiers au vœu des colonisés.

▶ **1.** En vous appuyant sur vos connaissances et sur l'exemple d'indépendance étudié en classe, rédigez un développement construit d'une vingtaine de lignes qui décrit et explique comment les colonies sont devenues des États indépendants. (*14 points*)

▶ **2.** Écrivez la lettre associée aux événements marquants de la biographie du général de Gaulle à côté du timbre correspondant. (*6 points*)

<table>
<tr>
<td>A<br><br>Pendant la Première Guerre mondiale, la 10e Compagnie commandée par de Gaulle est chargée de défendre les alentours de ce qui reste de l'église de Douaumont. Il est alors fait prisonnier par les Allemands.</td>
<td>☐<br>

Claude Haley © Musée de La Poste, Paris / La Poste 2021</td>
</tr>
<tr>
<td>B<br><br>Au début de la Seconde Guerre mondiale, Charles de Gaulle lance l'appel à la résistance.</td>
<td>☐<br>

Raymond Moretti – © Adagp, Paris, 2024 © Musée de La Poste, Paris / La Poste 2021</td>
</tr>
</table>

<table>
<tr><td>

**C**

Il participe aux côtés des Alliés à la lutte contre l'Allemagne nazie.

</td><td>

☐

Sarah Bougault © Musée de La Poste, Paris / La Poste 2021

</td></tr>
<tr><td>

**D**

Une fois la France libérée, il prend la tête du GPRF qui lance une politique de refondation de la République et de reconstruction du pays.

</td><td>

☐

© DR

</td></tr>
<tr><td>

**E**

Son retour au pouvoir plusieurs années plus tard marque la naissance de la V<sup>e</sup> République.

</td><td>

☐

Maël © Musée de La Poste, Paris / La Poste 2021

</td></tr>
<tr><td>

**F**

Il en devient ensuite le premier président élu au suffrage universel direct.

</td><td>

☐

© DR

</td></tr>
</table>

## LES CLÉS DU SUJET

### Analyser le sujet de développement construit (▶ 1)

• Le sujet porte sur la **décolonisation** et la manière dont les colonies sont devenues indépendantes.

• Il faut t'appuyer sur **un exemple** pour illustrer ton propos, mais ne limite pas celui-ci à un cas. Fais preuve de **connaissances générales.**

### Organiser ses idées

Décrire et expliquer comment les colonies sont devenues des États indépendants

1. Décris d'où part la décolonisation, comment elle se répand, à quelle vitesse.
2. Explique les conditions : les guerres, les manifestations, les négociations.
3. Montre le lien entre le processus et les relations internationales (guerre mondiale et guerre froide).

## 12 CORRIGÉ GUIDÉ

▶ **1.** Au lendemain de la Seconde Guerre mondiale, de nouveaux États apparaissent sur la carte du monde. Malgré la résistance des métropoles, la décolonisation affecte tous les grands empires, britannique comme français. L'Indochine en est un bon exemple.

• Le processus commence en Extrême-Orient. Dès 1945, les revendications se multiplient. Dans ce contexte, la guerre éclate entre la France et ses colonies d'Indochine. Elle dure huit ans et, après la défaite française de Diên Biên Phu (1954), elle donne naissance à quatre pays : le Laos, le Cambodge et les deux Vietnam, du Nord et du Sud. En 1947, l'Inde devient indépendante, mais elle se fractionne aussitôt, donnant naissance au Pakistan.

> **INFO**
> La décolonisation commence pendant la guerre (Birmanie dès 1943). D'Asie, elle gagne l'Afrique du Nord (1950), l'Afrique noire (1960) puis australe (1970).

• La décolonisation gagne ensuite l'Afrique du Nord (Libye, Tunisie, Maroc). Mais, comme l'Indochine, l'Algérie s'émancipe au terme d'une longue guerre (1954-1962). L'Afrique noire (Côte d'Ivoire, Sénégal, Ghana) accède à l'indépendance par la voie de la négociation.

- Le contexte a favorisé le processus. Les Japonais pendant la Seconde Guerre mondiale, puis l'URSS et les États-Unis lors de la guerre froide, ont poussé les peuples à s'émanciper. Mieux armés, ceux-ci ont profité des défaites et du déclin des puissances européennes. Défendu par l'ONU, le principe du droit des peuples à disposer d'eux-mêmes a justifié leurs revendications.
- La décolonisation a fait disparaître les empires coloniaux. Mais l'émancipation politique n'a pas donné aux peuples leur indépendance économique.

▶ **2.**

B

C

E

A

D

F

13 France métropolitaine • Juin 2017

# La décolonisation : l'exemple de l'Algérie

**MAÎTRISER LES DIFFÉRENTS LANGAGES**

45 min
20 points

**INTÉRÊT DU SUJET** • L'Algérie est le théâtre d'un conflit de décolonisation. L'affrontement entre les indépendantistes et la métropole est violent. Le général de Gaulle finit par céder.

▶ **1.** Rédigez un développement construit d'environ vingt lignes expliquant comment une colonie est devenue indépendante. Vous vous appuierez sur l'exemple étudié en classe. *(14 points)*

▶ **2.** Quelques temps forts du xx$^{e}$ siècle :

ph © Stringer/Reuters

**1. Chute du mur de Berlin**

ph © Keystone-France

**2. Libération de la France**

ph © AFP PHOTO

**3. Naissance de la V$^{e}$ République**

ph © Tallandier/Rue des Archives

**4. Première Guerre mondiale**

ph © AKg-Images

**5. Arrivée d'Hitler au pouvoir**

**a)** Situez les événements sur la frise chronologique suivante, en reportant le numéro correspondant dans la case. *(2,5 points)*

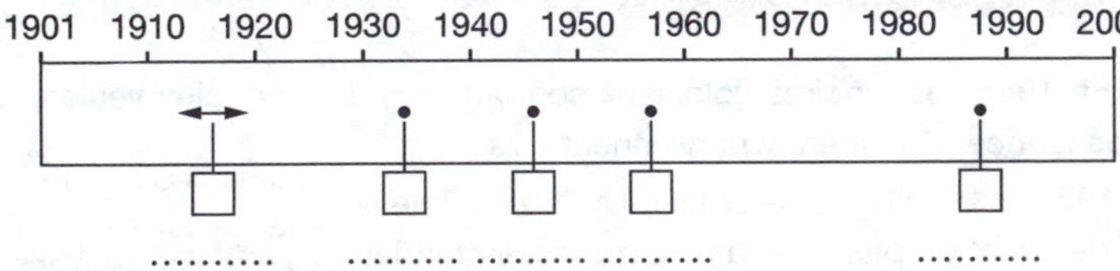


**b)** Sur les pointillés, vous indiquerez la date de deux événements de votre choix. *(2 points)*

**c)** À partir de la frise chronologique, trouvez l'événement en lien avec la guerre froide et justifiez votre choix en quelques mots. *(1,5 point)*



## LES CLÉS DU SUJET

### Analyser le sujet de développement construit (▶ 1)

- Le sujet porte sur le passage du **statut de colonie** (territoire dépendant d'une métropole) à **l'indépendance**.
- À travers l'exemple algérien, il faut définir les formes d'action, citer les événements décisifs, présenter les nouveaux statuts.

### Organiser ses idées

**Expliquer le processus d'indépendance de l'Algérie**

INTRODUCTION Rappelle le contexte de l'après-Seconde Guerre mondiale pour les empires coloniaux.

❶ Décris les moyens de lutte des indépendantistes, les moyens de répression mis en place par la métropole.

❷ Explique comment se déroule l'accession à l'indépendance. Présente les accords qui mettent fin à la crise.

CONCLUSION Conclus sur les conditions de la décolonisation en général.

## 13 CORRIGÉ GUIDÉ

▶ **1.** En 1945, les empires coloniaux sont affaiblis. Les peuples veulent leur indépendance. Comment y parviennent-t-ils ?

• En 1954, les partisans de l'Algérie indépendante (le FLN) décident de passer à la lutte armée. Ils tendent des embuscades, commettent des attentats (Toussaint rouge). La France envoie son armée ; elle traque les « rebelles » qui sont parfois torturés et exécutés. La division des Français sur le sujet provoque une crise politique en 1958.

**ATTENTION !**
Le corrigé est établi sur un exemple. Il sert de modèle. Si tu as étudié un autre pays, l'organisation du développement peut rester la même.

• Appelé à former un gouvernement, le général de Gaulle change la Constitution. Doté de pouvoirs renforcés, il négocie avec les indépendantistes. Le 18 mars 1962, les accords d'Évian donnent son indépendance à la République algérienne démocratique et populaire. Désormais, les Algériens se gouvernent selon le principe du droit des peuples à disposer d'eux-mêmes. Les Français d'Algérie et quelques harkis quittent le territoire dans la précipitation.

**INFO +**
Les harkis sont des musulmans qui avaient choisi de combattre aux côtés des Français.

L'indépendance des colonies a été difficile à obtenir. Manifestations et violences ont fait de nombreuses victimes dans tous les camps.

**CONSEIL**
Même si l'exemple choisi est moins violent que le cas algérien, montre que les indépendances ont toujours provoqué des heurts.

▶ **2. a)** et **b)**

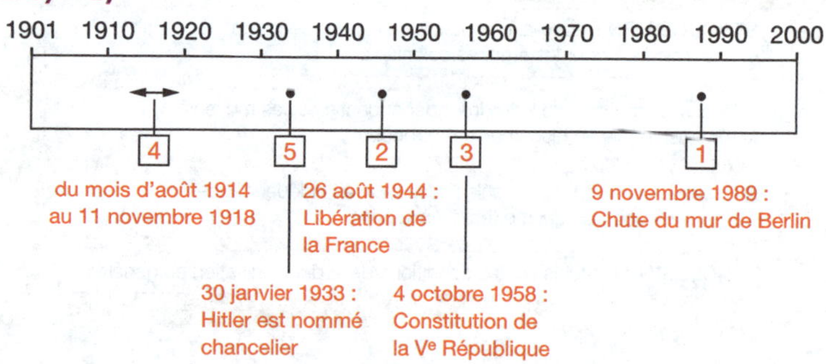


**c)** L'événement en lien avec la guerre froide est la chute du mur de Berlin. Ce mur fut érigé (1961) pour séparer les deux Allemagne et les deux blocs, celui de l'Est (communiste) et celui de l'Ouest (capitaliste). Sa chute le 9 novembre 1989 symbolise la fin de la guerre froide.

# La guerre froide : l'affrontement des blocs

**MAÎTRISER LES DIFFÉRENTS LANGAGES**

**45 min**
**20 points**



**INTÉRÊT DU SUJET** • La rivalité entre les États-Unis et l'URSS caractérise les années 1947-1991. Mais les « Deux Grands » s'affrontent indirectement, évitant toute guerre frontale.

▶ **1.** Rédigez un développement construit d'une vingtaine de lignes pour montrer comment les deux blocs s'affrontent durant la guerre froide. Vous pouvez prendre appui sur des exemples étudiés en classe. *(14 points)*

▶ **2. a)** Sur la frise chronologique ci-dessous, indiquez dans chaque cadre l'année où se déroule l'événement. Puis, reliez chaque cadre à l'année correspondante sur la frise.

**b)** Placez sur la frise la guerre froide en indiquant bien la date de début et la date de fin de cette période.

**c)** Indiquez dans le cadre prévu à cet effet, un événement important de la seconde moitié du XX$^{e}$ siècle étudié en classe. Puis, reliez cet événement à l'année correspondante sur la frise. *(6 points)*

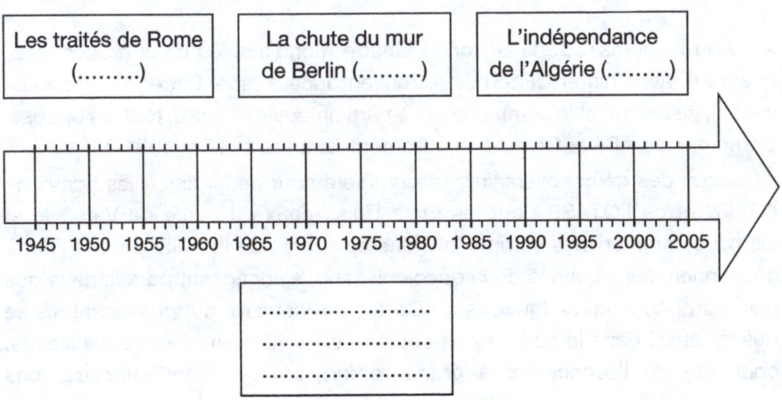

## LES CLÉS DU SUJET

### Analyser le sujet de développement construit (▶ 1)

• Le sujet porte sur la « guerre froide » et l'opposition des « deux blocs ». Il est surtout axé sur le « **comment** », qui doit t'amener à illustrer les **formes** de l'affrontement.

• Ne prends pas l'invitation à donner des exemples comme une éventualité. Pour produire une bonne copie, il **faut multiplier les références** les plus variées possible.

### Organiser ses idées

Montrer les formes de l'affrontement des deux blocs pendant la guerre froide

INTRODUCTION Rappelle d'abord ce qui oppose les « Deux Grands » dans le contexte de 1945.

❶ Présente les moyens « froids » de l'affrontement : alliances, guerres périphériques, course aux armements, menaces…

❷ À travers les exemples des principales crises, montre qu'il s'agit d'un conflit total.

CONCLUSION Évoque l'issue finale de la guerre froide.

## 14 CORRIGÉ GUIDÉ

▶ **1.** Au lendemain de la Seconde Guerre mondiale, les deux grands vainqueurs (États-Unis et URSS) se retrouvent face à face. Entre la démocratie capitaliste de l'un et le communisme à parti unique de l'autre, tout les oppose. Comment les « Deux Grands » s'affrontent-ils entre 1947 et 1991 ?

• Chacun des deux adversaires rassemble autour de lui des alliés : ceux de l'OTAN et de l'OTASE pour les États-Unis ; ceux du pacte de Varsovie et les pays communistes comme la Chine aux côtés de l'URSS. L'un et l'autre soutiennent les pays nés de la décolonisation, s'engageant parfois dans des guerres périphériques (guerres de Corée, du Vietnam, d'Afghanistan). Ils se défient aussi dans le cadre de la course aux armements (armes nucléaires, conquête de l'espace) et à grand renfort de propagande (accusations internationales, menaces). L'aide financière à la reconstruction (plan Marshall) ou au développement des pays pauvres est aussi utilisée.

• Des crises conduisent les deux puissances à la limite de l'affrontement direct. En 1948-1949 puis en 1961, Berlin est le théâtre d'un conflit direct resté toutefois sous contrôle. La tentative d'installation de missiles russes à Cuba provoque un bras de fer : les Américains établissent un blocus autour de l'île et le président John F. Kennedy menace d'utiliser l'arme nucléaire (1962). Dans les années 1980, l'Europe revient au centre des préoccupations : la crise des euromissiles d'abord (1977-1985) puis celles qui secouent les pays de l'Est (1985-1989) font monter la tension entre les « Deux Grands ». La « guerre des étoiles » est un ultime défi lancé à l'URSS par le président Reagan.

Mais, finalement, c'est l'usure du modèle soviétique qui fissure le bloc de l'Est (1989) et provoque l'effondrement de l'URSS (1991). La guerre dite « froide », qui n'était « chaude » que par peuples interposés, prend alors fin.

> **INFO +**
> « La guerre des étoiles » désigne le programme américain « Initiative de défense stratégique » (IDS), projet de défense qui devait détecter et détruire les missiles soviétiques lancés contre les États-Unis.



**▶ 2. a), b) et c)**

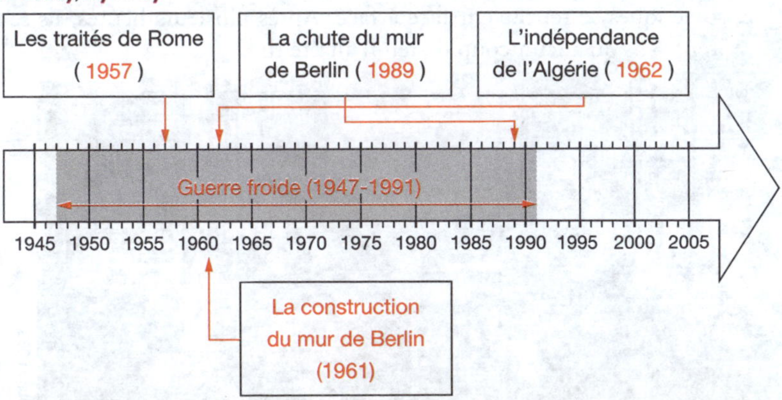


> **INFO +**
> Tu aurais pu indiquer d'autres dates importantes de la seconde moitié du XXe siècle. Voici quelques exemples : le blocus de Berlin (1948-1949), la conférence de Bandung (1955), la guerre du Vietnam (1955-1975), la guerre d'Algérie (1954-1962), la crise de Cuba (1961-1962) ou encore la guerre du Golfe (1991).

15 Amérique du Nord • Juin 2018

# Berlin, territoire de la guerre froide

**ANALYSER DES DOCUMENTS**

45 min
20 points

**INTÉRÊT DU SUJET** • Berlin est l'un des lieux emblématiques de la guerre froide. Celle-ci sépare les peuples. L'unité des familles allemandes s'en trouve parfois brisée. À tout moment, les tensions Est-Ouest peuvent dégénérer en conflit armé.

**DOCUMENT 1** Berlin, Checkpoint Charlie (1961)

Checkpoint Charlie est un point de passage entre Berlin-Ouest et Berlin-Est. Le 25 octobre 1961, les gardes-frontières de Berlin-Est refusent le passage d'un ambassadeur américain. Des chars américains et soviétiques se retrouvent face à face. Après plusieurs heures, ils se retirent sans qu'aucun coup de feu n'ait été tiré.

R. Hesse, Bundesarchiv, 1961.

DOCUMENT 2 **L'Allemagne au temps de la guerre froide**

*Au cours de la guerre froide, la famille Berdau (composée de quatre sœurs, Käthe, mariée à Heinz, Traute, Rose-Marie et Anneliese, et leurs parents) est séparée par les événements.*

En 1959, en RDA, Heinz et Käthe Krause sont arrêtés, accusés d'avoir voulu fuir à l'Ouest. Le jeune géologue est condamné à douze mois de prison, elle [Käthe, sa femme] est détenue vingt-quatre heures et perd son travail.

[…] Heinz et Käthe sont décidés. Ils vivent « avec une valise sous le lit ». Le jeune couple demande l'autorisation de partir en vacances sur la presqu'île de Hela, en Pologne. En réalité ils vont à Berlin. En 1960, le mur n'a pas encore été construit et un train régional circule entre deux destinations de l'Est, avec quelques arrêts très surveillés dans Berlin-Ouest. « Mon mari était très courageux, il a pris l'initiative » raconte Käthe, les yeux brillants. Au premier arrêt dans le district ouest, il dit à sa femme : « On sort ! » Ils descendent sans rien dire, attendant qu'on les arrête, mais on ne les remarque pas. […]

Quand le Mur est construit en 1961, Traute vit à Hambourg (RFA), Rose-Marie en Autriche, Käthe à Waiblingen (RFA), seule Anneliese est restée à Greifswald (RDA) avec leur mère. « On était séparés, peut-être pour toujours. » Anneliese et Käthe restent très proches. « On échangeait des photos, mais les lettres étaient contrôlées. On ne pouvait pas parler de nos vies. Les paquets étaient fouillés. En trente ans, les visites se comptent sur les doigts d'une main. […] En 1989 on n'avait pas idée que le Mur pouvait tomber. On ne se rendait pas compte que c'était proche. »

Nathalie Lacube, « En Allemagne, les sœurs Berdau ont vécu au rythme de l'histoire », *La Croix*, 14 janvier 2011.

S'ENTRAÎNER

**DOCUMENT 1**

▶ **1.** Quelles sont les deux principales puissances rivales au cours de la guerre froide ? *(2 points)*

**DOCUMENT 2**

▶ **2.** Qu'ont décidé Heinz et Käthe ? En quoi cela permet-il d'expliquer la construction du mur de Berlin ? *(4 points)*

▶ **3.** Montrez que la guerre froide a rendu difficile la vie quotidienne des Allemands (au moins deux éléments attendus). *(4 points)*

▶ **4.** Relevez dans le texte, en indiquant sa date, l'événement qui correspond à la fin de la guerre froide. *(2 points)*

## DOCUMENTS 1 ET 2

▶ **5.** Montrez que la situation à Berlin et en Allemagne illustre les tensions entre l'Est et l'Ouest pendant la guerre froide. *(8 points)*

## LES CLÉS DU SUJET

### Comprendre les documents

**Berlin, Check point Charlie**

- **Nature du document**
  Une photographie prise depuis la zone ouest de Berlin, document témoin
- **Source**
  Archives de la RFA (Allemagne de l'Ouest)
- **Thème**
  Un incident susceptible de dégénérer en crise militaire majeure
- **Contexte**
  25 octobre 1961, un mois et demi après la décision d'ériger ce qui deviendra le mur de Berlin

**L'Allemagne au temps de la guerre froide**

- **Nature du document**
  Récit de souvenirs d'une famille allemande séparée par le mur de Berlin
- **Auteur**
  La famille Berdau, témoignage recueilli par Nathalie Lacube, journaliste française
- **Thème**
  La séparation d'une famille par le mur de Berlin
- **Contexte**
  2011, 50e anniversaire de la crise Est-Ouest de 1959-1961 à Berlin

## Répondre aux questions

▶ **2.** De quoi sont accusés les Krause en 1959 ? Quel moyen de transport utilisent-ils dans Berlin ? Qu'empêche la construction du mur en 1961 ?

▶ **3.** De quoi ont peur les Allemands de l'Est ? Relève dans le texte des mots exprimant cette peur. Que font les Krause pour masquer leur voyage à Berlin ? Quelle liberté n'est pas respectée ?

▶ **5.** Pour gagner les 8 points, tu dois développer ta réponse. La question portant sur toute la période de la guerre froide (1947-1991), organise-la de façon chronologique, en utilisant 1961 comme date centrale. Appuie-toi sur ton cours pour évoquer de façon équilibrée les deux Allemagne ou les deux Berlin. En conclusion, caractérise l'Allemagne par rapport à la guerre froide.



# 15 CORRIGÉ GUIDÉ

▶ **1.** Les deux principales puissances rivales de la guerre froide sont les États-Unis d'Amérique, leader du bloc de l'Ouest capitaliste, et l'Union soviétique (URSS), leader du bloc de l'Est communiste.

**GAGNE DES POINTS**
Ne te contente pas de nommer les deux puissances rivales, précise le camp dont elles sont les chefs de file.

▶ **2.** Hans et Käthe ont décidé de se rendre à Berlin-Ouest par le train régional. Ils veulent quitter la RDA, « fuir à l'Ouest ». La construction du mur empêchait d'entrer dans Berlin-Ouest et d'y trouver refuge pour les uns, d'entrer en RDA pour les autres.

▶ **3.** Les autorités est-allemandes punissent sévèrement ceux qui veulent quitter le pays : un an de prison pour Heinz, la perte de son travail pour Käthe ; ceux-ci sont obligés de mentir (§ 2 du document 2). Les populations sont espionnées (« surveillées », « contrôlées » et « fouillées »), les familles séparées. Elles manquent d'informations (« on n'avait pas idée que... »).

▶ **4.** L'événement évoqué dans le texte, qui correspond à la fin de la guerre froide, est la chute du mur de Berlin le 9 novembre 1989.

▶ **5.** Pendant la guerre froide (1947-1991), l'Allemagne est coupée en deux entre les blocs de l'Ouest et de l'Est. Les tensions entre les États-Unis et l'URSS y sont vives. Dès 1948-1949, les Soviétiques imposent un blocus à

Berlin-Ouest pour en chasser les Américains. Coupés du monde, les Berlinois de l'Ouest sont approvisionnés par un pont aérien.

• Soumis à un régime totalitaire qui réprime tout opposant, les habitants de la RDA (Allemagne de l'Est) tentent de fuir à l'Ouest. Entre 1949 et 1959, le pays perd 10 % de sa population. Pour stopper les départs, le gouvernement érige pendant l'été 1961 un mur autour de Berlin-Ouest. Le libre passage d'une zone à l'autre de la ville devient impossible. Des familles sont séparées. Les Occidentaux dénoncent ces agissements. Le 25 octobre 1961, des chars américains et soviétiques se font face au seul point de passage possible (Checkpoint Charlie), prenant le risque d'un affrontement armé. En 1963, le président Kennedy vient exprimer son soutien aux Berlinois de l'Ouest.

• De 1961 à 1991, les deux Allemagnes sont le terrain de manifestations dénonçant la situation. Parce qu'ils craignent un conflit armé sur leur territoire, des Allemands de l'Ouest expriment leur souhait d'être « plutôt rouges que morts ». En effet, la crise des euromissiles (1977-1983) menace l'intégrité du territoire allemand.

> **INFO +**
> L'expression « plutôt rouges que morts » signifie qu'ils préfèrent être soumis à un régime communiste et vivants plutôt que libres mais morts.

• L'affaiblissement de l'URSS permet aux Berlinois de l'Est de se libérer du régime communiste et d'abattre le mur (novembre 1989). Le démantèlement de celui-ci annonce la fin de la guerre froide.

Pendant toute la période, l'Allemagne a été un des territoires privilégiés de l'affrontement Est-Ouest.

16 France métropolitaine • Septembre 2021

# Le projet européen en construction (9 mai 1950)

**ANALYSER UN DOCUMENT**

45 min
20 points

S'ENTRAÎNER

**INTÉRÊT DU SUJET** • Dès 1950, les Européens rêvent d'instituer une communauté recouvrant tous les aspects de la vie politique des États membres. Robert Schuman trace la voie à suivre en s'appuyant sur l'économie.

**DOCUMENT** **Déclaration de Robert Schuman, ministre des Affaires étrangères français, prononcée à Paris le 9 mai 1950**

La paix mondiale ne saurait être sauvegardée sans des efforts créateurs à la mesure des dangers qui la menacent.

La contribution qu'une Europe organisée et vivante peut apporter à la civilisation est indispensable au maintien des relations pacifiques. En se faisant depuis plus de vingt ans le champion d'une Europe unie, la France a toujours eu pour objet essentiel de servir la paix. L'Europe n'a pas été faite, nous avons eu la guerre.

L'Europe ne se fera pas d'un coup, ni dans une construction d'ensemble : elle se fera par des réalisations concrètes, créant d'abord une solidarité de fait. Le rassemblement des nations européennes exige que l'opposition séculaire[1] de la France et de l'Allemagne soit éliminée : l'action entreprise doit toucher au premier chef la France et l'Allemagne. […]

Le gouvernement français propose de placer l'ensemble de la production franco-allemande du charbon et d'acier sous une Haute Autorité commune, dans une organisation ouverte à la participation des autres pays d'Europe.

La mise en commun des productions de charbon et d'acier assurera immédiatement l'établissement de bases communes de développement économique, première étape de la Fédération européenne, et changera le destin des régions longtemps vouées à la fabrication des armes de guerre dont elles ont été les plus constantes victimes.

La solidarité de production qui sera ainsi nouée manifestera que toute guerre entre la France et l'Allemagne devient non seulement impensable, mais matériellement impossible. L'établissement de cette unité puissante de production ouverte à tous les pays qui voudront y participer, aboutissant à fournir à tous les pays qu'elle rassemblera les éléments fondamentaux de la production industrielle aux mêmes conditions, jettera les fondements réels de leur unification économique.

Cette production sera offerte à l'ensemble du monde, sans distinction ni exclusion, pour contribuer au relèvement du niveau de vie et au progrès des œuvres de paix. L'Europe pourra, avec des moyens accrus, poursuivre la réalisation de l'une de ses tâches essentielles : le développement du continent africain.

Ainsi sera réalisée simplement et rapidement la fusion d'intérêts indispensable à l'établissement d'une communauté économique et introduit le ferment[2] d'une communauté plus large et plus profonde entre des pays longtemps opposés par des divisions sanglantes.

Source : Fondation Robert Schuman.

1. Séculaire : qui dure des siècles.
2. Ferment : base d'une communauté.

▶ **1.** À l'aide des passages soulignés du texte, expliquez la situation de l'Europe en 1950.

▶ **2.** Relevez dans le texte deux passages qui montrent que pour Robert Schuman la construction européenne doit d'abord être une union économique.

▶ **3.** Citez deux autres objectifs de la construction européenne pour Robert Schuman.

▶ **4.** Quelle réalisation concrète propose-t-il pour la création d'une Europe unie ?

▶ **5.** Robert Schuman espère la construction d'une « communauté plus large et plus profonde ». Montrez à l'aide de vos connaissances que son vœu a été réalisé.

## LES CLÉS DU SUJET

### Comprendre le document

**Déclaration de Robert Schuman, le 9 mai 1950**

- **Nature du document** : Un discours fondateur de la CEE, document officiel.
- **Auteur** : Le ministre des Affaires étrangères de la France.
- **Thème** : La mise en commun des productions de charbon et d'acier.
- **Contexte** : 1950, reconstruction de l'Europe et début de la guerre froide.

### Répondre aux questions

▶ **1.** De quelle guerre l'Europe sort-elle ? Quelle puissance menace sa moitié occidentale ? Quelle guerre commence en Asie ?

▶ **2.** Quelle activité Schuman veut-il mettre en commun ? Comment imagine-t-il qu'elle serve l'unification économique des pays membres ?

▶ **3.** Que veut sauvegarder Schuman au niveau mondial ? Que veut-il relever pour les populations européennes ? Quelle tâche essentielle imagine-t-il pour l'Afrique ?

▶ **4.** Quelle institution Schuman propose-t-il de créer ?

▶ **5.** Qu'est devenu le projet de Schuman en 1957, puis en 1995 ? Quelles politiques communes ont été mises en œuvre ? Quels nouveaux outils (politique, militaire, monétaire, éducatif, administratif…) peux-tu citer à titre d'exemples ?

## 16 CORRIGÉ GUIDÉ

▶ **1.** En 1950, cinq ans après la fin de la Seconde Guerre mondiale, l'Europe est encore très marquée par les destructions liées au conflit. En reconstruction, elle doit faire face aux ambitions des partis communistes et à l'hostilité de l'URSS qui impose son modèle de société sur la moitié est du continent. En Asie, l'URSS soutient la Chine communiste de Mao et la Corée du Nord engagée dans une guerre chaude contre le Sud. Ce dernier est soutenu par les États-Unis. La paix mondiale est loin d'être acquise. C'est le début de la guerre froide.

**INFO+**
Le 25 juin 1950 débute la guerre de Corée opposant les communistes du Nord aux non-communistes du Sud. Elle prend fin en juillet 1953.

▶ **2.** Schuman souhaite « une mise en commun des productions de charbon et d'acier » (§ 5), puis rassembler « les éléments fondamentaux de la production industrielle » (§ 6). Explicitement, il veut réaliser « la fusion d'intérêts indispensable à l'établissement d'une communauté économique » (§ 7).

▶ **3.** Schuman veut sauvegarder la paix (§ 1), le niveau de vie des peuples (§ 7) et le développement, plus particulièrement du continent africain (§ 7).

**CONSEIL**
Ne te contente pas de « citer » le texte comme demandé. Traduis la citation avec tes propres mots.

▶ **4.** Concrètement, Schuman propose de créer « une Haute Autorité commune » (§ 4), une organisation chargée de gérer les productions de charbon et d'acier des États membres.

▶ **5.** Dès 1957 (traité de Rome), l'expérience de la Communauté européenne du charbon et de l'acier (CECA) se généralise à l'ensemble de l'économie dans le cadre de la Communauté économique européenne (CEE). Des politiques agricoles communes sont mises en œuvre, les frontières s'ouvrent (Union douanière en 1968, marché unique en 1993). Un nouveau cap est franchi en 1992 quand la CEE devient l'Union européenne (UE) et s'élargit à tous les domaines de la vie publique. Dans ce cadre, une monnaie unique (euro) et une Banque centrale européenne (BCE) sont créées. D'autres institutions se développent pour l'éducation et la recherche (Erasmus), la police (Europol), la Défense (Eurocorps), la santé ou la culture (encore en construction).

# La construction de l'Europe et ses enjeux

**MAÎTRISER LES DIFFÉRENTS LANGAGES**

45 min
20 points



**INTÉRÊT DU SUJET** • La construction d'une communauté d'États européens est une expérience unique. Elle a permis la reconstruction des pays après la guerre. Sa puissance n'est pas dénuée de défauts.

▶ **1.** Rédigez un développement construit d'environ vingt lignes racontant les étapes et présentant les enjeux de la construction européenne. (*13 points*)

▶ **2. a)** En suivant l'exemple proposé (Communisme soviétique, Joseph Staline), associez chaque expression suivante à un personnage dans le tableau. (*5 points*)
- Front populaire
- Régime de Vichy
- Allemagne nazie
- Ve République
- Loi sur l'IVG (interruption volontaire de grossesse)

**b)** Reportez son numéro à sa place sur la frise chronologique. (*1 point*)
**c)** Nommez et datez un événement auquel il participe. (*1 point*)

**Léon Blum**

ph© S2 Photo/ Bridgeman Images

① ....................

**Joseph Staline**

ph© Sovfoto/UIG/ Leemage

② Communisme soviétique

**Charles de Gaulle**

ph© Austrian Archives/ Imagno/Akg-Images

③ ....................

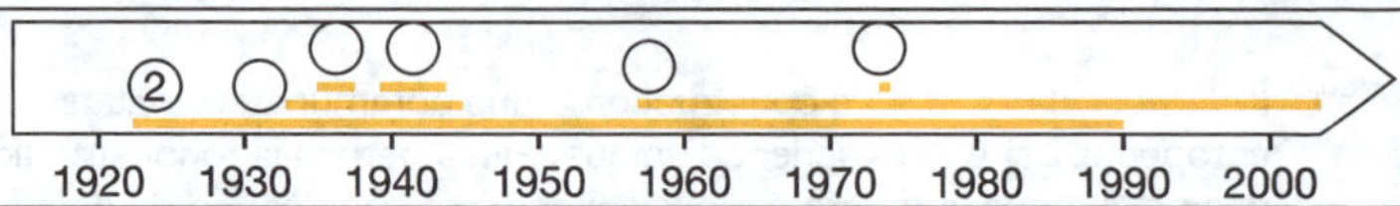


④ ....................

ph© Everett Collection/ Bridgeman Images

**Philippe Pétain**

⑤ ....................

ph© Philippe Ledru/ Akg-Images

**Simone Veil**

⑥ ....................

ph© Akg-Images

**Adolf Hitler**

## LES CLÉS DU SUJET

### Analyser le sujet de développement construit (▶ 1)

• La construction européenne est à décrire en fonction de ses objectifs (**enjeux**) et de ses modalités (**étapes**).

• Efforce-toi de montrer l'ambition du projet, mais aussi les difficultés rencontrées.

### Organiser ses idées

Tu peux suivre l'ordre suggéré par le sujet, mais il est plus judicieux de commencer par traiter les enjeux, car ils fixent les buts à atteindre par le projet européen.

**Décrire la construction européenne**

**INTRODUCTION** Rappelle l'état de l'Europe au lendemain de la Seconde Guerre mondiale et les défis posés par la guerre froide.

❶ Dans un 1er paragraphe, expose les objectifs de la communauté (économiques et politiques).

❷ Expose ensuite les étapes autour des deux institutions successives : CEE et UE.

**CONCLUSION** Souligne le succès de la construction européenne, mais aussi ses limites (Brexit).



## 17 CORRIGÉ GUIDÉ

▶ **1.** En 1945, l'Europe sort en ruine de la Seconde Guerre mondiale. Dans un contexte de guerre froide naissante, elle est aussi divisée. Six pays de l'Ouest décident d'unir leurs forces. Comment y parviennent-ils ?

• Les premiers enjeux des Européens sont la reconstruction d'une part, la reconquête de la première place économique mondiale d'autre part. Ils veulent aussi favoriser la réconciliation entre leurs peuples et l'établissement d'une paix durable. Mais le principal objectif de la communauté des six est de se protéger de l'URSS par laquelle ils se sentent menacés. Soutenus par les États-Unis et leur plan Marshall, ils pensent que le retour rapide à la prospérité économique détournera leurs citoyens de l'idéal communiste.

• La construction européenne se fait en deux étapes majeures : d'abord une Communauté économique européenne (la CEE) de 1957 à 1995 ; puis une Union européenne (UE) de 1995 à nos jours.

**CONSEIL**
Pour les étapes, sois précis sur les dates.

Testée dans le cadre de la Communauté économique du charbon et de l'acier (CECA, 1951), la CEE est fondée par le traité de Rome (1957). L'exécutif s'installe à Bruxelles, la Cour de justice à Luxembourg ; en 1979 naît le Parlement européen qui s'établit à Strasbourg. L'élargissement est progressif : de six membres en 1957, la CEE passe à neuf (1973), à dix (1981) puis à douze (1986).

**CONSEIL**
Le sujet renvoie à l'usage de nombreux sigles (CECA, CEE, UE) ; n'hésite pas à les utiliser, mais donnes-en la signification au premier emploi que tu en fais.

Par le traité de Maastricht (1992), la communauté renforce ses liens et passe à quinze États (1995). Elle se dote d'une constitution (traité de Lisbonne, 2007) et d'une monnaie (l'euro, 2002). La Banque centrale européenne installe son siège à Francfort. L'Europe continue de s'élargir. Dix pays (d'Europe de l'Est et de la Méditerranée) la rejoignent en 2004. En 2019, l'UE compte vingt-huit États, mais la crise qu'elle traverse depuis 2008 la fragilise. Pour la première fois, un pays (le Royaume-Uni) décide de la quitter (Brexit, 2020).

Pour ses cinquante ans (2007), l'Europe pouvait se flatter d'un bon bilan : elle avait atteint les objectifs qu'elle s'était fixés en 1957. Mais le contexte a changé, les difficultés s'accumulent et elle doit faire face, désormais, à de nombreuses critiques.

▶ **2. a)** et **b)**

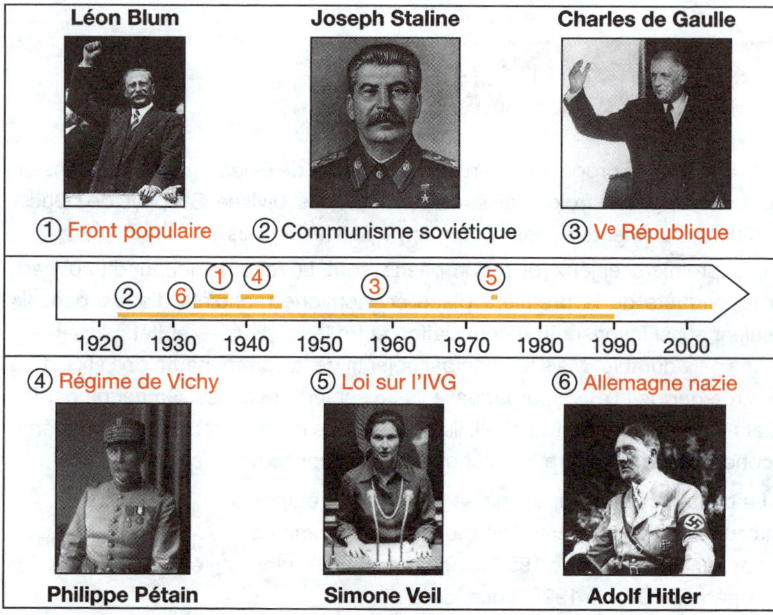


**c)** • Léon Blum, les accords de Matignon, 7-8 juin 1936

• Joseph Staline, le blocus de Berlin, juin 1948-mai 1949

• Charles de Gaulle, l'Appel du 18 juin, 18 juin 1940

• Philippe Pétain, l'armistice du 22 juin 1940 (ou bataille de Verdun, 1916)

• Simone Veil, première présidente du Parlement européen, 1979 (ou loi sur l'IVG, janvier 1975)

• Adolf Hitler, chancelier du Reich, 30 janvier 1933

# L'hyperpuissance américaine après les attentats du 11 septembre

**ANALYSER DES DOCUMENTS**

45 min
20 points



**INTÉRÊT DU SUJET** • Les attentats du 11 septembre sont un défi à la toute-puissance des États-Unis. Le cœur du pays est touché. Sa réaction préserve la primauté internationale du pays ; elle n'en est pas moins écornée.

## DOCUMENT 1 Les conséquences des attentats du 11 septembre 2001

En montrant la vulnérabilité de l'hyperpuissance américaine et la nécessité de faire front face à la menace terroriste internationale, les attentats du 11 septembre ont changé pour un temps l'attitude américaine.

Rompant avec l'unilatéralisme[1], les États-Unis ont cherché […] à former une coalition[2] avec pour objectif la lutte contre le terrorisme érigée en pilier[3] de la politique étrangère. Cette alliance incluait des ennemis d'hier dont la Chine et la Russie, désormais considérées comme des alliés, quitte à passer sous silence les violations des Droits de l'homme en Chine ou la guerre en Tchétchénie[4]. Les États-Unis ont également été amenés à s'impliquer davantage dans le conflit israélo-palestinien, et à s'engager militairement dans de nouvelles zones, principalement en Asie centrale et en Asie du Sud et de l'Est, mais aussi dans le Caucase. […]

La coalition qui est intervenue en Afghanistan contre le régime des talibans et Oussama Ben Laden était fort réduite. L'effort de guerre a été supporté exclusivement par les Américains. Britanniques et Français ne sont entrés en scène que tardivement dans ce conflit, avec des moyens militaires limités.

*Le Monde*, 20 mars 2005.

1. Unilatéralisme : attitude qui consiste, pour une puissance, à décider seule d'une politique étrangère, sans tenir compte de l'avis d'autres pays.
2. Coalition : union momentanée d'États en vue d'une intervention politique ou militaire.
3. Érigée en pilier : devenue centrale.
4. Tchétchénie : région russe située dans le Caucase.

DOCUMENT 2 **La puissance américaine**

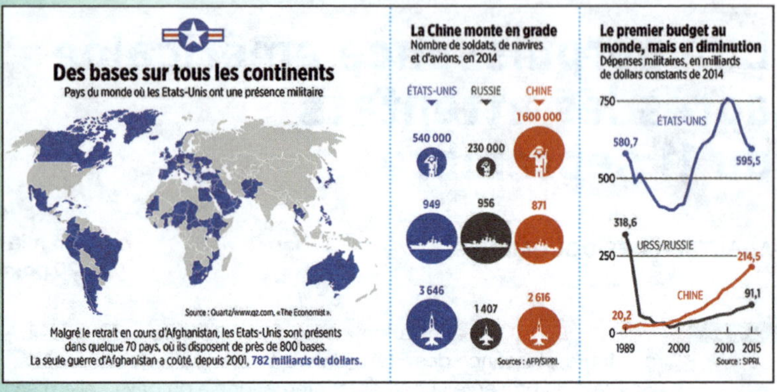


© *Le Point*, 10 novembre 2016.

## DOCUMENT 1

▶ **1.** Expliquez pourquoi l'auteur de ce texte évoque la Russie parmi « les ennemis d'hier » des États-Unis. *(4 points)*

▶ **2.** Montrez comment les attentats du 11 septembre 2001 ont bouleversé les relations des États-Unis avec les autres États. *(3 points)*

## DOCUMENT 2

▶ **3.** Relevez trois éléments illustrant la puissance militaire des États-Unis au début des années 2000. *(3 points)*

## DOCUMENTS 1 ET 2

▶ **4.** Pourquoi peut-on toujours, au début du XXIe siècle, qualifier les États-Unis d'hyperpuissance ? *(6 points)*

▶ **5.** Relevez deux éléments montrant les limites de l'hyperpuissance américaine (*4 points*).

S'ENTRAÎNER

## LES CLÉS DU SUJET

### Comprendre les documents

**Les conséquences des attentats du 11 septembre 2001**

- **Nature du document** : Un article de presse, document d'opinion
- **Auteur** : Un journaliste du *Monde*, journal français
- **Thème** : L'impact du 11 septembre sur les relations des États-Unis avec le reste du monde
- **Contexte** : 2005, trois ans et demi après les attentats, période de reconfiguration des relations internationales

**La puissance américaine**

- **Nature du document** : Tableau d'informations statistiques, document didactique
- **Source** : *Le Point*, hebdomadaire généraliste français
- **Thème** : La puissance militaire américaine et ses limites
- **Contexte** : Novembre 2016, quinze ans après les attentats

### Répondre aux questions

▶ **1.** Pense à une époque où la Russie était désignée par un autre nom. Appuie-toi sur tes connaissances pour rappeler le contexte de cette époque, la manière de la désigner, puis de la caractériser.

▶ **2.** Après les attentats, qui sont les alliés des États-Unis ? Quelles actions les engagent et à quel prix concernant leurs valeurs ?

▶ **3.** Comment qualifier la présence militaire américaine dans le monde d'après la carte ? Fais des calculs à partir des données statistiques pour mieux évaluer la puissance américaine par rapport à ses concurrents.

▶ **4.** Utilise les réponses à la question 3, mais veille à ne pas les répéter. Des informations recensées, déduis des éléments de force.

▶ **5.** Comment évoluent les écarts entre les pays ? Que révèlent les attentats de 2001 en matière de sécurité ?

## 18 CORRIGÉ GUIDÉ

▶ **1.** L'auteur du document 1 classe la Russie parmi « les ennemis d'hier ». En effet, de 1947 à 1991, la Russie (dite URSS) était la puissance rivale des États-Unis et de leurs alliés du bloc de l'Ouest. Leader des États communistes, elle était l'adversaire des États-Unis dans le cadre de la guerre froide.

▶ **2.** Les attentats du 11 septembre 2001 ont changé les alliances : la Russie et la Chine sont devenues des alliés des États-Unis. La guerre contre le terrorisme a justifié de nouvelles interventions militaires américaines en Asie centrale (Afghanistan), au Moyen-Orient (Irak) et dans l'ensemble du monde musulman. Les nouvelles priorités ont conduit les Américains à minimiser la défense de leurs valeurs.

▶ **3.** La carte du document 2 montre une présence militaire américaine planétaire. Leurs 800 bases sont distribuées sur tous les continents et contrôlent tous les points stratégiques du globe. Le budget militaire américain est de trois à six fois plus important que celui de ses rivaux (Chine, Russie). De même, leur équipement aérien est supérieur à celui de la Chine (+ 28 %) et de la Russie (2,5 fois plus).

▶ **4.** Les États-Unis sont toujours une hyperpuissance. Ils sont le pays leader d'une grande coalition d'États. Par les traités militaires, tels l'OTAN ou l'OTASE, ils ont le soutien de nombreux alliés, dont le Royaume-Uni et la France qui sont des puissances nucléaires.

**RAPPEL**
L'OTAN (traité de l'Atlantique nord) et l'OTASE (traité de l'Asie du Sud-Est) sont des alliances militaires entre les États-Unis et d'autres pays. Leurs forces sont sous commandement intégré.

Leurs 800 bases et flottes de guerre leur donnent une capacité d'intervention rapide dans toutes les régions. Avec près de 600 millions de dollars, le budget alloué à l'armée est le premier au monde. Il est trois fois plus que celui de la Chine et six fois plus important que celui de la Russie. Cette différence leur permet de disposer d'une forte supériorité matérielle et technologique.

▶ **5.** L'hyperpuissance américaine a des limites. Les États-Unis ne sont plus assez forts pour imposer leurs valeurs aux États auxquels ils demandent un soutien. Face aux organisations terroristes, ils ne peuvent pas assurer leur totale sécurité. Les attentats de 2001 en ont fait la démonstration. Sur la durée, la montée en puissance de la Chine quand les États-Unis peinent sur le plan économique ne permet pas à ces derniers d'imposer leur loi à l'ensemble du monde.

# La refondation de la République (1944-1945)

**ANALYSER DES DOCUMENTS**

45 min
20 points



**INTÉRÊT DU SUJET** • La chute du régime de Vichy permet le rétablissement de la République. La victoire des mouvements rassemblés dans la Résistance est l'occasion d'établir des réformes susceptibles de renforcer la démocratie.

**DOCUMENT 1** **Extraits du programme du Conseil national de la Résistance (CNR)**

Mesures à appliquer dès la libération du territoire [...]
Afin d'assurer :
– l'établissement de la démocratie la plus large en rendant la parole au peuple français par le rétablissement du suffrage universel ;
– la pleine liberté de pensée, de conscience et d'expression ;
– la liberté de la presse, son honneur et son indépendance [...] ;
– la liberté d'association, de réunion et de manifestation ;
– l'inviolabilité du domicile et le secret de la correspondance ;
– le respect de la personne humaine ;
– l'égalité absolue de tous les citoyens devant la loi ;
Afin de promouvoir les réformes indispensables : [...]
a) Sur le plan économique :
– le retour à la nation des grands moyens de production monopolisée, fruits du travail commun, des sources d'énergie, des richesses du sous-sol, des compagnies d'assurances et des grandes banques [...].
b) Sur le plan social : [...]
– un plan complet de Sécurité sociale, visant à assurer à tous les citoyens des moyens d'existence, dans tous les cas où ils sont incapables de se le procurer par le travail [...] ;
– une retraite permettant aux vieux travailleurs de finir dignement leurs jours ; [...]

d) La possibilité effective pour tous les enfants français de bénéficier de l'instruction et d'accéder à la culture la plus développée, quelle que soit la situation de fortune de leurs parents [...].

Le Conseil national de la Résistance, mars 1944.

DOCUMENT 2 **Photographie prise à Paris en 1944**

ph © SZ Photo/Bridgeman Images

### DOCUMENT 1

▶ **1.** Qu'est-ce que le Conseil national de la Résistance ? Dans quel contexte rédige-t-il son programme de réformes ? (*4 points*)

▶ **2.** Recopiez une phrase qui montre que le Conseil national de la Résistance veut restaurer la République. (*2 points*)

▶ **3.** Relevez une réforme sociale et une réforme économique préconisées dans ce programme. (*4 points*)

### DOCUMENT 2

▶ **4.** Quel droit réclament les femmes et quand obtiennent-elles ce droit en France ? (*2 points*)

## DOCUMENTS 1 ET 2

▶ **5.** Citez deux passages du programme du CNR qui justifient cette revendication des femmes. (*2 points*)

▶ **6.** À l'aide des documents et de vos réponses, expliquez sur quelles bases se refonde la République en 1944. (*6 points*)



## LES CLÉS DU SUJET

### Comprendre le document

**Extraits du programme du Conseil national de la Résistance (CNR)**

- **Nature du document**
  Projet politique, document officiel.
- **Auteur**
  Les dirigeants de la Résistance intérieure (CNR).
- **Thème**
  Les réformes à mettre en œuvre.
- **Contexte**
  La fin de la Seconde Guerre mondiale.

**Photographie prise à Paris en 1944**

- **Nature du document**
  Une photographie, document témoin.
- **Auteur**
  Inconnu, un journaliste ? Un témoin.
- **Thème**
  La revendication du droit de vote des femmes.
- **Contexte**
  La Libération, rétablissement de la République.

### Répondre aux questions

▶ **1.** De quelles organisations le CNR est-il composé ? Quelle est la situation de la France et des Alliés en mars 1944 ?

▶ **2.** Quel type de régime le CNR veut-il établir ?

▶ **4.** À quel droit fait référence la pancarte brandie par une militante ?

▶ **5.** Quel type de suffrage propose le CNR ? Au nom de quelles autres valeurs de la République le droit au suffrage des femmes se justifie-t-il ?

▶ **6.** Définis d'abord le type de régime revendiqué. Aide-toi ensuite de la devise de la République : elle te permettra de trouver des arguments et d'organiser ta réponse.

## 19 CORRIGÉ **GUIDÉ**

▶ **1.** Le Conseil national de la Résistance est une organisation réunissant tous les mouvements combattant le régime de Vichy sur le territoire français. Il rédige son programme en mars 1944, au moment où les espoirs de victoire commencent à naître.

▶ **2.** Le CNR veut « l'établissement de la démocratie la plus large en rendant la parole au peuple français par le rétablissement du suffrage universel », autrement dit un gouvernement par tous les citoyens.

> INFO +
> Le rétablissement de la République a été proclamé par l'ordonnance du 9 août 1944, quinze jours avant la libération de Paris.

▶ **3.** Sur le plan social, le CNR souhaite la création d'une « Sécurité sociale » pour tous, le droit à une retraite pour les aînés, à l'éducation pour les plus jeunes ; sur le plan économique, il propose « le retour à la nation des grands moyens de production » par nationalisation.

▶ **4.** Les femmes revendiquent le droit de vote, celui de pouvoir choisir leurs représentants. Elles l'obtiennent par ordonnance le 21 avril 1944.

> INFO +
> Pour la première fois, les femmes ont exercé le droit de vote lors des élections municipales du 25 avril 1945.

▶ **5.** Le vœu d'établir un suffrage « universel » justifie la revendication des Françaises. Comme citoyennes, elles doivent bénéficier de la liberté de penser ou d'expression (point 2) ; « l'égalité absolue de tous les citoyens devant la loi » implique que les femmes disposent du même droit que les hommes.

▶ **6.** Le CNR veut l'établissement de « la démocratie la plus large ». La République qui se met en place en 1944 se fonde donc sur un gouvernement par le peuple, sans restriction de cens (impôt) ou de sexe. Ses valeurs sont celles héritées de 1789 : le respect des libertés fondamentales (pensée, expression, culte, association), l'égalité des droits (sociaux, politiques, éducatifs) et la fraternité par l'établissement d'institutions (médicales, scolaires, culturelles) permettant des aides pour tous, y compris les plus démunis.

***Remarque des correcteurs** : on attend d'un élève qu'il traite le sujet à partir des données fournies. Nous signalons cependant que le document 2 date plutôt des années 1930 que de 1944.*

# Le référendum de 1962

**ANALYSER DES DOCUMENTS**

45 min
20 points



**INTÉRÊT DU SUJET** • La Constitution de la V$^{e}$ République (1958) dote la France d'un système politique plus stable que le précédent. Le référendum de 1962 propose aux Français de choisir eux-mêmes leur président. L'opposition craint l'établissement d'un régime autoritaire.

▶ **1.** Quelle est la nature des deux documents (voir page suivante) ? Dans quel contexte ont-ils été utilisés ?

▶ **2.** En vous appuyant sur le document 1, précisez quelle réforme est proposée aux Français. Quel est l'objectif de cette réforme pour le président de la République ?

▶ **3.** Qui est l'auteur du document 2 ? Que craint-il ? Justifiez vos réponses en vous appuyant sur des informations extraites du document.

▶ **4.** Quel fut le résultat du référendum ? En vous appuyant sur vos connaissances, dites si les Français sont attachés à la mesure adoptée en 1962.

▶ **5.** Combien de présidents de la République ont été élus au suffrage universel depuis 1962 ? Nommez-en trois.

DOCUMENT 1

ph © Lee/Leemage

DOCUMENT 2

Avec l'autorisation du Centre de recherches politiques de Sciences Po (CEVIPOF)

## LES CLÉS DU SUJET

### Comprendre les documents

**Affiche électorale en faveur du « oui » au référendum**

- **Nature du document**
  Une affiche électorale, document d'opinion
- **Auteur**
  Association de soutien à la politique du général de Gaulle, chef du gouvernement français
- **Thème**
  Voter en faveur de l'élection du président de la République au suffrage universel
- **Contexte**
  Octobre 1962, campagne pour une révision de la Constitution de la Ve République

**Affiche électorale en faveur du « non » au référendum**

- **Nature du document**
  Une affiche électorale, document d'opinion
- **Auteur**
  Le Parti communiste français, parti d'opposition de gauche, hostile à la réforme
- **Thème**
  Voter contre une réforme favorisant un régime autoritaire
- **Contexte**
  Octobre 1962, campagne pour une révision de la Constitution de la Ve République

### Répondre aux questions

▶ **2.** À qui s'adresse l'affiche 1 ? Qui est le « vous » ? Qui désigne le doigt ? Comment est considéré le pouvoir du président dans la Ve République ?

▶ **3.** À quoi les auteurs de l'affiche associent-ils leur « non » ? Cherche la définition de « plébiscite » dans le dictionnaire.

▶ **4.** D'après toi, les Français s'abstiennent-ils beaucoup lors des élections présidentielles ?

## 20 CORRIGÉ GUIDÉ

▶ **1.** Les documents sont des images, des affiches. Elles ont été utilisées lors du référendum de 1962. Elles sont faites pour inciter les Français à voter « oui » ou « non ».

▶ **2.** La réforme proposée aux Français est l'élection au suffrage universel direct du président de la République. Cette réforme renforcerait la légitimité du président, autrement dit sa puissance.

**INFO +**
En 1958, le premier président de la V$^{e}$ République (Charles de Gaulle) fut élu par un collège de 80 000 grands électeurs (parlementaires, conseillers généraux et conseillers municipaux).

▶ **3.** L'auteur du document 2 est le Parti communiste français. Il craint que la réforme transforme la République en régime autoritaire, peut-être en une dictature ainsi que le suggère la référence au « pouvoir personnel ». Le plébiscite (vote pour ou contre un chef d'État) est un mode de scrutin souvent utilisé par les régimes autocratiques.

▶ **4.** Les Français approuvèrent la réforme par 62 % de « oui ». Ils y sont attachés et votent toujours en plus grand nombre lors des présidentielles qu'à l'occasion des autres scrutins.

▶ **5.** Huit présidents ont été élus depuis 1962 : Charles de Gaulle (1965), Georges Pompidou (1969), Valéry Giscard d'Estaing (1974), François Mitterrand (1981 et 1988), Jacques Chirac (1995 et 2002), Nicolas Sarkozy (2007), François Hollande (2012) et Emmanuel Macron (2017).

# L'immigration en France dans les années 1950 et 1960

**ANALYSER DES DOCUMENTS**

45 min
20 points



**INTÉRÊT DU SUJET** • En 1995, l'immigration a mauvaise presse en France. Pourtant, les Trente Glorieuses ont nécessité la venue de nombreux travailleurs étrangers. Leur intégration est lente et laborieuse.

## DOCUMENT 1 Le témoignage d'un ouvrier portugais

Je suis arrivé légalement gare d'Austerlitz en décembre 1955, après trois jours de voyage par le train postal. Je débarquais avec un ami [...]. Je venais rejoindre mon père qui vivait avec mes oncles à Chennevières pas très loin du bidonville. Nous avons cohabité les premières années dans un logement très petit. J'ai commencé à travailler peu après mon arrivée. Cet hiver-là, j'ai d'abord été employé à dégager les bords de la Marne, qui avaient subi des inondations. Puis, rapidement, j'ai travaillé comme mineur[1] avec mon père pour des entreprises de travaux publics.

À partir de 1957-1958, j'ai vu arriver mes compatriotes en nombre de plus en plus important, au point qu'un jour j'ai même prêté mon matelas et mes couvertures pour de nouveaux arrivants [...].

Au bout de cinq ans d'un travail acharné, et après être devenu chef d'équipe dans une entreprise de travaux publics, j'ai pu acheter à Villiers une maisonnette ancienne avec un jardinet de 192 m² et y faire venir ma femme. C'était en 1960 et j'étais le premier Portugais de l'agence immobilière qui me l'a vendue ! En 1962, j'ai « agrandi » ma maisonnette. En fait, je l'ai transformée au point d'en faire une maison nouvelle.

Entretien avec Antonio Mendes Ferreira, cité dans *Portugais à Champigny, le temps des baraques*, Marie-Christine Volovitch-Tavares, Paris, Autrement, 1995.

1. J'ai travaillé comme mineur : il creuse des fondations pour les nouveaux immeubles à construire.

DOCUMENT 2 **Nanterre, le bidonville des Pâquerettes en cours de démolition**

À l'arrière-plan, la Cité des Canibouts construite par une filiale de la Sonacotral[1] à Nanterre entre 1959 et 1961 constitue une première expérience pour reloger les familles immigrées des bidonvilles. […]

Musée de l'Histoire de l'immigration
© H. Guérard/Adoma.

1. La Sonacotral : Société nationale de construction de logements de travailleurs algériens. Elle dépend de l'État.

## DOCUMENT 1

▶ **1.** Relevez deux informations qui prouvent que ce document est un témoignage. *(4 points)*

▶ **2.** Relevez les différents emplois exercés par Antonio Mendes Ferreira depuis son arrivée en France en 1955. *(3 points)*

▶ **3.** Donnez une raison expliquant pourquoi de nombreux immigrés viennent en France à cette époque. *(3 points)*

## DOCUMENTS 1 ET 2

▶ **4.** Dans quelles conditions sont logés les immigrés à leur arrivée en France à la fin des années 1950 ? *(6 points)*

▶ **5.** Montrez que les conditions de vie des immigrés se sont améliorées à partir des années 1960. *(4 points)*



## LES CLÉS DU SUJET

### Comprendre les documents

**Le témoignage d'un ouvrier portugais**

- **Nature du document**
  Un témoignage, récit recueilli par une spécialiste de l'histoire de l'immigration
- **Auteur**
  Antonio Mendes Ferreira, ouvrier portugais arrivé en France en 1955
- **Thème**
  Le parcours professionnel d'un immigré
- **Contexte**
  40 ans après l'arrivée du témoin ; hostile à l'immigration, Jean-Marie Le Pen réunit 15 % des électeurs sur son nom

**Nanterre, le bidonville des Pâquerettes en cours de démolition**

- **Nature du document**
  Une photographie, document témoin
- **Auteur**
  H. Guérard, photographe travaillant pour Adoma, société proposant du logement social
- **Thème**
  La destruction d'un bidonville au profit de logements sociaux
- **Contexte**
  Entre 1959 et 1961, période des Trente Glorieuses et de forte immigration

### Répondre aux questions

**▶ 1.** À quelle personne est rapporté le récit ? Regarde la source. Un mot confirme qu'il s'agit d'un témoignage.

**▶ 2.** Antonio évoque trois emplois. Aide-toi de la note.

**▶ 3.** Pourquoi a-t-elle besoin d'ouvriers immigrés à cette époque ?

▶ **4.** Où s'installe Antonio lors de son arrivée ? Quels inconvénients évoque-t-il ? Que suggère le mot « cohabité » ? Regarde la photographie : observe le bidonville, les matériaux utilisés, le sol. Vois-tu des fils électriques ? Qu'en déduis-tu ?

▶ **5.** Sur la photographie, compare le bidonville, au premier plan, et « l'expérience de relogement », à l'arrière-plan. Le témoignage fournit aussi des éléments de réponse.

## 21 CORRIGÉ GUIDÉ

▶ **1.** Le document 1 est un témoignage, car il s'agit d'un « entretien ». Interrogé, le personnage qui parle évoque son expérience personnelle. Il s'exprime à la première personne du singulier (« Je »).

▶ **2.** Antonio Mendes Ferreira a d'abord nettoyé les bords de Marne, il était peut-être « cantonnier ». Comme « mineur », il a ensuite travaillé à creuser les fondations des immeubles. Il est enfin devenu « chef d'équipe » et encadrait alors d'autres ouvriers.

▶ **3.** Les immigrés viennent en France parce que ce pays a subi d'importantes destructions pendant la guerre. La reconstruction offre beaucoup de travail. Le Portugal est un pays pauvre qui n'offre pas les mêmes emplois.

▶ **4.** En arrivant en France, les immigrés s'installent où ils peuvent, chez des proches parents ou amis, comme le fait Antonio Mendes Ferreira. Les conditions de vie sont difficiles : ils manquent de place (le logement est « très petit », l. 5), il faut partager un même logement avec d'autres occupants.

Dans les bidonvilles, les abris sont précaires : cloisons en bois, toits en tôle ondulée ; il n'y a pas de fenêtre, pas d'électricité ni de sanitaires. Il n'y a pas de revêtement au sol. On y souffre du froid en hiver, de la chaleur en été, de l'humidité quand il pleut.

**GAGNE DES POINTS**
Pour gagner les 6 points, entre dans les détails. Imagine-toi vivant au quotidien dans une cabane, sans électricité, ni eau courante, ni fenêtres.

▶ **5.** Au début des années 1960, les expériences de relogement mettent à la disposition des immigrés des appartements dans des immeubles. Ils y trouvent plus d'espace, des logements solides (en béton), avec de la lumière (fenêtres, installations électriques). D'autres comme Antonio Ferreira peuvent acquérir une petite maison qu'ils agrandissent et modernisent. Un petit jardin témoigne d'un environnement personnel plus grand et plus agréable.

# La société française des années 1970

## ANALYSER DES DOCUMENTS

45 min
20 points



**INTÉRÊT DU SUJET** • Avec la crise pétrolière de 1973, les années 1970 signent la fin des Trente Glorieuses. De nouvelles revendications témoignent d'une société en pleine transformation et débouchent sur d'importantes réformes.

**DOCUMENT 1** **Le Mouvement de libération des femmes créé en 1970 fait entendre ses revendications**

ph © Richard Frieman/Gamma Rapho

« Boulot, Omo[1], marmots[2], y'en a marre », MLF, 1971 (Bibliothèque Marguerite Durand, Paris).

1 : OMO : marque de lessive.
2 : Marmots : terme familier utilisé pour désigner les enfants.

DOCUMENT 2 **Un historien décrit les années Giscard : « La France devait devenir un immense chantier de réformes »**

Ces réformes s'inscrivaient dans un ensemble de mesures sur les problèmes sensibles de la société, la place de la jeunesse dans la vie politique, la régulation des naissances, les questions de l'information, de l'éducation et de l'organisation économique et sociale. L'abaissement de l'âge de la majorité à 18 ans fut particulièrement symbolique de l'action menée par le nouveau président à l'égard de la jeunesse.

Le deuxième débat à haute charge symbolique fut celui concernant l'interruption volontaire de grossesse. Ce débat s'inscrivait dans une question plus vaste, celle du féminisme et celle de la volonté de la maîtrise des naissances, à qui, là encore, les événements de 1968 avaient donné une nouvelle impulsion. [...]

Dès le début du nouveau septennat, en décembre 1974, une nouvelle loi Neuwirth avait rendu les contraceptifs remboursables par la Sécurité sociale, y compris pour les mineures et sans autorisation parentale. [...] Néanmoins, le nombre des conceptions non souhaitées restait très élevé et celui des avortements clandestins se situait, pensait-on, entre 500 000 et 1 million par an. Dans la pratique, la loi interdisant l'avortement était donc très largement bafouée, malgré les 500 condamnations annuelles que l'on dénombrait. En outre, beaucoup de ces avortements se faisaient dans des conditions dangereuses. [...]

Préparer et soutenir devant le Parlement le projet fut confié à un magistrat, jusqu'alors extérieur au monde politique et qui venait d'être nommé ministre de la Santé, Simone Veil.

L'avortement soulevait des problèmes bien plus graves que la contraception. Pour une partie de l'opinion, et en particulier l'opinion catholique, l'embryon était considéré comme un être vivant et l'avortement assimilé à un assassinat. [...]

L'opposition des médecins ou tout au moins de leur ordre était également particulièrement vive.

[...] L'opinion était majoritairement du côté de la réforme ; d'après un sondage de septembre 1974, 65 % des personnes interrogées étaient favorables à la libéralisation de la législation ; il n'est donc pas étonnant qu'au petit matin du 29 novembre, une majorité de députés ait voté la loi.

Jean-Jacques Becker, *Crises et alternances 1974-1995*, « Points Histoire », Seuil, 1998.

## DOCUMENT 1

▶ **1.** Relevez les critiques et les revendications que le Mouvement de libération des femmes fait au sujet des conditions de vie quotidienne des femmes. (*4 points*)

▶ **2.** Comment fait-il connaître ses revendications ? (*3 points*)

## DOCUMENT 2

▶ **3.** Citez et expliquez deux réformes engagées sous la présidence de Valéry Giscard d'Estaing. (*4 points*)

▶ **4.** Montrez que l'adoption de nouvelles mesures fait débat au sein de la société française. (*4 points*)

## DOCUMENTS 1 ET 2

▶ **5.** En utilisant les documents et vos connaissances, montrez que la V^e^ République répond aux attentes d'une société française en évolution. (*5 points*)



## LES CLÉS DU SUJET

### Comprendre le document

**Les revendications du MLF**

- **Nature du document**
  Une photographie, témoignage d'une manifestation féministe.
- **Auteur**
  Non précisé, sans doute un journaliste.
- **Thème**
  L'exaspération des femmes.
- **Contexte**
  Fin des Trente Glorieuses ; émergence du féminisme.

Les réformes des années Giscard

**Nature du document**
Extrait d'un livre d'histoire, document didactique.

**Auteur**
Jean-Jacques Becker, historien de la France contemporaine.

**Thème**
Les réformes sous la présidence de Valéry Giscard d'Estaing.

**Contexte**
La gestion d'un pays confronté à la crise pétrolière (1973-1979).

## Répondre aux questions

▶ **1.** Fais la différence entre « critique » et « revendication ». Aide-toi du positionnement des textes sur la banderole et des notes qui les explicitent. D'après le dessin, quel type de « boulot » exerce la femme ? Dans quel état est-elle ? Qu'est-ce que la contraception ? l'avortement ?

▶ **2.** Dans quel cadre la photographie a-t-elle été prise ? Quels moyens utilise la militante ? Quelle formule courante détourne-t-elle ? Que porte la militante sur son vêtement ?

▶ **3.** Quelle réforme s'adresse aux jeunes (18-21 ans) ? Quel intérêt pour eux ? Et pour le gouvernement ? Quelle réforme s'adresse plus particulièrement aux femmes ? Quel problème veut résoudre la loi ?

▶ **4.** Cite deux types d'opposants à la loi Veil. Au nom de quelle(s) valeur(s) s'y opposent-ils ?

▶ **5.** La question appelle à dépasser les années 1970. Avant de répondre, dresse la liste des réformes que tu connais. En contrepoint de chacune, inscris les transformations de la société qui les justifient. Rédige ta réponse par thèmes sociaux ou selon la chronologie et mets en évidence le lien changement/réforme.

## 22 CORRIGÉ GUIDÉ

▶ **1.** En 1971, le MLF critique la condition des femmes contraintes aux tâches ménagères (« Omo ») et à s'occuper des enfants (« marmots ») en plus du travail qu'elles peuvent exercer (« boulot »). Le mouvement revendique le droit de pouvoir se protéger contre une grossesse non désirée (« contraception ») ou de l'interrompre (« avortement »).

**INFO+**
« Boulot, Omo, marmots » est un slogan construit à partir de la formule « Boulot, métro, dodo ».

▶ **2.** Le MLF fait connaître ses revendications par des manifestations. Les militant.e.s brandissent des banderoles où il.elle.s exposent des slogans qui détournent des formules connues. Il.elle.s utilisent aussi des tracts ou des affichettes autocollantes.

▶ **3.** Dès son arrivée au pouvoir, le président Giscard abaisse l'âge de la majorité de 21 à 18 ans. La réforme permet aux jeunes adultes de prendre part à la vie politique du pays ; dans le même temps, elle garantit au gouvernement une popularité élargie. Le droit à l'interruption volontaire de grossesse (IVG) est voté en 1974. Il répond au besoin des femmes de maîtriser leurs maternités et d'éviter les drames provoqués dans le cadre des avortements clandestins.

**INFO+**
Le « Manifeste des 343 » est une pétition publiée en avril 1971. Les signataires reconnaissent avoir subi une IVG et en demandent la légalisation.

▶ **4.** Le projet de loi sur l'interruption volontaire de grossesse (IVG) fait débat au sein de la société française. L'Église de France et une fraction des catholiques refusent le droit à l'IVG au nom de l'enfant considéré comme être humain dès sa conception. De même, l'Ordre des médecins et une partie de ces derniers s'opposent à une loi qui peut aller à l'encontre de leur conscience ou contredire leur vocation à lutter contre la mort.

▶ **5.** La majorité abaissée de 21 à 18 ans et l'IVG répondent à des demandes de l'opinion dans une société qui, au nom de l'égalité, fait plus de place aux jeunes et aux femmes. D'autres réformes vont dans le même sens sous la V^e^ République. Celle des régimes matrimoniaux (1965) permet aux femmes de travailler sans l'autorisation de leur mari et de gérer leurs biens, quand celle du divorce par consentement mutuel (1975) aide à leur émancipation. En 2000, la loi sur la parité favorise l'entrée en politique des femmes. La loi Haby (1975) sur le collège unique répond à la démocratisation de l'enseignement ; la retraite à 60 ans (1981) accompagne le vieillissement de la société ; la loi sur le concubinage (1999) puis celle sur le mariage pour tous (2013) reconnaissent le droit de vivre autrement sa sexualité et sa vie commune. La fin du service national (1997) puis sa résurgence sous forme de Service national universel (SNU à l'horizon 2022-2023) témoignent d'une société qui révise ses moyens d'action pour les adapter aux technologies ou aux besoins nouveaux.

**REMARQUE**
Tu peux citer d'autres exemples, du moment que tu les associes à un changement social.

# Les aires urbaines françaises

## ANALYSER UN DOCUMENT

45 min
20 points

**INTÉRÊT DU SUJET** • Les aires urbaines sont le lieu de vie et de travail de l'essentiel de la population en France, y compris le tien, sans doute. Tu peux ainsi mieux comprendre le fonctionnement du territoire où tu vis.

### DOCUMENT Évolutions de la France urbaine

L'un des éléments majeurs qui transforme le territoire national et la société française est la généralisation du fait urbain. Le seuil des 50 % de population urbaine, atteint au niveau mondial en 2007, a été franchi en France dès 1931. […] Les villes occupent aujourd'hui près de 22 % du territoire métropolitain, soit 119 000 km$^2$ sur un total de 550 000, contre 100 000 km$^2$ en 1999, ce qui représente une progression de 19 % en dix ans. Le rythme de la croissance urbaine est ainsi plus soutenu qu'au cours des décennies précédentes, proche de celui des années 1950 et 1960.

La croissance urbaine se traduit par l'agrandissement d'agglomérations existantes ou par l'apparition de nouvelles villes isolées. […] Aujourd'hui, l'urbanisation du territoire français est essentiellement le produit de l'étalement urbain, c'est-à-dire l'extension des surfaces urbanisées. […]

Cette généralisation du fait urbain a des conséquences majeures pour les territoires et leurs habitants. Elle transforme aussi bien les formes que les paysages. Lyon est un bon exemple de la diversité des espaces urbains à l'intérieur d'une même aire urbaine. L'étalement urbain brouille en effet les frontières traditionnelles de la ville. L'apparition de l'adjectif « périurbain » souligne l'émergence d'un espace mélangeant ville et campagne.

D'après Magali Reghezza-Zitt, « La France, une géographie en mouvement », *Documentation photographique*, n° 8096, 2013.

▶ **1.** Recopiez deux informations du texte montrant que la population habitant dans les villes augmente. *(4 points)*

▶ **2.** Citez une information du texte qui montre que l'étalement urbain concerne l'ensemble du territoire national. *(3 points)*

▶ **3.** Indiquez une conséquence de l'étalement urbain. *(3 points)*

▶ **4.** Expliquez la phrase soulignée. *(4 points)*

▶ **5.** Réalisez un schéma et sa légende des différents types d'espaces qui composent une aire urbaine. *(6 points)*



## LES CLÉS DU SUJET

### Comprendre le document

**Évolutions de la France urbaine**

**Nature du document**
Un article d'une revue spécialisée d'histoire et de géographie, la Documentation photographique, 2013

**Auteur**
Magali Reghezza-Zitt, professeure de géographie très connue

**Thème**
Les évolutions de la France urbaine : urbanisation par étalement urbain et développement du périurbain

**Contexte**
Depuis 1975, les villes françaises s'étalent et sont devenues des aires urbaines comprenant ville-centre, banlieues et couronne périurbaine.

### Répondre aux questions

▶ **1.** Attention à bien te concentrer sur la population ou la croissance urbaine, et pas sur l'étalement urbain.

▶ **3.** Le mot clé « conséquence » figure dans le troisième paragraphe.

▶ **4.** Il faut définir et expliquer ce qu'est un espace périurbain, en s'attachant à montrer aussi bien ses caractères ruraux (localisation) que ses caractères urbains (mode de vie).

▶ **5.** Prends le temps de faire un schéma propre. Pense à intégrer les axes de transports, essentiels pour comprendre le fonctionnement d'une aire urbaine. N'oublie pas la légende !

## 23 CORRIGÉ GUIDÉ

▶ **1.** La population habitant dans les villes augmente car :

- « Le seuil des 50 % de population urbaine, atteint au niveau mondial en 2007, a été franchi en France dès 1931. »
- « Le rythme de la croissance urbaine est ainsi plus soutenu qu'au cours des décennies précédentes, proche de celui des années 1950 et 1960. »

▶ **2.** L'étalement urbain concerne l'ensemble du territoire national car « les villes occupent aujourd'hui près de 22 % du territoire métropolitain ».

▶ **3.** Une conséquence de l'étalement urbain, c'est-à-dire de l'extension des surfaces urbanisées, est le développement de la périurbanisation. Les aires urbaines françaises sont entourées d'une couronne périurbaine, dont les habitants travaillent souvent dans la ville-centre, mais résident au-delà de la banlieue.

▶ **4.** Le « périurbain » est en effet « un espace mélangeant ville et campagne ». Périurbain signifie « autour de la ville ». Le périurbain est un espace intermédiaire entre le pôle urbain (la ville et ses banlieues) et l'espace rural. Les habitants du périurbain sont des citadins qui vivent « à la campagne », ce qui leur permet de gagner en surface et en mode de vie, au prix de déplacements incessants (explosion des mobilités). Mais les villages périurbains, jadis ruraux, sont dès lors devenus des espaces urbanisés, où les fonctions résidentielles et commerciales sont prédominantes et les fonctions agricoles marginales, voire absentes. L'espace rural périurbain, fantasmé par des citadins, devient un nouvel espace : ce n'est plus la ville et ce n'est plus vraiment la campagne.

▶ **5.** Schéma d'une aire urbaine.

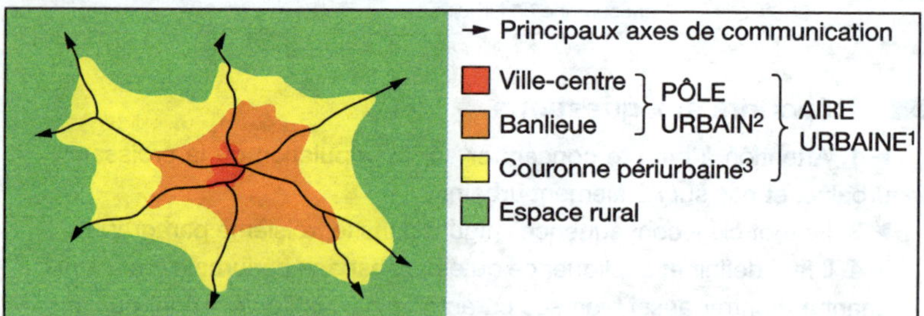


1. Aire urbaine : espace constitué d'un pôle urbain et d'une couronne périurbaine.
2. Pôle urbain : agglomération comptant 5 000 emplois ou plus.
3. Couronne périurbaine : ensemble des communes dont au moins 40 % des habitants actifs vont travailler dans l'aire urbaine.

24 Asie • Juin 2018

# L'étalement urbain et l'usage de l'automobile

**ANALYSER DES DOCUMENTS**

45 min
20 points

S'ENTRAÎNER

**INTÉRÊT DU SUJET** • L'étalement urbain est aujourd'hui un des problèmes écologiques majeurs, par la consommation d'espace qu'il implique et par les mobilités et donc les pollutions qu'il génère.

## DOCUMENT 1 L'étalement urbain

La croissance urbaine est tout d'abord liée à la fois à l'afflux de population [...] et au solde naturel[1] des villes. Deux processus s'enclenchent alors : la métropolisation, c'est-à-dire la surconcentration des hommes et des activités sur une portion réduite du territoire et la raréfaction des espaces constructibles au sein des espaces urbains. Sous cette pression et le besoin de constructions nouvelles, les tissus bâtis s'étendent à travers l'espace [...]. D'une part la hausse du prix des logements entraîne le départ des populations modestes en périphérie. D'autre part, les activités qui exigent de très grandes surfaces bâties telles que les super et hypermarchés sont obligées de s'installer en marge des villes [...].

Il faut ajouter les mécanismes liés à la mobilité des personnes. En effet, le progrès des transports, ainsi que la baisse importante des coûts qui leur sont liés, ont eu un impact prépondérant sur l'étalement urbain. L'augmentation des vitesses de déplacement a permis aux populations de s'affranchir[2] des distances, et de fait de se loger de plus en plus loin des centres urbains.

*Les enjeux territoriaux de la Côte d'Azur*,
Université de Nice Sophia Antipolis,
Université ouverte des Humanités, novembre 2015.

1. Solde naturel : différence entre le nombre de naissances et le nombre de décès.
2. S'affranchir : se libérer.

DOCUMENT 2 **Les différents modes de transport utilisés par les navetteurs[1] en France**

| Modes de transport | Ensemble des navetteurs[1] |
|---|---|
| À pied | 4 % |
| Voiture | 80 % |
| Transports en commun | 15 % |

Insee, *Recensement de la population de 2013, exploitation complémentaire*, www.insee.fr.

1. Navetteur : actif qui ne travaille pas dans sa commune de résidence.

▶ **1.** Recopiez la phrase du document 1 qui, selon vous, donne une définition de l'étalement urbain. *(4 points)*

▶ **2.** Dans le premier paragraphe du document 1, identifiez trois causes différentes de l'étalement urbain. *(6 points)*

▶ **3.** À l'aide de la phrase soulignée dans le texte, montrez que l'étalement urbain a des conséquences sur la vie quotidienne des populations. *(4 points)*

▶ **4.** À l'aide des documents 1 et 2, expliquez pourquoi l'étalement urbain est fortement lié à l'usage de l'automobile. *(6 points)*

## LES CLÉS DU SUJET

### Comprendre les documents

**L'étalement urbain**

- **Nature du document**
  Un texte scientifique paru en 2015
- **Auteur**
  L'université de Nice Sophia Antipolis
- **Thème**
  L'étalement urbain : facteurs, modalités, conséquences
- **Contexte**
  Les aires urbaines françaises ne cessent de s'étaler dans l'espace environnant, ce qui entraîne l'explosion des mobilités.

**Les différents modes de transport utilisés par les navetteurs en France**

- **Nature du document**
  Tableau statistique dérivé du recensement de la population de 2013
- **Source**
  Insee : Institut national de la statistique et des études économiques
- **Thème**
  Les modes de transports utilisés par les navetteurs
- **Contexte**
  Les mobilités entraînées par l'étalement urbain se font surtout par l'automobile.



## Répondre aux questions

▶ **1.** Comme la question est sur 4 points, essaie de développer un peu, même si la consigne ne demande que de recopier.

▶ **2.** La première partie du paragraphe explique la croissance urbaine et non l'étalement. C'est donc dans la seconde partie de ce paragraphe qu'il faut chercher.

▶ **3.** Attention à ne pas répéter la phrase : il faut l'expliquer et la compléter par des connaissances tirées de ton cours. Pense aux aspects positifs comme négatifs.

▶ **4.** Commence par établir l'importance de l'automobile dans les mobilités urbaines, puis donne quelques facteurs explicatifs.

## 24 CORRIGÉ GUIDÉ

▶ **1.** Cette phrase du document 1 donne une définition de l'étalement urbain : « Sous cette pression et le besoin de constructions nouvelles, les tissus bâtis s'étendent à travers l'espace […] » Cette définition inclut les facteurs à l'origine de l'étalement urbain : la pression foncière liée à la métropolisation.

▶ **2.** Les trois causes de l'étalement urbain sont :

- « la raréfaction des espaces constructibles au sein des espaces urbains » : en raison de la métropolisation, la ville-centre voit sa densité de bâti augmenter. Les espaces disponibles deviennent plus rares : il faut donc construire plus loin.

**GAGNE DES POINTS**
Pour chaque phrase, il est important de développer l'explication en utilisant autant que possible le vocabulaire géographique adapté.

• « la hausse du prix des logements entraîne le départ des populations modestes en périphérie » : c'est le phénomène appelé « gentrification », lui aussi lié à la métropolisation. Le marché immobilier du centre-ville est de plus en plus inaccessible et les prix repoussent les catégories les plus modestes vers la couronne périurbaine.

• « les activités qui exigent de très grandes surfaces bâties telles que les hypermarchés sont obligées de s'installer en marge des villes » : les hypermarchés, par exemple, exigent des milliers de $m^2$ au sol pour les surfaces commerciales et les parkings, que leur éloignement rend nécessaires.

▶ **3.** L'étalement urbain rendu possible par la généralisation de l'automobile depuis les années 1960 entraîne la dissociation des lieux de travail, de résidence, de loisirs, de ravitaillement. Certains aspects sont positifs : la résidence hors du pôle urbain est moins chère (logement plus grand, jardin) et plus agréable (contact avec la nature, diminution de la pollution). D'autres le sont moins : la dissociation spatiale entraîne l'explosion des mobilités, notamment aux heures de pointe des migrations pendulaires, ce qui génère pertes de temps et pollution.

▶ **4.** L'automobile, dont l'usage s'est généralisé depuis les années 1960, est la grande gagnante des mobilités urbaines : selon le document 2, 80 % des navetteurs utilisent ce mode de transport pour se rendre sur leur lieu de travail. L'usage de l'automobile s'est si largement répandu parce qu'il s'agit d'un moyen très pratique, individuel, confortable et rapide de se déplacer de porte-à-porte sur des distances qui peuvent être importantes (souvent plusieurs dizaines de kilomètres, parfois au-delà de la centaine).

Les transports en commun sont privilégiés depuis quelques années pour décongestionner les axes de communication au moment des heures de pointe, mais ils sont moins pratiques (pas de trajet porte-à-porte) et surtout ne desservent pas toutes les communes concernées : en effet, l'étalement urbain produit des espaces de moins en moins denses à mesure que l'on s'éloigne du centre-ville. Les lignes de transport collectif ne peuvent pas couvrir la totalité de la couronne périurbaine. Cela explique la résistance de l'automobile face aux politiques urbaines de transport collectif.

# La dynamique des aires urbaines en France

**MAÎTRISER LES DIFFÉRENTS LANGAGES**

45 min
20 points



**INTÉRÊT DU SUJET** • Avec une population française très majoritairement urbaine, l'organisation et les dynamiques des aires urbaines concernent beaucoup de monde, toi y compris.

▶ **1.** En vous appuyant sur un exemple étudié en classe, rédigez un développement construit d'environ vingt lignes montrant l'organisation et les dynamiques d'une aire urbaine en France. *(13 points)*

▶ **2.** Les territoires ultramarins français *(7 points)*

**a)** Localisez et nommez les trois océans identifiés sur le planisphère de la page suivante.

**b)** Reliez, dans le tableau ci-dessous, chaque territoire ultramarin à l'océan dans lequel ou au bord duquel il se situe.

| | | | |
|---|---|---|---|
| Martinique | • | • | Océan Atlantique |
| Réunion | • | | |
| Guadeloupe | • | • | Océan Indien |
| Polynésie française | • | | |
| Mayotte | • | • | Océan Pacifique |
| Guyane | • | | |

**c)** Localisez et nommez sur le planisphère deux territoires ultramarins de votre choix.

**d)** Identifiez l'équateur sur le planisphère par un trait de couleur et complétez la légende.

# Les territoires ultramarins français

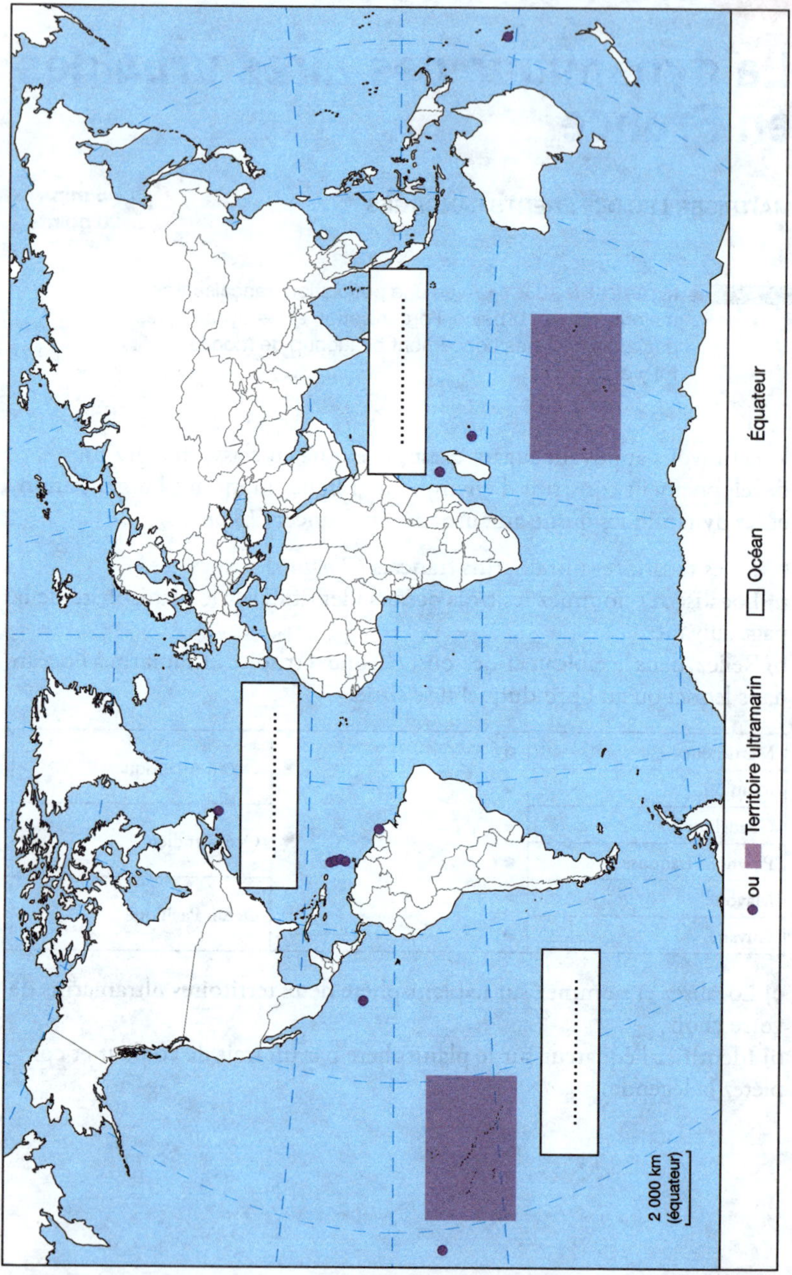

## LES CLÉS DU SUJET

### Traiter le sujet de développement construit (▶ 1)

• Tu peux organiser ton paragraphe en suivant les deux parties de l'énoncé. N'hésite pas à compléter ton développement par un schéma simple d'une aire urbaine.

• Ton professeur a certainement présenté en classe l'aire urbaine dans laquelle tu vis. Comme ton devoir sera corrigé par des professeurs des collèges voisins, privilégie les exemples vus en classe pour nourrir ton analyse. Tu peux également utiliser ton expérience personnelle.

**Présenter l'organisation et les dynamiques d'une aire urbaine en France**

INTRODUCTION Montre l'urbanisation de la population française.

❶ Commence par présenter l'organisation théorique d'une aire urbaine.

❷ Analyse ensuite les dynamiques d'une aire urbaine, en utilisant le vocabulaire descriptif de la première partie.

### Réaliser la tâche graphique (▶ 2)

**b)** Pour rendre le tableau plus lisible, utilise des couleurs différentes pour relier les territoires à l'océan qui convient.

**c)** Compte tenu de la superficie parfois réduite de certains territoires, veille à représenter deux territoires dont la localisation est facile, par exemple la Guyane française ou la Réunion.



## 25 CORRIGÉ GUIDÉ

▶ **1.** 85 % de la population française résident aujourd'hui dans une aire urbaine, et jusqu'à 95 % dans un territoire sous influence urbaine. La France est un pays de citadins.

• Une aire urbaine s'organise en plusieurs espaces de morphologies différentes (voir schéma). La ville-centre est un espace bâti en continu, très dense, auquel succèdent des banlieues résidentielles en habitat pavillonnaire ou grands ensembles d'habitat collectif. Ville-centre et banlieues forment un pôle

> **CONSEIL**
> Ne cite pas seulement les espaces de l'aire urbaine, donnes-en une description rapide.

urbain (au moins 10 000 emplois). Au-delà du pôle urbain commence la couronne périurbaine : l'habitat s'agglomère autour de petits villages-centres qui grossissent par développement d'habitats pavillonnaires ; mais au moins 40 % des habitants travaillent en fait dans le pôle urbain.

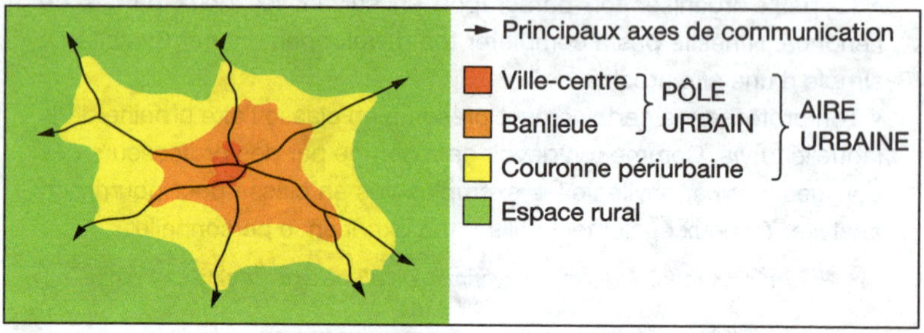


• Les dynamiques urbaines sont marquées par l'étalement : l'espace urbain et périurbain se dilate, s'étale dans l'espace et sa densité diminue. La périurbanisation gagne sur les campagnes proches, grignotant l'espace rural environnant, à la faveur du développement de l'automobile et de prix fonciers plus attractifs. La dissociation entre lieu de vie, lieu de travail, lieu de loisirs ou de consommation, a été permise par le développement de l'automobile. Elle entraîne donc l'explosion des mobilités. Les axes de communication sont alors saturés par les migrations pendulaires. Ces mobilités génèrent pertes de temps et pollution.

Ce mode de vie périurbain, fortement consommateur d'espace et d'énergie, est-il cependant, aujourd'hui, le mieux adapté aux nouvelles problématiques de développement durable ?

**GAGNE DES POINTS**
Il est recommandé de réaliser un schéma simple d'une aire urbaine. Essaie d'y indiquer des toponymes locaux.

**GAGNE DES POINTS**
Une phrase de conclusion sur la durabilité de ces dynamiques urbaines est bienvenue.

▶ **2. a)**, **c)** et **d)** *Voir le planisphère complété page suivante. Tous les territoires ultramarins y sont indiqués. Cependant, le jour de l'épreuve, contente-toi d'abord des deux demandés.*

**b)**

| | | |
|---|---|---|
| Martinique | | Océan Atlantique |
| Réunion | | |
| Guadeloupe | | Océan Indien |
| Polynésie française | | |
| Mayotte | | Océan Pacifique |
| Guyane | | |

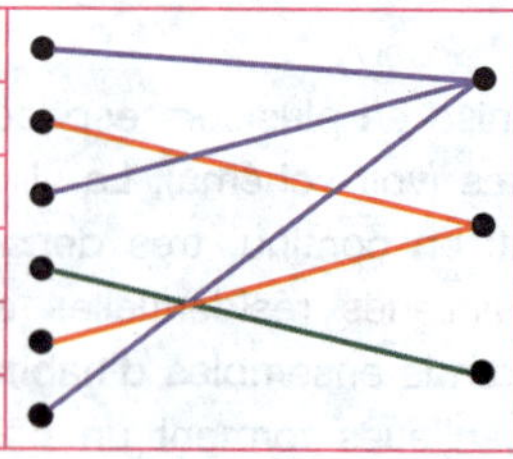

## Les territoires ultramarins français

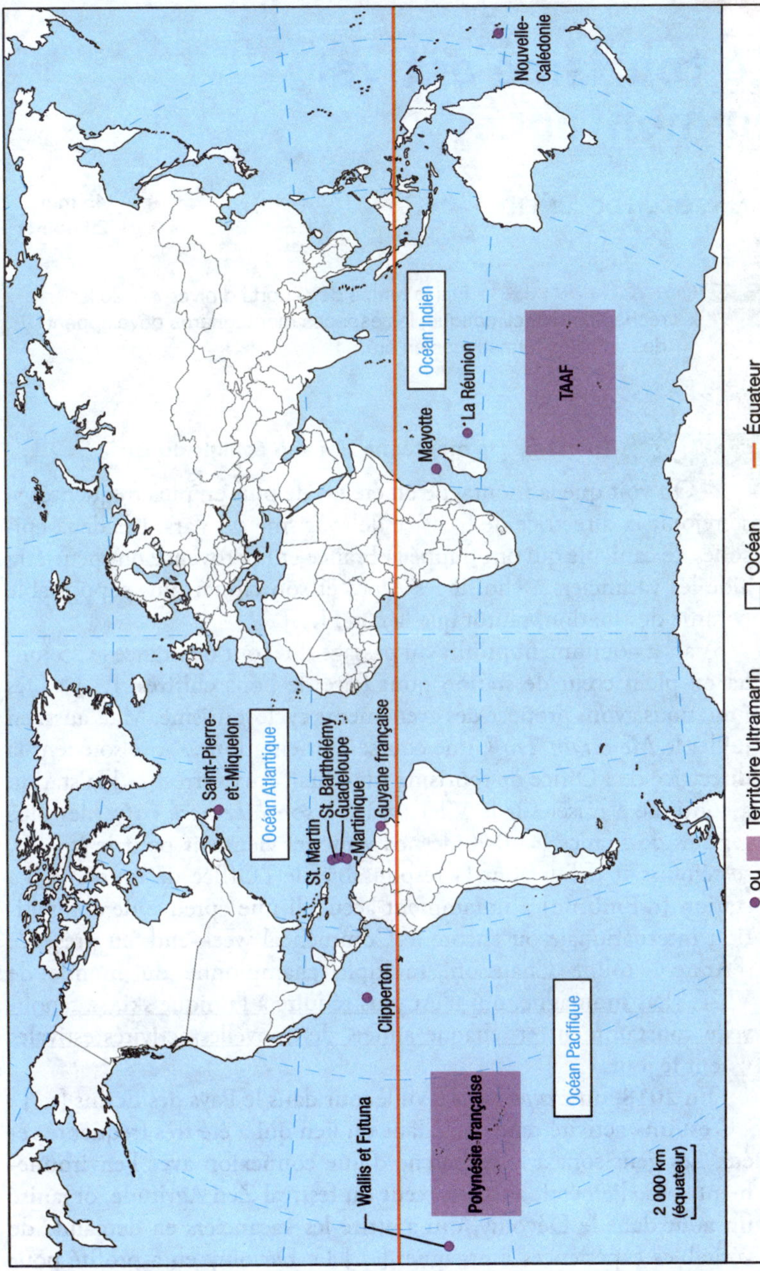


S'ENTRAÎNER

# Le tourisme estival en montagne

**ANALYSER UN DOCUMENT**

45 min
20 points

**INTÉRÊT DU SUJET** • Fini le temps des sports d'hiver ? Avec le réchauffement climatique, les espaces montagnards développent des activités touristiques en été.

**DOCUMENT** **Tourisme : la montagne tire son épingle du jeu**

« On voit que la montagne en été est de plus en plus fréquentée », se réjouit la directrice de l'Office de tourisme de Vars. Les deux épisodes de canicule qui ont frappé la France et la Provence ont peut-être aidé les vacanciers à choisir les Alpes et son climat plus supportable comme destination, plutôt que la côte. […]

Vars a notamment profité du passage du Tour de France le 25 juillet en plein cœur de station pour faire de bons chiffres. […] « Dès juin, nous avons proposé des événements cyclotourisme. Mais aussi en juillet le *Mountain Trail*, une course d'orientation… », se souvient la directrice de l'Office de tourisme [de Vars]. Aux Orres […] la station a continué à miser sur le VTT, grâce à son *bike park* parmi les plus réputés de France. « 50 % de nos visiteurs viennent pour le VTT », se réjouissait début août la responsable de l'Office de tourisme. La station [d'Embrun] a notamment accueilli une épreuve de compétition internationale ou encore le Commencal week-end, en présence d'Anne-Caroline Chausson, multiple championne du monde de VTT. [La] montagne, qui n'est plus réduite à l'unique ski, se renouvelle constamment et, chaque année, de nouvelles activités estivales voient le jour. […]

En 2018, un *escape game* a vu le jour dans le Pays des Écrins […] : « C'est une activité tendance, dans un lieu qui a été très fréquenté cet été. Les gens sont à la recherche d'une connexion avec l'environnement ». Ce lien était aussi au cœur du festival Zen Agritude, organisé fin août dans le Dévoluy, qui a attiré les vacanciers en demande de véritables expériences montagne. […] Le Dévoluy en a profité pour remplir ses hébergements à hauteur de 50 % tout l'été. [...] Les professionnels du tourisme notent une réelle demande de produits locaux chez les vacanciers en quête d'authenticité lors d'un séjour à la montagne. « Nous avons accueilli beaucoup de touristes cet été [...] ça s'annonce plutôt bien, nous pensons être en hausse par rapport à l'année dernière », se réjouit la directrice de la coopérative. Même tendance pour le responsable de Banzai Rafting, spécialisée sur les sorties en eau vive sur la Durance. « C'était une très bonne saison avec de la clientèle ». [...]

De nombreux touristes ont privilégié la montagne, où les nuits sont plus fraîches, et la moindre flaque d'eau était courtisée. [...] De son côté, le plan d'eau d'Embrun [...] bénéficie d'une longévité saisonnière remarquable. En cette fin août, ce lac est plein. Il a été imaginé en 1960 par le maire d'Embrun, [...] et son conseil municipal. « Les prestataires se sont adaptés à la baisse du niveau du lac et, de son côté, le syndicat mixte a aménagé plusieurs sites en installant des bouées, des balises de fond pour permettre aux bateaux des touristes et des prestataires de demeurer proches des berges. 30 000 € ont été investis », précise le maire de Savines-le-Lac.

Source : Article de *La Provence*, « Tourisme : la montagne tire son épingle du jeu », 03/09/2019, www.laprovence.com

▶ **1.** Nommez et localisez le type d'espace dont il est question dans le document.

▶ **2.** Relevez, dans le document, trois activités touristiques qui justifient la phrase soulignée.

▶ **3.** Identifiez plusieurs atouts qui rendent la montagne attractive l'été.

▶ **4.** Choisissez un acteur du développement touristique évoqué dans le document et décrivez son action.

▶ **5.** La montagne, l'été, est devenue un espace productif dont le rayonnement est important. Justifiez cette affirmation en vous appuyant sur le texte et sur vos connaissances.

## LES CLÉS DU SUJET

### Comprendre le document

Tourisme : la montagne tire son épingle du jeu

- **Nature du document**
  Article d'un journal régional, *La Provence*
- **Auteur**
  Journaliste non identifié
- **Thème**
  Le développement du tourisme d'été en montagne
- **Contexte**
  Le contexte actuel profite à la montagne qui offre de nombreux atouts en été.

### Répondre aux questions

▶ **1.** Le titre (qui indique « tourisme ») ainsi que la question **5** (qui mentionne un « espace productif ») doivent t'aider à trouver le type d'espace. Pour la localisation, le premier paragraphe et le titre du journal pourront t'aiguiller.

▶ **2.** Cherche trois exemples d'activités touristiques estivales.

▶ **3.** Qu'est-ce qui, dans le texte, rend la montagne plus attractive qu'ailleurs pendant l'été pour les touristes ? Si on te demande « plusieurs » atouts, essaie d'en citer au moins trois.

▶ **4.** Un acteur est une personne ou un groupe de personnes qui joue un rôle dans le développement touristique. Qui met en place les activités ?

▶ **5.** Veille à bien rester centré, dans ta réponse, sur les activités d'été (c'est le sujet), et non sur les sports d'hiver (c'est hors sujet).

# 26 CORRIGÉ GUIDÉ

▶ **1.** L'article évoque les espaces productifs touristiques dans un environnement montagnard. Il s'agit en effet des Alpes du Sud, comme l'indique la mention de la station d'Embrun, de la Durance, ou encore le nom du journal : *La Provence*.

> **INFO +**
> L'article mentionne aussi des noms géographiques tels que le Dévoluy ou les Écrins, qui se trouvent à la limite entre les Alpes du Nord et du Sud.

▶ **2.** La phrase soulignée dans le texte établit que la montagne n'est pas seulement consacrée au tourisme de sports d'hiver, notamment à l'incontournable ski, mais au contraire que le tourisme estival s'y développe avec « chaque année, de nouvelles activités ». Parmi ces nouvelles activités estivales, l'article cite :

> **GAGNE DES POINTS**
> Commence par préciser l'idée exprimée par la phrase soulignée, puis relève dans le texte les idées qui la justifient.

– les activités liées au vélo : passage du Tour de France, cyclotourisme, *Mountain trail*, *bike park* et diverses compétitions (2e paragraphe) ;

– des activités de loisirs culturels en pleine nature : *escape game* dans les Écrins, festival Zen Agritude ;

– des activités d'eau vive, comme le rafting sur la Durance.

▶ **3.** Pendant la saison estivale, les acteurs locaux s'efforcent en effet de valoriser différents atouts de leur environnement géographique :

– un atout climatique : en raison de plus fréquents « épisodes de canicule », sans doute liés au réchauffement climatique, le climat montagnard, plus frais car en altitude, apparaît « plus supportable », avec des nuits « plus fraîches » ;

– un atout environnemental : l'espace montagnard apparaît plus préservé que les espaces touristiques balnéaires, or « les gens sont à la recherche d'une connexion avec l'environnement », sans pour autant négliger l'aspect balnéaire, avec de nombreux plans d'eau, par exemple à Embrun ;

– un atout humain : les vacanciers sont « en quête de produits locaux » et d'une certaine « authenticité », que la montagne peut davantage offrir, avec une population rurale et agricole préservée par rapport à un littoral azuréen ultra spécialisé dans le tourisme de masse.

▶ **4.** L'article évoque le maire et le conseil municipal d'Embrun, petite station touristique des Alpes du Sud, sur la Durance. Le syndicat mixte, qui rassemble plusieurs communes (Embrun et Savines-le-Lac), a œuvré pour permettre aux prestataires de s'adapter « à la baisse de niveau du lac », en raison de la sécheresse, en installant des équipements pour un budget de 30 000 €, ce qui n'est pas rien pour de petites communes. Cette action permet de préserver la longévité du plan d'eau, donc l'attractivité touristique des communes concernées.

▶ **5.** À partir des années 1960, la montagne, autrefois espace d'exode rural, a profité de l'or blanc avec le développement des sports d'hiver. Mais la saisonnalité de cette activité a toujours posé problème.

• Pendant longtemps, les acteurs du tourisme montagnard se sont donc efforcés de développer des activités à contre-saison, d'étaler ainsi la saison touristique. Or, le contexte actuel vient relayer leurs efforts : la saison estivale est de loin la plus fréquentée, donc présente le meilleur potentiel touristique, et les espaces littoraux les plus proches du massif alpin – la Côte d'Azur – paraissent saturés. Le réchauffement climatique, bien qu'il touche également la montagne, multiplie les canicules qu'un climat d'altitude rend précisément plus supportables. La valeur touristique de la montagne a aussi augmenté avec le développement dans le public de valeurs liées à l'environnement, à la nature, à l'authenticité, valeurs plus facilement visibles dans les petites stations des Alpes du Sud qu'à Nice ou à Saint-Tropez !

> **GAGNE DES POINTS**
> Tu peux rappeler que, dans les Alpes, la température diminue d'un degré tous les 160 mètres d'altitude gagnés.

• Les initiatives des acteurs locaux ont ainsi permis de valoriser la montagne à contre-saison, afin de faire vivre l'espace touristique et d'en favoriser le rayonnement, donc l'attractivité. Il faut s'adapter aux nouvelles attentes des clients, en particulier le désir de nature et d'authenticité qui sont au cœur de la réussite du tourisme vert. D'où la création d'activités de cyclotourisme, de festivals culturels, de loisirs proches de la nature, de rencontre avec les populations locales, par exemple à la ferme.

Il est même permis de se demander, au vu du recul des glaciers alpins et des difficultés d'enneigement croissantes chaque hiver, si la saison estivale ne deviendra pas dans quelques décennies la saison la plus profitable…

27 France métropolitaine • Septembre 2018

# La modernisation de l'agriculture française

**ANALYSER DES DOCUMENTS**

45 min
20 points

S'ENTRAÎNER

**INTÉRÊT DU SUJET** • L'agriculture française est devenue en un demi-siècle l'une des plus productives du monde, ce qui a transformé les paysages agricoles.

**DOCUMENT 1** La modernisation de l'agriculture française

La modernisation concerne en premier l'organisation des terres agricoles. Les modifications que connaît l'Ouest illustrent parfaitement la dynamique générale. Jusqu'en 1950, la petite propriété reste majoritaire de la Normandie jusqu'à la frontière espagnole. À partir de cette date, les exploitations se concentrent rapidement sous l'effet de l'exode rural et des politiques de remembrement[1]. Les paysans qui restent achètent ou louent massivement les nombreuses terres laissées libres. Les parcelles sont redécoupées, les haies sont arrachées. En France métropolitaine, la taille moyenne des exploitations triple en 50 ans. […]

Parallèlement, l'autoconsommation diminue, la polyculture traditionnelle décline et la spécialisation s'affirme : production laitière en Normandie ou élevage hors-sol en Bretagne.

La modernisation concerne aussi les techniques agricoles. Le tracteur se généralise à partir des années 1950 (60 000 en 1946, 1 500 000 en 1979), les engrais chimiques sont couramment utilisés. De nouvelles semences plus productives voient le jour et il devient possible de sélectionner scientifiquement les races de l'élevage. […]

Mais depuis plusieurs années, la course aux rendements[2] montre ses limites. Le revenu paysan stagne, et de nombreuses exploitations sont surendettées. […] Les conséquences écologiques du modèle agricole intensif paraissent aussi de plus en plus dommageables. L'utilisation massive d'engrais et de pesticides contribue ainsi à la pollution des eaux de surface, des nappes phréatiques et du bord de mer.

D'après V. Adoumié, *Géographie de la France*, Hachette, 2015.

1. Remembrement : redistribution spatiale des terres entre les paysans, ce qui entraîne l'agrandissement des champs.
2. Rendement : quantité de produit récolté sur une surface cultivée.

**DOCUMENT 2** **Un paysage agricole de Bretagne (commune de Naizin, Morbihan)**

Site Internet sur l'atlas des paysages, Morbihan.

## DOCUMENT 1

▶ **1.** Citez trois progrès techniques qui ont permis d'augmenter les productions agricoles. *(3 points)*

▶ **2.** Relevez deux conséquences de la modernisation de l'agriculture pour les agriculteurs. *(4 points)*

▶ **3.** Reproduisez le tableau et complétez-le sur votre copie ; associez les mots soulignés à la définition qui convient. *(3 points)*

| | |
|---|---|
| 1. ..................... | Élevage en milieu artificiel |
| 2. ..................... | Production de plusieurs cultures au sein d'une exploitation |
| 3. ..................... | Production d'une seule catégorie de plante ou d'une seule espèce animale |

**DOCUMENTS 1 ET 2**

▶ **4.** Décrivez et expliquez les transformations récentes des paysages agricoles. *(5 points)*

▶ **5.** Quels sont les risques liés à la modernisation de l'agriculture et les solutions adoptées pour réduire ces risques ? *(5 points)*

## LES CLÉS DU SUJET

### Comprendre les documents

**La modernisation de l'agriculture française**

- **Nature du document**
  Un texte scientifique tiré d'un manuel universitaire (source fiable), 2015
- **Auteur**
  Vincent Adoumié, un géographe reconnu
- **Thème**
  Les principaux éléments de la modernisation de l'agriculture française
- **Contexte**
  L'agriculture française s'est profondément modernisée depuis un demi-siècle, mais cette modernisation arrive à ses limites.

**Un paysage agricole de Bretagne (commune de Naizin, Morbihan)**

- **Nature du document**
  Une photographie aérienne oblique avec légende
- **Source**
  Le site Internet de l'*Atlas des paysages du Morbihan*, un département breton. Outil institutionnel fiable
- **Thème**
  Un paysage agricole présentant à l'échelle locale des éléments de modernisation
- **Contexte**
  La modernisation agricole impacte les paysages ruraux, la forme des parcelles, le nombre de bâtiments.

### Répondre aux questions

▶ **1.** Cherche le mot clé « technique » dans le texte.
▶ **2.** La question concerne les agriculteurs et non les espaces agricoles.
▶ **4.** Prends soin de bien centrer le propos sur les paysages et d'utiliser les deux documents.
▶ **5.** La partie sur les solutions nécessite des connaissances tirées du cours de ton professeur.

## 27 CORRIGÉ **GUIDÉ**

▶ **1.** Les trois progrès techniques qui ont permis d'augmenter les productions agricoles sont :

– la généralisation du tracteur, c'est-à-dire la mécanisation ;

– l'utilisation croissante des engrais chimiques (chimisation) ;

– l'utilisation de nouvelles semences et la sélection de nouvelles races d'élevage plus productives.

▶ **2.** La modernisation de l'agriculture a eu deux conséquences pour les agriculteurs : la diminution de leur nombre et leur endettement. La baisse du nombre des agriculteurs est liée à la nécessité d'acquérir des exploitations de plus grandes dimensions pour que la mécanisation soit rentable. Leur endettement résulte de l'augmentation des investissements nécessaires (machines, engrais, semences).

▶ **3.**

| | |
|---|---|
| 1. Élevage hors-sol | Élevage en milieu artificiel |
| 2. Polyculture | Production de plusieurs cultures au sein d'une exploitation |
| 3. Spécialisation | Production d'une seule catégorie de plante ou d'une seule espèce animale |

▶ **4.** Les paysages agricoles se sont profondément transformés depuis 1950. Les parcelles ont été redécoupées, les haies arrachées. C'est la fin du bocage traditionnel en Bretagne. Le document 2 montre la prédominance de champs de grandes dimensions aux formes géométriques. Les haies ne sont que des survivances. Les bâtiments agricoles modernes, de type silos ou bâtiments d'élevage hors-sol, se sont multipliés. Parallèlement, à côté des anciennes fermes sont apparues des habitations récentes.

Ces transformations des paysages sont liées à la modernisation des systèmes productifs agricoles depuis 1950. La mécanisation et la chimisation ont nécessité des exploitations plus grandes, obtenues par remembrement au profit de formes géométriques, et une spécialisation poussée des cultures ou élevages, au détriment de la polyculture traditionnelle, afin de rentabiliser les investissements consentis.

▶ **5.** La modernisation de l'agriculture ne va pas sans risques. Les investissements nécessaires ont conduit à l'endettement massif de la profession, étranglée entre le secteur amont (matériel, banque) et aval (agroalimentaire, distribution). Les conséquences écologiques sont également de plus en plus sensibles : pollutions des sols et des nappes phréatiques, crises alimentaires (maladie de la vache folle).

**GAGNE DES POINTS**
Fais deux paragraphes : un sur les risques et un sur les solutions.

La réduction de ces risques passe par une aide accrue aux agriculteurs, notamment dans la cadre de la Politique agricole commune (PAC) de l'Union européenne, voire le contrôle des prix imposés par la grande distribution aux producteurs. Sur le plan environnemental, une agriculture raisonnée, voire biologique, permettrait une plus grande maîtrise des produits phytosanitaires et donc de la pollution qu'ils entraînent.

# Les espaces productifs industriels : reconversion et innovation à Autun

## ANALYSER DES DOCUMENTS

45 min
20 points

**INTÉRÊT DU SUJET** • Confrontés à une concurrence mondiale, les entreprises des industries électriques françaises ont su innover, parfois avec des idées simples, pour rester compétitives.

### DOCUMENT 1 Autun en Saône-et-Loire : un espace productif marqué par des évolutions

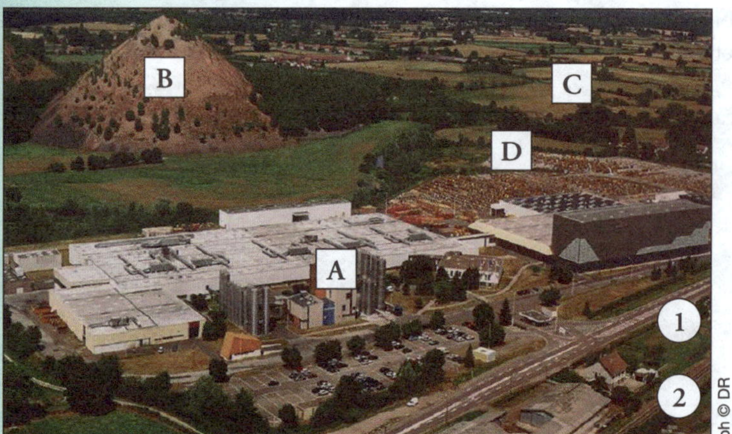


Photographie extraite du *Journal de Saône-et-Loire*, 2011.

A : usine Nexans
B : terril, vestige d'une ancienne mine de charbon
C : terres agricoles
D : zone de stockage
1 : route
2 : voie ferrée

DOCUMENT 2 **L'usine Nexans d'Autun lance un câble électrique innovant**

La société Nexans, experte dans le câblage électrique, propose aux professionnels du bâtiment un nouveau câble révolutionnaire. Un câble produit exclusivement à l'usine Nexans d'Autun et destiné au marché européen.

Depuis le mois de mai 2013, les électriciens peuvent passer à la couleur. En effet, le leader français du câble électrique, la société Nexans, leur propose un nouveau produit avec un code couleur simple. Une innovation qui a reçu le prix de l'innovation du BTP[1]. La société Nexans a eu l'idée de marquer le câble noir traditionnel avec une couleur correspondant à la section des fils composant le câble. [...]

L'objectif est de faciliter le travail des électriciens du bâtiment. Cette innovation devrait permettre à la multinationale française de rester leader sur le marché face à des concurrents tels que les Espagnols ou les Italiens.

Article en ligne publié par Pauline Ringenbach, le 13/09/2013, extrait du site Internet de France 3 Bourgogne-Franche-Comté.

1. BTP : Bâtiment Travaux Publics.

S'ENTRAÎNER

### DOCUMENT 1

▶ **1.** Identifiez les aménagements et expliquez en quoi ils sont nécessaires au fonctionnement de l'usine Nexans. (*6 points*)

▶ **2.** Par quelles activités économiques cet espace est-il valorisé aujourd'hui ? (*3 points*)

▶ **3.** Montrez que l'activité de cet espace a évolué dans le temps. (*3 points*)

### DOCUMENT 2

▶ **4.** Quelle est la production de l'usine Nexans d'Autun ? (*2 points*)

DOCUMENTS 1 ET 2

▶ **5.** Après avoir rappelé la notion d'« espace productif », expliquez ce qui fait de l'usine Nexans d'Autun un espace productif dynamique et majeur du territoire. (*6 points*)

## LES CLÉS DU SUJET

### Comprendre les documents

**Autun : un espace productif en évolution**

- **Nature du document**
  Photographie aérienne oblique.
- **Auteur**
  Non précisé. Extrait du *Journal de Saône-et-Loire*.
- **Thème**
  Les espaces productifs industriels.
- **Contexte**
  Les espaces anciennement industrialisés bénéficient toujours d'un environnement propice aux activités industrielles.

**L'usine Nexans d'Autun lance un câble électrique innovant**

- **Nature du document**
  Extrait d'un article tiré d'un site Internet.
- **Auteur**
  Pauline Ringenbach, journaliste à France 3 Bourgogne-Franche-Comté.
- **Thème**
  L'innovation industrielle dans les industries électriques.
- **Contexte**
  La société Nexans, leader français du câble électrique, innove, parfois avec des idées simples.

### Répondre aux questions

▶ **1.** Relève les aménagements liés à l'usine : tous ceux indiqués sur la photographie ne le sont pas. Replace ces aménagements dans le processus de production industrielle.

▶ **2.** Sur la photographie, y a-t-il, en plus de l'usine Nexans, d'autres types d'activités économiques ?

▶ **3.** Quel élément n'a pas encore été exploité sur la photographie ? Qu'est-ce qu'un terril ?

▶ **4.** Développe ta réponse : à quel type d'industrie appartient cette production ?

▶ **5.** Après avoir défini, grâce au cours de ton professeur, ce qu'est un espace productif, attache-toi à bâtir un plan pour ta réponse en rédigeant plusieurs courts paragraphes.



## 28 CORRIGÉ GUIDÉ

▶ **1.** Plusieurs aménagements sont visibles au premier plan de la photographie :

– l'usine Nexans (A), qui est le lieu de production ;

– une importante zone de stockage (D), qui permet d'entreposer les matières premières nécessaires et les produits finis fabriqués par l'usine ;

– des voies de communications routières (1) et ferroviaires (2) (la gare est à quelques kilomètres), qui permettent l'acheminement des matières premières et des produits finis, mais aussi du personnel ;

– un parking, devant l'usine, dont la petite taille montre que l'usine emploie relativement peu de main-d'œuvre en comparaison de sa surface au sol : elle est donc sans doute largement automatisée.

**CONSEIL**
Pour identifier des éléments sur une photographie, utilise la méthode de description par plan : avant-plan, arrière-plan ou premier plan, deuxième plan…

▶ **2.** L'espace proche d'Autun, en Saône-et-Loire, est valorisé par des activités industrielles, l'usine Nexans appartenant au domaine des industries électriques. Mais on peut relever aussi des activités agricoles : les champs (C), tous bordés de haies, font penser à des prairies permettant un élevage, notamment bovin (Autun est proche du Charolais, région réputée pour sa viande de bœuf).

**GAGNE DES POINTS**
Signale des aménagements non référencés sur la photographie, surtout si tu peux en déduire des conclusions intéressantes.

▶ **3.** Cet espace fait partie des régions anciennement industrialisées, comme le prouve l'ancien terril (B). Un terril est une colline, dont on voit nettement la forme conique, produite par l'accumulation des sous-produits d'une mine de charbon. Or, le charbon n'est plus exploité en France depuis 2004. La région d'Autun a donc su se reconvertir dans les industries électriques.

▶ **4.** L'usine Nexans est « le leader français du câble électrique ». Nexans est une « multinationale », en concurrence au niveau européen avec des entreprises espagnoles ou italiennes. L'usine produit en particulier « un nouveau câble révolutionnaire », muni d'un code couleur permettant un travail plus facile pour les clients. L'usine d'Autun est la seule à produire ce type de câble, pour lequel Nexans a reçu le prix de l'innovation du BTP.

▶ **5.** Un espace productif est une portion de territoire aménagée par les sociétés humaines dans le but d'y développer une activité économique, donc d'y produire de la richesse. C'est le cas de l'espace proche d'Autun sur lequel se trouve l'usine Nexans.

L'espace environnant a en effet été aménagé pour le site de l'usine de câbles électriques, avec des zones de stockage (matières premières et produits finis). Le lieu de production est desservi par un réseau de transport routier et ferroviaire, qui permet aussi bien d'acheminer les matières premières que de livrer les produits finis.

C'est un espace productif industriel dynamique parce qu'il a su se reconvertir : l'ancienne mine de charbon a laissé la place à une activité d'industrie électrique, qui a ainsi profité de l'existence d'une culture industrielle locale.

Dynamique aussi parce que l'usine semble moderne et largement automatisée (petit parking), et que Nexans est le leader français du câble électrique, attaché à l'innovation industrielle, comme le montrent ces câbles à code couleur que seule l'usine d'Autun produit en Europe.

Enfin, autour de l'usine, la région est aussi un espace productif agricole dynamique, avec un élevage bovin charolais, qui produit une viande de qualité.

# 29 Amérique du Nord • Juin 2017

# Les transformations des espaces productifs agricoles français

**MAÎTRISER LES DIFFÉRENTS LANGAGES**

45 min
20 points

S'ENTRAÎNER

**INTÉRÊT DU SUJET** • En dehors de l'image traditionnelle d'une agriculture performante mais coupable de tous les excès, les espaces productifs agricoles sont eux aussi marqués par leur insertion dans la mondialisation.

Rédigez un texte structuré d'une vingtaine de lignes décrivant les transformations d'un espace productif français pour s'adapter à la mondialisation (cet espace peut être un espace productif agricole *ou* un espace productif industriel *ou* un espace productif touristique *ou* un espace productif d'affaires). Vous pourrez vous appuyer éventuellement sur un exemple étudié en classe.

## LES CLÉS DU SUJET

### Analyser le sujet de développement construit

- On traitera ici les espaces productifs agricoles. Tu peux toutefois évoquer les industries agroalimentaires qui valorisent la production agricole, mais seulement en lien avec celle-ci.
- Le sujet porte sur les adaptations des espaces productifs à la mondialisation. Garde cette idée en tête tout au long de l'épreuve !
- Tu peux compléter ton développement par un schéma des espaces productifs en France que tu auras choisi de traiter.

## Organiser ses idées

**Décrire et expliquer les transformations des espaces productifs agricoles français sous l'effet de la mondialisation.**

1. Montre d'abord la puissance de l'agriculture française à l'échelle mondiale.
2. Montre ensuite comment les espaces agricoles français se sont spécialisés afin d'être plus compétitifs dans la mondialisation.
3. Décris enfin comment la mondialisation affecte différemment les espaces, en fonction de leur degré d'insertion.

# 29 CORRIGÉ GUIDÉ

Bien loin de l'image éternelle du paysan français et d'une ruralité rassurante, le monde agricole est au contraire traversé par de fortes tensions liées à l'insertion des espaces productifs agricoles dans la mondialisation.

• La France est toujours une grande puissance agricole, deuxième dans l'Union européenne (UE) et quatrième exportateur mondial, mais encore première pour la productivité. L'agriculture ne représente que 2,3 % du PIB (mais 6,5 % si l'on ajoute les industries agroalimentaires) pour 3 % de la population active. Les produits bruts de l'agriculture sont transformés par de puissantes industries agroalimentaires, secteur fortement exportateur, notamment au travers de grands groupes transnationaux, comme Danone.

• La politique agricole commune, instituée par l'UE, et la mondialisation ont poussé les agriculteurs à la modernisation de leur système de production. L'agriculture productiviste est fortement consommatrice de matériels, d'intrants (engrais, produits phytosanitaires), de techniques (irrigation, suivi satellite), de capitaux, de recherche (semences hybrides, agronomie). La recherche de la compétitivité a poussé à une spécialisation des espaces productifs.

**GAGNE DES POINTS**
Dessine un petit schéma hexagonal rappelant les grands espaces agricoles. Les deux heures de l'épreuve te laissent un temps suffisant.

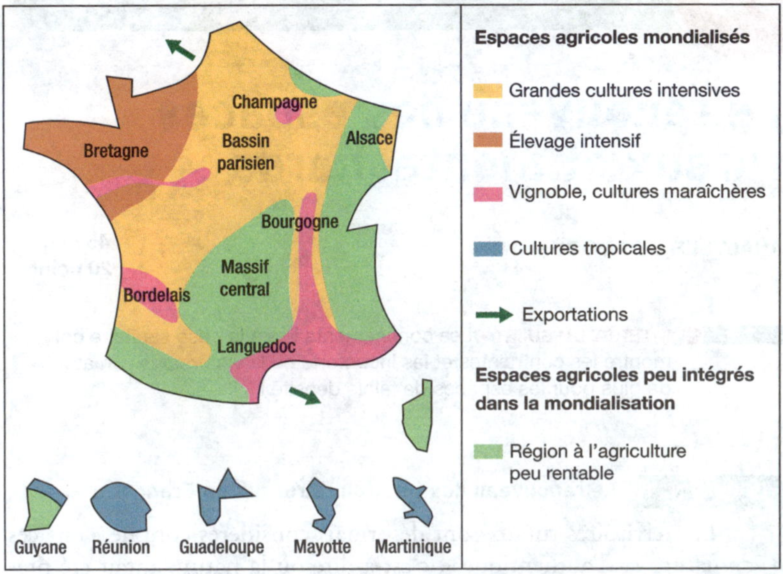


Chaque terroir valorise ses avantages comparatifs : grande culture à dominante céréalière dans le bassin parisien, élevage intensif en Bretagne, viticulture en Bourgogne, dans le Bordelais, en Champagne. L'agriculture productiviste a cependant conduit à des excès : pollutions, surconsommation d'eau, crises sanitaires (maladie de la vache folle ou grippe aviaire).

• Les régions les plus intégrées dans la mondialisation, compétitives et exportatrices (grande céréaliculture, élevage industriel, vignobles de renom), comptent des exploitations de grandes dimensions, aux revenus souvent élevés, mais exposées à la concurrence étrangère, celle du poulet brésilien par exemple. Les espaces peu insérés dans les réseaux de la mondialisation, en revanche, se marginalisent progressivement. Les exploitations sont de plus petites dimensions, les revenus plus faibles, les cultures moins spécialisées (polyculture). Certains de ces espaces connaissent cependant parfois une certaine revitalisation, à travers le développement de labels, de filières courtes ou du tourisme vert.

**GAGNE DES POINTS**
En fonction de l'exemple étudié en cours, il est recommandé de développer ses caractéristiques dans ce paragraphe, soit dans les espaces intégrés, soit dans les régions marginalisés.

Les espaces productifs agricoles français sont donc mis sous forte tension par les processus mondialisés, qui en accentuent les différences, les spécialités, les inégalités.

# Le renouveau des espaces ruraux et montagnards

**ANALYSER DES DOCUMENTS**

**45 min**
**20 points**

**INTÉRÊT DU SUJET** • Les confinements liés à la crise sanitaire ont montré les contraintes et les inconforts de la vie urbaine. Un atout de plus pour les espaces de faible densité !

**DOCUMENT 1** **Le renouveau des territoires ruraux en France**

Les territoires ruraux sont désormais considérés comme « espaces de nature et d'authentique », c'est-à-dire où la nature aurait été préservée de l'artificialisation[1] de la civilisation urbaine. Ce renversement des représentations[2] entraîne en particulier le développement du « tourisme vert » et se traduit par la multiplication des résidences secondaires et des hébergements en gîtes ruraux ou à la ferme, par la création d'infrastructures légères (sentiers de randonnée, écomusées, etc.). La mise en tourisme permet aussi le maintien ou le développement d'autres activités : artisanat, productions agricoles, etc.

Si les territoires situés à proximité des grandes villes ou des villes moyennes bénéficient d'un accès convenable aux services élémentaires, en particulier aux services publics, les territoires les plus isolés souffrent d'un déficit de services de plus en plus préoccupant, notamment lorsque les populations sont âgées et/ou en situation de précarité économique et sociale. L'accès aux soins, qui s'exprime à travers l'expression de « désert médical », à l'éducation, à la culture, à l'administration et même aux services du quotidien (alimentation, bureau de poste, etc.) est de plus en plus difficile dans certains territoires peu ou très peu denses situés à l'écart des aires urbaines et des liaisons rapides.

Autre enjeu majeur, la « fracture numérique », qui désigne les disparités d'accès aux technologies numériques (Internet, téléphonie mobile, etc.) et aux services qui leur sont associés, renforce l'isolement et donc la fragilité de certains territoires.

Source : Magali Reghezza-Zitt, géographe, *La France dans ses territoires*, 2017.

1. Artificialisation : le fait de transformer l'espace en le rendant moins naturel et plus artificiel.
2. Renversement des représentations : changement d'opinion sur les espaces ruraux.

S'ENTRAÎNER

DOCUMENT 2 **Extrait du guide touristique « pass'malin du Haut-Jura »**

**HAUT-JURA**

entre 700 et 1 495 m d'altitude

**VOUS ALLEZ AIMER :**

- Les villages de montagne authentiques, les stations familiales et conviviales, les activités nordiques et de pleine nature
- Des panoramas à couper le souffle : Belvédère des 4 Lacs, Pic de l'Aigle, la Dôle avec vue sur les Alpes et le Mont Blanc
- Les balades dans le Parc naturel régional du Haut-Jura
- Les savoir-faire d'excellence Made in Jura artisanaux et industriels (Lunette, jouet, bois,…)
- La Station des Rousses labellisée flocon vert, frontalière avec la Suisse
- Les sites incontournables : Saint-Claude (capitale de la pipe et du diamant), les Hautes-Combes et ses grands espaces, La Haute Vallée de la Saine (site naturel protégé), la cité médiévale de Nozeroy…
- Les caves d'affinage du Fort des Rousses et les nombreuses fruitières à Comté, Morbier et Bleu de Gex (les 3 AOP fromages du Jura).

Extrait de la carte touristique du Jura 2021. Comité Départemental du Tourisme du Jura (Jura Tourisme)

Source : Offices de Tourisme du Haut-Jura.

## DOCUMENT 1

▶ **1.** Relevez deux difficultés que rencontrent les espaces de faible densité en France.

▶ **2.** Relevez dans le texte un passage qui montre que l'accessibilité est un enjeu majeur pour les espaces de faible densité.

▶ **3.** En vous appuyant sur le document, expliquez comment l'activité touristique dynamise ces territoires ruraux.

## DOCUMENT 2

▶ **4.** Quel est l'objectif des auteurs du document ? Justifiez votre réponse.

## DOCUMENTS 1 ET 2

▶ **5.** En vous appuyant sur les documents, montrez que les espaces de faible densité disposent de nombreux atouts qui les rendent aujourd'hui attractifs.

## LES CLÉS DU SUJET

### Comprendre les documents

**Le renouveau des territoires ruraux en France**
- **Nature :** texte tiré d'un manuel universitaire
- **Auteur :** Magali Reghezza-Zitt, géographe connue
- **Thème :** le renouveau des territoires ruraux
- **Contexte :** les représentations des espaces ruraux évoluent positivement, malgré des handicaps persistants.

**Extrait du guide touristique « pass'malin du Haut-Jura »**
- **Nature :** extrait d'un guide touristique
- **Source :** offices de Tourisme du Haut-Jura
- **Thème :** favoriser la découverte touristique de la région
- **Contexte :** chaque région tente de valoriser ses atouts pour développer l'activité touristique locale.

### Répondre aux questions

▶ **1.** Les difficultés sont regroupées dans le deuxième paragraphe.

▶ **2.** Tu peux chercher dans le texte le terme clé « accessibilité » ou l'une de ses formes, par exemple « accès ».

▶ **3.** Les atouts des espaces ruraux sont analysés dans le premier paragraphe. Recherche le terme clé « tourisme ».

▶ **4.** Quelle est la mission d'un office de tourisme ?

▶ **5.** Veille à bien rester centré sur les atouts, sans aborder les handicaps, puisque ce n'est pas le sujet.

S'ENTRAÎNER

## 30 CORRIGÉ GUIDÉ

▶ **1.** D'après le texte, les espaces de faible densité en France rencontrent deux difficultés :

• une accessibilité dégradée, surtout pour les territoires les plus isolés, qui entraîne un « déficit de services », en particulier « lorsque les populations sont âgées et/ou en situation de précarité économique et sociale ». Or, les populations vivant dans les espaces de faible densité sont précisément plus âgées et plus pauvres que la population générale ;

• une « fracture numérique », liée à un équipement moindre, qui freine l'accès aux technologies numériques et « aux services qui leur sont associés ».

▶ **2.** L'accessibilité est un enjeu majeur. En effet, en fonction de cette accessibilité, « les territoires situés à proximité des grandes villes ou des villes moyennes bénéficient d'un accès convenable aux services élémentaires » alors que « les territoires les plus isolés souffrent d'un déficit de services de plus en plus préoccupant ». Les conditions de vie de la population sont donc différentes.

**GAGNE DES POINTS**
Après avoir cité le passage demandé, rédige une phrase de conclusion montrant qu'il s'agit d'un enjeu majeur pour les populations.

▶ **3.** Les espaces ruraux peuvent bénéficier du « tourisme vert » qui dynamise ces espaces par :

• « la multiplication des résidences secondaires et des hébergements en gîtes ruraux », qui accroît la population résidente et l'économie présentielle ;

**GAGNE DES POINTS**
Explique ce que chaque élément apporte aux territoires ruraux, en utilisant des notions tirées de ton cours (économie présentielle).

- « la création d'infrastructures légères (sentiers de randonnée, écomusées, etc.) », donc de faible coût, pour améliorer l'usage du territoire ;
- « le maintien ou le développement d'autres activités : artisanat, productions agricoles, etc. » à destination de ces nouvelles populations.

▶ **4.** L'objectif des auteurs du document est de promouvoir le développement du tourisme dans le Haut-Jura. En effet, ce sont les offices de tourisme du Haut-Jura qui ont produit cette brochure qui communique sur les atouts de la région, notamment :

- un espace naturel, avec la présence du Parc naturel régional du Haut-Jura ;
- le patrimoine industriel (Saint-Claude), historique (cité médiévale de Nozeroy) et gastronomique (fromages Comté, Morbier) ;
- le caractère authentique et familial des villages et des stations de montagne jurassiens, par opposition aux « usines à neige » des Alpes du Nord.

▶ **5.** Les documents font en effet état des nombreux atouts qui rendent attractifs les espaces de faible densité, ici montagnards ou ruraux.

- Le texte de Magali Reghezza-Zitt montre bien le renversement des représentations des espaces de faible densité que sont les territoires ruraux. Dans une société très urbanisée qui commence à percevoir les contraintes liées à ce mode de vie, la ruralité apparaît comme un « espace de nature et d'authentique » dont les citadins ont de plus en plus besoin.
- Ce renversement se traduit par la « mise en tourisme » vert. Ce tourisme vert valorise précisément des activités plus diffuses, moins denses, plus authentiques et familiales, à l'opposé des plages surpeuplées de la Côte d'Azur ou des stations de sports d'hiver des Alpes du Nord.
- Ce tourisme vert permet la préservation, parfois le renouveau, des activités traditionnelles des espaces de faible densité : l'agriculture, surtout de qualité, labellisée, en vente directe ou circuits courts ; la mise en valeur du patrimoine naturel (parcs nationaux ou naturels régionaux), historique ou gastronomique local, notamment grâce à la mise en place d'infrastructures légères, donc abordables pour des collectivités qui ont peu de moyens financiers (chemins de randonnée, écomusées).

Toutefois, ces activités concernent surtout les espaces de faible densité relativement proches des aires urbaines, ou du moins connectés à elles. Pour les espaces très isolés, à l'accessibilité plus difficile, le renouveau est plus difficile à percevoir.

**GAGNE DES POINTS**
Quelques lignes de conclusion pourront nuancer le propos en évoquant les contraintes liées à la faible densité.

# Les évolutions des espaces de faible densité

**ANALYSER DES DOCUMENTS**

45 min
20 points



**INTÉRÊT DU SUJET** • Les territoires du Massif central sont souvent perçus comme désertés et dépourvus d'atouts dans une économie moderne. Découvre que rien n'est plus faux !

## DOCUMENT 1 De nouveaux enjeux pour le Cantal

Le Cantal, un territoire sans demandeur d'emploi ? Avec un taux de chômage de 6,3 % au troisième trimestre 2016, le département affiche le taux le plus faible de France devant la Lozère [...].

Ces bons chiffres devraient ravir les acteurs économiques. Mais la réalité est plus contrastée. Car le département, dont la préfecture est l'une des rares à ne pas être reliée à l'autoroute, est sujet au déclin démographique – il a perdu 9 % de ses habitants entre 1982 et 2010 – et à un vieillissement de sa population.

Si certains secteurs d'activité, comme le transport ou le bâtiment, peinent à recruter, les services publics, eux, sont en décroissance, nuance Éric Debuire, secrétaire général départemental de la CGT, installé dans le Cantal depuis 2000. « Le département a perdu six bureaux de postes, cinq trésoreries principales, une agence EDF doit fermer en juin, le ferroviaire est à l'abandon... », détaille le syndicaliste. « Nous sommes dans une zone rurale peuplée de personnes âgées, ayant un revenu très bas, qui a besoin d'une politique de services publics de proximité. »

Pour les élus, l'enjeu principal est d'attirer de nouveaux habitants, en leur proposant une offre complète. « Il leur faut insister sur la qualité de vie dans le territoire et sur la qualité des services liés par exemple à la scolarité des enfants ou aux nouveaux usages numériques », explique Laurent Rieutort, directeur de l'Institut d'Auvergne du développement des territoires. Salons spécialisés, dispositif WorK2Be pour trouver du travail au conjoint d'un nouvel arrivant, accompagnement des porteurs de projets... Les outils se sont multipliés pour transmettre un même message : « Le Cantal embauche ! » Et, depuis 2003, ils ont permis à 96 familles de s'installer dans le département.

Surtout, la clé pour le territoire est de parvenir à retenir ses jeunes. Faute d'offre universitaire suffisante dans le département, nombre d'étudiants vont suivre un cursus ailleurs. Et trouvent, ensuite, un emploi sur place. […]

Solène Lhénoret, « Dans le Cantal, trouver trente salariés ce n'est pas évident », Lemonde.fr, 24 mars 2017.

**DOCUMENT 2** **Image utilisée dans le cadre d'une opération de communication menée par le département du Cantal en 2017**

Cantalauvergne.com.

## DOCUMENT 1

▶ **1.** Relevez quatre éléments qui, d'après cet article, montrent que la situation du Cantal est révélatrice de celle que connaissent les espaces de faible densité.

## DOCUMENT 2

▶ **2.** Quelles catégories de population le Cantal cherche-t-il à retenir et à attirer ? Pourquoi ?

## DOCUMENTS 1 ET 2

▶ **3.** Relevez une phrase du document 1 permettant d'expliquer le message du document 2.

▶ **4.** À l'aide de l'exemple du Cantal et de vos connaissances, montrez qu'un espace de faible densité possède des atouts et peut les valoriser.



## LES CLÉS DU SUJET

### Comprendre les documents

**De nouveaux enjeux pour le Cantal**

- **Nature du document**
  Un article du quotidien *Le Monde* daté du 24 mars 2017
- **Auteur**
  Solène Lhénoret, une journaliste
- **Thème**
  Les difficultés du Cantal et les politiques de l'emploi
- **Contexte**
  La désertification du territoire et les contraintes de la faible densité

**Image utilisée dans le cadre d'une opération de communication menée par le département du Cantal en 2017**

- **Nature du document**
  Image promotionnelle tirée d'un site Internet, 2017
- **Auteur**
  Le département du Cantal
- **Thème**
  Le dynamisme et la qualité de vie dans un département de faible densité
- **Contexte**
  Le Cantal cherche à valoriser ses atouts en conciliant activités et qualité de vie.

### Répondre aux questions

▶ **1.** N'oublie pas d'insérer les éléments entre guillemets, car ils sont tirés du texte.

▶ **2.** Quels sont les deux personnages représentés ?

▶ **3.** Il faut chercher dans la deuxième partie du texte, qui est celle des atouts, et non dans la première, qui évoque les difficultés.

▶ **4.** Il faudra d'abord définir ce que sont les espaces de faible densité, puis évoquer leurs atouts. Autant que possible, efforce-toi d'intégrer des exemples provenant des documents.

## 31 CORRIGÉ GUIDÉ

▶ **1.** Quatre éléments montrent que la situation du Cantal est révélatrice de celle que connaissent les espaces de faible densité :

– le « déclin démographique » ;

– le « vieillissement de sa population » ;

– la « décroissance [des] services publics » ;

– une population aux « revenus très bas ».

▶ **2.** D'après le document 2, le Cantal cherche à retenir, voire à attirer, les jeunes ménages avec enfants. On le voit sur l'image avec la similitude des vêtements de l'homme et de l'enfant : il s'agit d'un père et de son fils de quelques années. En effet, les ménages avec de jeunes enfants permettent, d'une part, de rajeunir la population du Cantal qui est vieillissante, mais également de maintenir les services publics, par exemple les écoles.

▶ **3.** Le document 1 dit bien qu'il faut « insister sur la qualité de vie dans le territoire et sur la qualité des services liés par exemple à la scolarité des enfants ou aux nouveaux usages numériques ».

C'est bien le message véhiculé par l'image du document 2 : une sieste père/fils en pleine nature, qui évoque une certaine qualité de vie (mentionnée en légende de l'image), loin de la vie parisienne, par exemple ; la présence d'un petit enfant, qui est en âge scolaire ; le QR code et le site Internet montrent que les nouveaux usages numériques sont présents et permettront d'accompagner les « porteurs de projet ».

> **GAGNE DES POINTS**
> Ne te contente pas de relever la phrase, explique comment l'image fait appel aux mêmes éléments.

▶ **4.** La France compte près de quatre millions d'habitants dans les espaces de faible densité (moins de 30 hab./km²), dont un demi-million dans les espaces désertifiés (moins de 10 hab./km²). Longtemps considérés comme des territoires sans intérêt et voués au déclin, ces espaces ruraux de faible densité sont redevenus attractifs pour des populations qui rejettent le mode de vie urbain ou périurbain.

• Si les pratiques anciennes, tel l'élevage extensif, sont en voie de disparition, des systèmes agricoles intégrés se sont souvent développés, tournés vers l'exportation (Champagne). Avec l'émergence du développement durable, l'espace rural est perçu de façon plus positive. La sylviculture se développe (bois de construction, biocombustibles). De même les énergies renouvelables : l'éolien et le solaire profitent d'une surface au sol abondante. Les espaces de faible densité sont enfin le théâtre privilégié du tourisme vert (nature, patrimoines locaux, séjours à la ferme, parcs naturels nationaux et régionaux).

• Les politiques publiques tentent de faire valoir ces atouts, comme c'est le cas dans le Cantal, où les acteurs régionaux, comme l'Institut d'Auvergne du développement des territoires, s'efforcent d'attirer de nouveaux habitants, à grand renfort de campagnes de communication, qui en vantent le faible taux de chômage ou la qualité de vie.

Loin d'être des espaces systématiquement en difficulté, les espaces de faible densité présentent des atouts sérieux dans la France du XXIe siècle.

# Les espaces de faible densité et leurs atouts

**MAÎTRISER LES DIFFÉRENTS LANGAGES**

**45 min**
**20 points**

**INTÉRÊT DU SUJET** • La faible densité a été longtemps associée à un espace peu dynamique, souvent à fortes contraintes. Mais ces espaces présentent les atouts et les ferments d'un nouveau dynamisme.

▶ **1.** En vous appuyant sur des exemples vus en classe, rédigez un développement construit, d'environ vingt lignes, montrant que les espaces français de faible densité disposent d'atouts qu'ils mettent en valeur pour dépasser leurs contraintes. (*15 points*)

▶ **2.** L'inégale répartition de la population française

**a)** Pour chaque élément de la légende, choisissez un figuré adapté. (*1 point*)

**b)** En respectant les figurés choisis précédemment, complétez la carte. (*3 points*)

**c)** Nommez dans la légende l'espace de faible densité de population représenté par un cercle en gras. (*1 point*)

**L'inégale répartition de la population française**

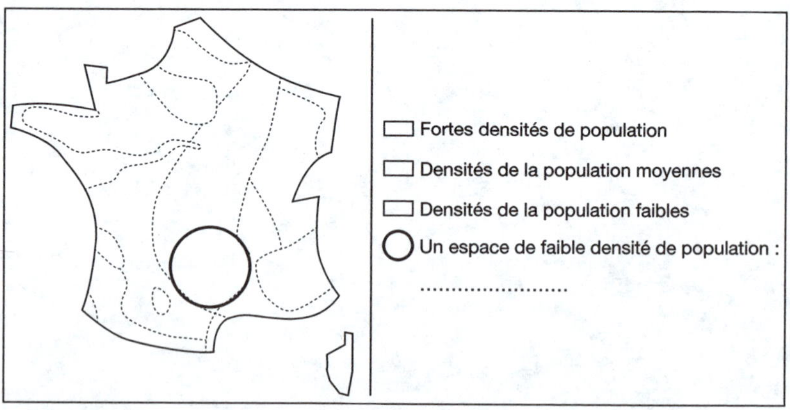

## LES CLÉS DU SUJET

### Traiter le sujet de développement construit (▶ 1)

• Reste nuancé dans ton propos : les espaces de faible densité ne sont ni des déserts sans avenir, ni des territoires moteurs dans l'économie mondialisée.

• Ton professeur t'a présenté dans l'année un exemple d'espace de faible densité : il faut absolument l'utiliser pour illustrer tes idées.

**Présenter les espaces de faible densité dans la France mondialisée du XXIe siècle**

1. Il faut d'abord définir précisément ce que sont les espaces de faible densité.
2. Tu pourras ensuite analyser leurs contraintes.
3. Il faut enfin montrer comment ils mettent leurs atouts en valeur.

### Réaliser la tâche graphique (▶ 2)

• Un figuré est une façon de représenter une information sur une carte. Par exemple, un carré bleu ou une flèche rouge.

• Pour figurer les densités plus ou moins fortes, il faut une montée en valeur des couleurs : par exemple, jaune – orange – rouge, le rouge représentant les plus fortes.

S'ENTRAÎNER

## 32 CORRIGÉ GUIDÉ

▶ **1.** • La France compte 42 % de communes de faible densité (moins de 30 hab./km²) et 10 % dans des espaces désertifiés (moins de 10 hab./km²) : elles rassemblent près de 4 millions d'habitants, dont un demi-million dans les espaces désertifiés. Ce sont des lieux où les hommes sont rares, plus rares qu'ailleurs. Toutefois, depuis une trentaine d'années, on observe un renouveau migratoire – faible mais réel – du rural isolé, surtout quand il n'est pas trop éloigné d'un pôle urbain. Les espaces ruraux de faible densité sont redevenus attractifs pour des populations qui rejettent le mode de vie périurbain.

> **INFO +**
> Le rural isolé correspond à l'espace rural non soumis à l'influence d'une aire urbaine.

• La faible densité représente certes un coût pour le fonctionnement des sociétés. La présence d'équipements publics (hôpitaux, écoles) n'est pas toujours rentable. Les sociétés, plus âgées, sont plus souvent dépendantes du versement des retraites ou pensions. Toutefois, la reprise démographique produit des sociétés plus dynamiques : anciens habitants demeurés sur place, migrants partis puis revenus vivre au pays, nouveaux résidents permanents ou secondaires.

**CONSEIL**
Utilise des connecteurs logiques pour faire progresser ton raisonnement (*certes, toutefois*…).

• Si les pratiques anciennes, tel l'élevage extensif, sont en voie de disparition, des systèmes agricoles intégrés se sont souvent développés, tournés vers l'exportation (Champagne). Avec l'émergence du développement durable, l'espace rural est perçu de façon plus positive. La sylviculture se développe (bois de construction, biocombustibles). De même les énergies renouvelables : l'éolien et le solaire profitent d'une surface au sol abondante. Les espaces de faible densité sont enfin le théâtre privilégié du tourisme vert (nature, patrimoines locaux, séjours à la ferme, parcs naturels nationaux et régionaux).

Loin d'être des espaces systématiquement en difficulté, les espaces de faible densité présentent des atouts sérieux dans la France du XXIe siècle.

**GAGNE DES POINTS**
Une phrase de conclusion est toujours bienvenue.

▶ **2.**

**L'inégale répartition de la population française**

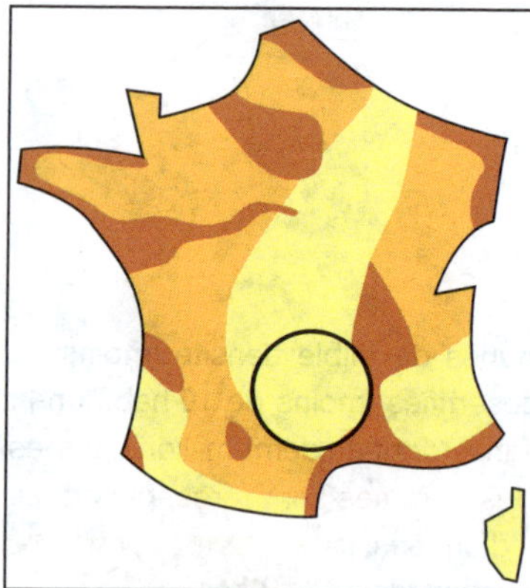

Fortes densités de population
Densités de la population moyennes
Densités de la population faibles
Un espace de faible densité de population : Massif central

**CONSEIL**
Rappelle-toi la localisation des métropoles et celle de la diagonale du vide.

# Les inégalités entre les territoires français

**MAÎTRISER LES DIFFÉRENTS LANGAGES**

45 min
20 points



**INTÉRÊT DU SUJET** • Les inégalités sont au cœur du débat politique en France. Elles affectent en effet les territoires français et les populations qui y vivent. Mais des politiques correctives sont menées pour les réduire.

▶ **1.** Rédigez un développement construit d'environ vingt lignes montrant les inégalités entre les territoires français et expliquant les moyens mis en œuvre pour les réduire. Vous pouvez prendre appui sur un exemple étudié en classe. *(13 points)*

▶ **2.** Utilisez des repères sur une carte.
Sur la carte ci-après *(7 points)* :

**a)** Localisez et nommez deux mers ou océans qui bordent la France.
**b)** Localisez, à l'aide d'un figuré adapté, la France métropolitaine.
**c)** Localisez et nommez quatre États membres de l'Union européenne ayant une frontière commune avec la France.
**d)** Localisez et nommez la ville française qui abrite une institution européenne.
**e)** Expliquez le choix du figuré utilisé pour représenter les flux transfrontaliers.
**f)** Complétez la légende.

## La France : un territoire intégré à l'Union européenne

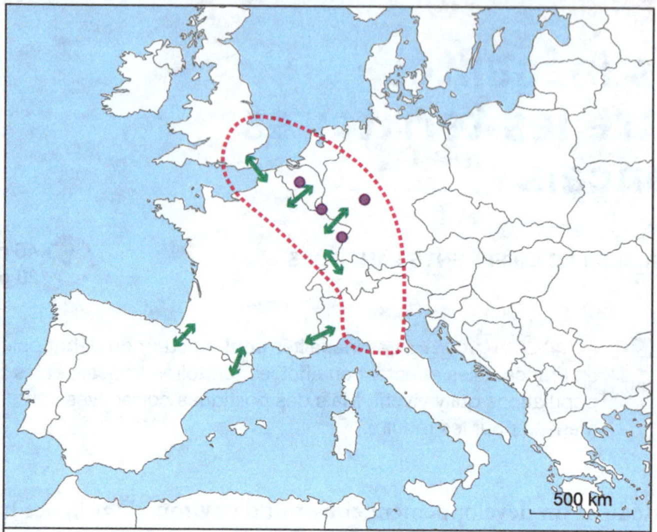


**Légende**

- France métropolitaine
- ........................................
- ........ Villes siège d'une institution européenne
- Flux transfrontaliers

Explication du choix du figuré des flux transfrontaliers :

........................................

## LES CLÉS DU SUJET

### Traiter le sujet de développement construit (▶ 1)

• Les inégalités sont multiples (sociales, économiques, spatiales) et visibles à toutes les échelles (nationale, régionale, locale).

• Utilise dans ton devoir l'exemple étudié en classe avec ton professeur.

**Présenter les différentes inégalités entre les territoires français**

❶ Commence par présenter les différents types d'inégalités, sans oublier de varier les échelles.

❷ Évoque ensuite les acteurs qui tentent de réduire ces inégalités et donne un exemple des politiques d'aménagement territorial menées à cet effet.

### Réaliser la tâche graphique (▶ 2)

• Un figuré est une façon de représenter une information sur une carte. Par exemple, un carré bleu ou une flèche rouge. Choisis pour chaque élément demandé une couleur bien distincte : bleu, rouge, noir, etc.
• N'oublie pas de compléter la légende et d'y écrire ton explication des flux transfrontaliers.

S'ENTRAÎNER

## 33 CORRIGÉ GUIDÉ

▶ **1.** Les inégalités entre territoires peuvent être sociales, économiques et spatiales. Elles sont perceptibles à toutes les échelles.

• À l'échelle régionale, les régions méridionales et septentrionales sont les plus défavorisées socialement. C'est à l'échelle communale et infra-communale que les inégalités sociales sont cependant les plus grandes. Les communes qui comptent le plus de personnes pauvres sont les villes-centres des grandes aires urbaines. L'aire urbaine de Paris concentre 20 % des Français vivant en dessous du seuil de pauvreté.

Les territoires présentent aussi des inégalités économiques. Les régions les plus dynamiques sont les régions atlantiques, méridionales, alpines, et l'Île-de-France, tandis que les moins dynamiques sont la Lorraine et la « diagonale du vide ». À une autre échelle, la croissance profite aux capitales régionales beaucoup plus qu'aux villes petites et moyennes.

Enfin, les territoires présentent des inégalités spatiales. Elles se mesurent dans l'accès des populations aux services (supermarché, école, établissement de soins). Là encore, les inégalités sont croissantes et mesurables à toutes les échelles. Les différences sont importantes entre les grands espaces urbanisés et le reste du territoire.

• Les différents acteurs (État, collectivités territoriales, Union européenne) mettent en œuvre des politiques de compensation des inégalités, par le biais de transferts sociaux, subventions ou politiques d'aménagement. Ainsi, l'Union européenne finance des aménagements avec les fonds structurels et d'investissement européens ; l'État développe les lignes à grande vitesse pour désenclaver les territoires ; les départements versent des aides sociales.

**CONSEIL**
Donne quelques exemples de ces politiques d'aménagement vues en classe avec ton professeur.

▶ **2.** *Les autres villes siège d'une institution européenne sont, d'ouest en est, Bruxelles, Luxembourg et Francfort.*

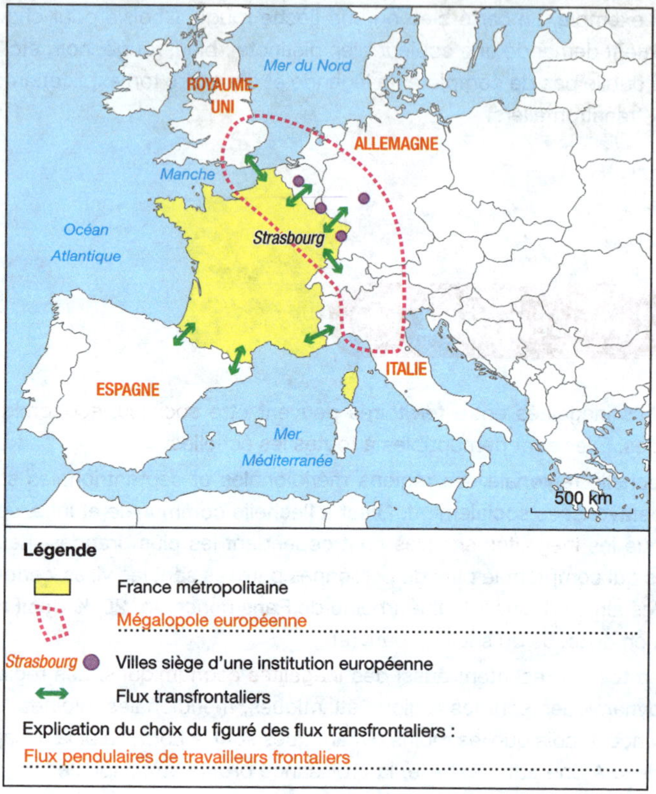

# Aménager pour réduire les inégalités territoriales en Polynésie

**ANALYSER DES DOCUMENTS**

45 min
20 points



**INTÉRÊT DU SUJET** • Les inégalités territoriales concernent tous les territoires français, mais en particulier ceux de Polynésie, distants entre eux de milliers de kilomètres. Le défi de réduire ces inégalités y est colossal.

**DOCUMENT 1** **Le câble du sous-marin *Natitua***

Ce mardi 18 décembre [2018], le câble sous-marin numérique et domestique, *Natitua*, est entré en service en Polynésie. Il doit apporter du haut débit dans 10 îles des archipels des Tuamotu et des Marquises, afin de réduire la fracture numérique avec l'île de Tahiti.

Après une installation de moins de trois mois, de début août à début octobre, le câble sous-marin numérique *Natitua* est entré en service, respectant ainsi les délais fixés par le gouvernement local. D'ores et déjà, le PDG de l'Office des postes et télécommunications (OPT), un des financeurs du projet, a lancé les offres commerciales, « les mêmes qui sont commercialisées sur Tahiti, Moorea, les Îles-sous-le-Vent ». Ce second câble sous-marin en Polynésie relie désormais Tahiti à une partie des îles des archipels des Tuamotu et des Marquises.

Dix îles sont desservies par le câble *Natitua* : Hao, Makemo, Fakarava, Arutua, Kaukura, Rangiroa, Manihi, Takaroa, Hiva Oa, et enfin Nuku Hiva. Dix autres îles des deux archipels seront raccordées au câble par un réseau de faisceaux hertziens, au premier semestre 2019. 22 000 habitants bénéficient ainsi du haut débit grâce à cette infrastructure numérique qui permettra le développement de ces îles. 60 établissements scolaires, l'hôpital de Taiohae, et plus de 40 000 touristes auront aussi accès à Internet à haut débit grâce à cet équipement, avait indiqué la Présidence de la Polynésie française à la fin de l'installation du câble.

Source : https://outremers360.com/economie/numerique-en-polynesie-le-cable-domestique-natitua-est-entre-en-service

DOCUMENT 2 **Le tracé du câble sous-marin *Natitua***

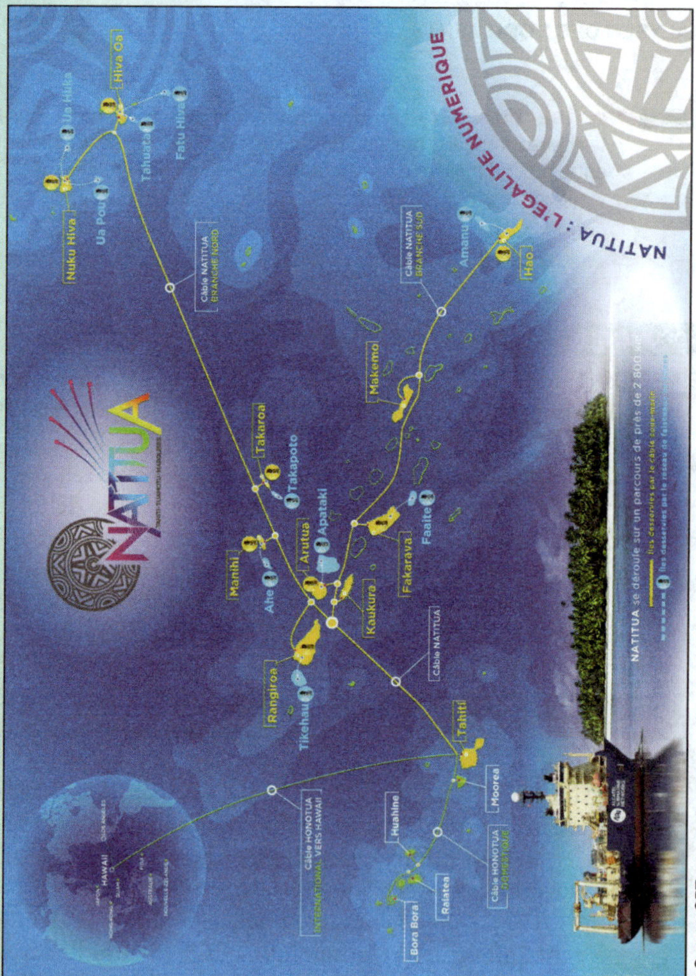


© Groupe OPT

### DOCUMENTS 1 ET 2

▶ **1.** Relevez dans les documents les objectifs du câble sous-marin *Natitua*. (*4 points*)

▶ **2.** Identifiez dans les deux documents les territoires qui vont bénéficier de la présence de ce câble. (*4 points*)

▶ **3.** Nommez l'acteur de l'aménagement évoqué dans les deux documents. (*1 point*)

### DOCUMENT 1

▶ **4.** En vous appuyant sur le document 1 et sur vos connaissances, nommez d'autres acteurs pouvant intervenir dans ce projet, comme dans l'aménagement du territoire. (*3 points*)

▶ **5.** Relevez dans le document 1 les domaines qui vont profiter de la présence du câble. (*3 points*)

### DOCUMENTS 1 ET 2

▶ **6.** En vous appuyant sur les documents et vos connaissances, expliquez pourquoi l'aménagement du territoire permet de réduire les inégalités entre les territoires. (*5 points*)



## LES CLÉS DU SUJET

### Comprendre les documents

**Le câble sous-marin *Natitua***

- **Nature du document**
  Extrait d'un article tiré d'un site Internet.
- **Auteur**
  Non précisé. Extrait de Outremers 360°, un site d'information qui couvre l'ensemble des actualités ultramarines.
- **Thème**
  L'installation d'un câble sous-marin numérique en Polynésie.
- **Contexte**
  La réduction des inégalités d'accès à l'Internet haut débit en Polynésie française.

**Le tracé du câble sous-marin *Natitua***

- **Nature du document**
  Carte de tracé.
- **Auteur**
  OPT : Office des Postes et Télécommunications (l'équivalent de La Poste en Polynésie française).
- **Thème**
  Tracé du câble sous-marin numérique *Natitua*.
- **Contexte**
  La Polynésie française s'étend sur des milliers de kilomètres d'un archipel à l'autre.

## Répondre aux questions

Tahiti fait partie des îles de la Société. Au centre de la carte, on trouve l'archipel des Tuamotu (de Rangiroa à Hao). Au nord-est se trouve l'archipel des Marquises.

▶ **1.** L'objectif est dans le premier paragraphe. Relève aussi le slogan présent sur la carte. Comme la question est sur 4 points, tu peux développer en explicitant.

▶ **2.** La question étant sur 4 points, développe sur les îles reliées par réseau hertzien.

▶ **6.** Commence par rappeler les handicaps spécifiques aux territoires ultramarins, en particulier polynésiens, et les inégalités qui en résultent. Tu pourras ensuite montrer comment les aménagements permettent de réduire ces inégalités.

# 34 CORRIGÉ GUIDÉ

▶ **1.** Le câble *Natitua* doit « apporter du haut débit dans 10 îles des archipels des Tuamotu et des Marquises » et ainsi « réduire la fracture numérique avec Tahiti » (doc. 1). *Natitua* doit ainsi participer à « l'égalité numérique » (doc. 2). Tahiti est en effet alimenté en haut débit par le câble *Honotua* qui connecte l'archipel de la Société (de Tahiti à Bora Bora) à Hawaii et, au-delà, à l'Internet mondial. Mais les Tuamotu et les Marquises n'y étaient pas reliées jusqu'à présent.

**INFO+**
En polynésien, Natitua signifie « lien en haute mer » : un nom particulièrement approprié.

▶ **2.** Dix îles sont connectées à Natitua : huit dans l'archipel des Tuamotu, au centre de la carte, deux dans l'archipel des Marquises (au nord-est) : Hiva Oa et Nuku Hiva. Dix autres profiteront de *Natitua* par connexion hertzienne. Ainsi, Hao est-elle connectée à *Natitua* et sa voisine Amanu le sera par faisceaux hertziens.

**CONSEIL**
Cite un exemple pour montrer que tu as travaillé le document et appuyer ta démonstration.

▶ **3.** L'acteur de l'aménagement évoqué dans les deux documents est l'OPT, l'Office des Postes et des Télécommunications. Il s'agit d'un acteur public, tout à fait comparable à La Poste en métropole.

▶ **4.** D'autres acteurs sont présents. Dans le document 1, le gouvernement local polynésien a fixé les délais de pose du câble. La Polynésie est un Pays d'Outre-Mer (POM) largement autonome par rapport à la métropole, mais celle-ci contribue à l'aménagement. L'Union européenne, pour qui la Polynésie française fait partie des PTOM (Pays et Territoires d'Outre-Mer), apporte également un financement. Les acteurs interviennent donc à des échelles multiples.

▶ **5.** Les domaines qui vont profiter de la présence du câble *Natitua* sont les secteurs économiques de l'éducation (« 60 établissements scolaires »), de la santé (« l'hôpital de Taiohae » sur Nuku Hiva) et du tourisme (« 40 000 touristes »).

▶ **6.** La Polynésie, comme les autres territoires ultramarins, souffre de handicaps géographiques majeurs, ultrapériphériques : insularité (118 îles), exiguïté, distance (*Natitua* s'étend ainsi sur près de 2 800 km) et donc fragmentation et isolement, le tout avec une population modeste (280 000 habitants).

À l'échelle de la Polynésie elle-même, les îles de la Société, en particulier Tahiti, sont moins mal loties, par exemple dans l'accès Internet à haut débit, que les archipels des Tuamotu ou des Marquises.

Les aménagements impulsés par les acteurs locaux (gouvernement polynésien, OPT), métropolitain ou européen, permettent la réduction de ces inégalités territoriales : *Natitua* fournit ainsi l'Internet à haut débit à 22 000 habitants.

Toutefois, l'aménagement du territoire est une tâche sans fin : l'archipel des Gambier, qui ne compte que 1 600 habitants, reste ainsi particulièrement isolé, à plus de 800 km au sud-est en-dehors de la carte…

# Les territoires ultramarins français : problèmes spécifiques et aménagements

**MAÎTRISER LES DIFFÉRENTS LANGAGES**

45 min
20 points

**INTÉRÊT DU SUJET** • L'outremer français présente des caractéristiques spécifiques, souvent contraignantes, qui semblent parfois oubliées par la métropole. Différents acteurs tentent cependant d'y remédier, avec des succès inégaux.

▶ **1.** Rédigez un développement construit d'environ vingt lignes pour montrer les problèmes spécifiques rencontrés par les territoires ultramarins français et les aménagements réalisés pour tenter d'y remédier. Vous pouvez prendre appui sur un exemple étudié en classe. *(13 points)*

▶ **2.** L'organisation du territoire français *(7 points)*
Sur la carte et la légende ci-après :
- Complétez la légende des figurés A, B, C et D en choisissant des couleurs adaptées pour montrer les inégalités de dynamisme des quatre espaces.
- Coloriez la carte à l'aide de la légende.
- Complétez la légende en indiquant l'information qui correspond au figuré hachuré.
- Localisez et nommez quatre aires urbaines de votre choix.
- Expliquez le choix du figuré pour les façades maritimes.

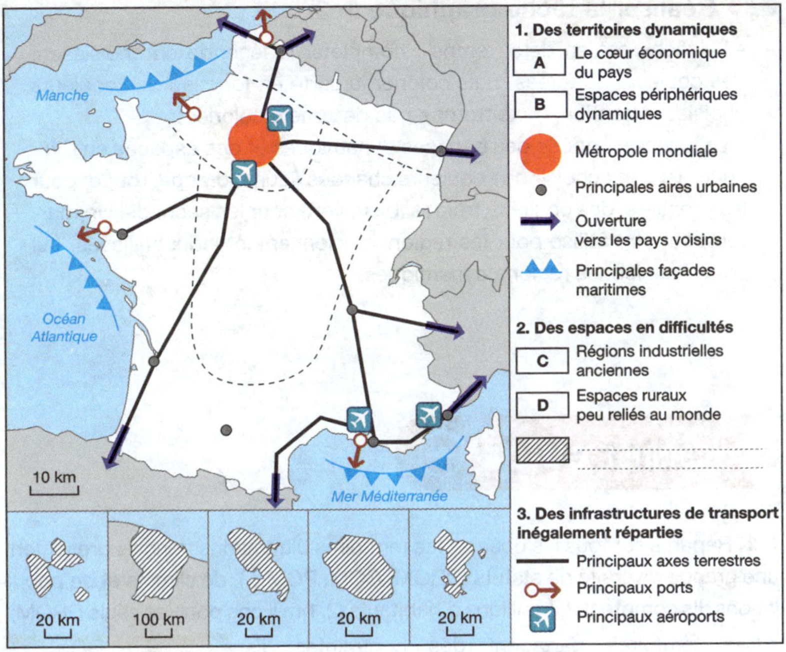


S'ENTRAÎNER

## LES CLÉS DU SUJET

### Traiter le sujet de développement construit (▶ 1)

• Le sujet invite à construire un développement en deux parties.

• Utilise dans ton devoir l'exemple étudié en classe avec ton professeur. N'hésite pas à en faire un croquis sommaire si cela est possible, car ce sera fortement valorisé.

**Montrer les problèmes spécifiques de l'outremer français et les politiques pour y remédier**

INTRODUCTION Présente rapidement la diversité des territoires ultramarins.

❶ Expose dans ton 1er paragraphe les problèmes spécifiques qui affectent les territoires ultramarins. Pour chacun, donne un exemple rapide.

❷ Présente ensuite les acteurs (locaux, national, européen) qui tentent d'y remédier, au moyen d'aménagements dont tu donneras là aussi des exemples.

## Réaliser la tâche graphique (▶ 2)

• La tâche est en deux temps : compléter la légende en choisissant des couleurs adaptées, puis colorier la carte en fonction des couleurs choisies. Attention, ne te trompe pas de zone à colorier !

• La légende oppose des espaces dynamiques et des espaces en difficulté. Tu peux choisir des couleurs chaudes (jaune, orange, rouge) pour les premiers, des couleurs froides (bleu, vert) pour les seconds. Un marron peut être utilisé pour les régions anciennement industrialisées, qui sont d'anciennes régions dynamiques.

# 35 CORRIGÉ **GUIDÉ**

▶ **1.** Répartis sur tous les océans, les territoires ultramarins français présentent une grande diversité de statuts (DROM, COM, POM…), de climats et de populations. Ils comptent 2,7 millions d'habitants (2,1 millions pour les seuls DROM).

• Ces territoires partagent des contraintes. Ils souffrent de handicaps spécifiques, que l'Union européenne a rassemblés sous le vocable d'ultrapériphérie. Souvent insulaires (Guadeloupe, Réunion…) et soumis à des risques naturels importants (volcanisme et cyclones dans les Antilles et à la Réunion), ils ont une superficie généralement faible, ce qui les prive de ressources naturelles importantes, excepté le nickel en Nouvelle-Calédonie. Ils sont donc dépendants pour leur approvisionnement, mais leur éloignement de la métropole et leur isolement entraîne des surcoûts importants. Les économies ultramarines, subventionnées par l'État, sont fragiles (chômage).

> **CONSEIL**
> Attention, des territoires ont une superficie importante, comme la Guyane. Pense à nuancer ton propos.

• Les acteurs à tous les niveaux tentent d'atténuer ces contraintes par des aménagements ou des politiques. La politique de continuité territoriale, mise en œuvre par l'État, prend en charge les surcoûts liés à la distance ; la politique de convergence de l'UE se traduit par des subventions européennes. Les aménagements s'efforcent d'améliorer l'accessibilité, et donc la compétitivité de l'outremer, à travers la construction ou la rénovation de ports, d'aéroports, ou de routes. Ainsi, la « nouvelle route du littoral », à la Réunion, en voie d'achèvement, doit décongestionner l'axe principal de l'île, entre le port et la capitale.

> **GAGNE DES POINTS**
> Développe un exemple d'aménagement vu en cours.

▶ 2.

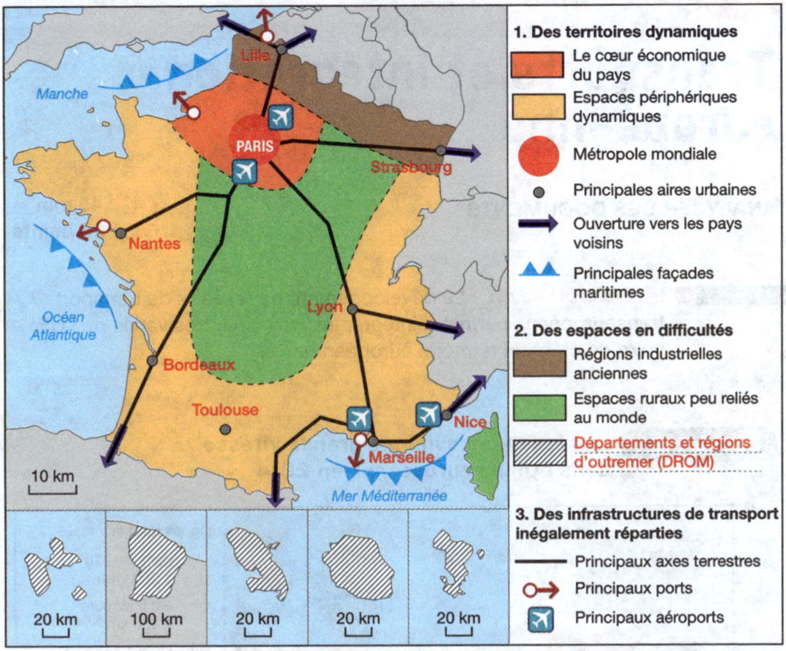


Le figuré des façades maritimes est un symbole d'interface qui insiste sur les connexions de la France au reste du monde.

# Transports et intégration européenne

## ANALYSER DES DOCUMENTS

45 min
20 points

**INTÉRÊT DU SUJET** • Le développement de réseaux de transport transeuropéens permet d'intégrer les territoires très variés de l'UE, voire de créer un territoire européen unifié.

**DOCUMENT 1 Le réseau ferroviaire à grande vitesse dans l'Union européenne en 2014**

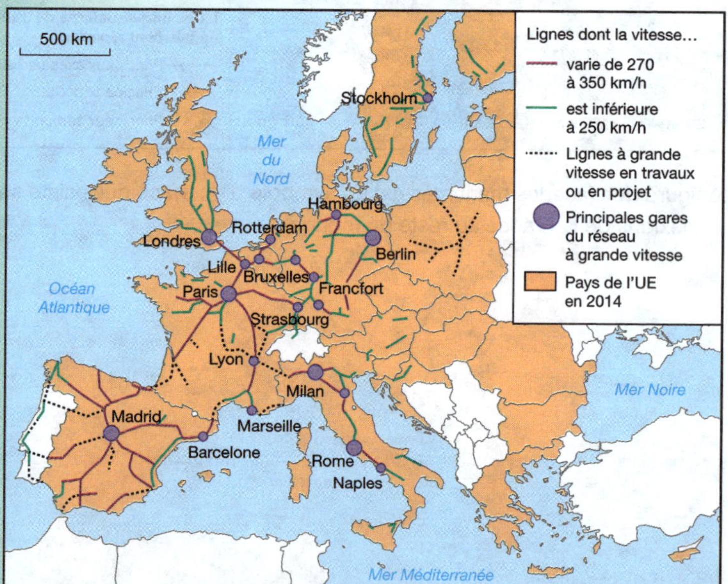


Source : R. Woessner, *L'Europe de la grande vitesse ferroviaire, diversités nationales et logiques métropolitaines*, www.geoconfluences.fr, 2014.

DOCUMENT 2 **Le rôle des transports dans l'unité du territoire européen**

La constitution d'un territoire européen est liée au dépassement du cadre national[1] et à l'interconnexion des réseaux des différents pays, afin de faciliter la mobilité des personnes, mais également la circulation des flux de marchandises.

Or, cette libre circulation va de pair avec l'instauration de l'espace Schengen et des accords européens sur l'abolition des barrières douanières. En outre, la question des transports est fondamentale parce que les infrastructures […] forment une juxtaposition[2] de réseaux aux normes différentes, pouvant difficilement communiquer entre eux, ce qui est particulièrement vrai dans le domaine ferroviaire.

Pour les citoyens, la possibilité de se déplacer facilement d'un pays à l'autre et de bénéficier d'infrastructures performantes est un point positif rapidement identifiable de la vie quotidienne. Cela permet également d'accroître les mobilités entre les différents pays et de faire ainsi advenir la conscience[3] d'un espace européen partagé.

Source : Éloïse Libourel, géographe, *Le corridor ferroviaire méditerranéen : planification, politisation et territorialisation d'un projet d'aménagement*, Université Paris-Est, 2015.

1. Dépassement du cadre national : dépassement des frontières d'un pays.
2. Juxtaposition : fait de placer des choses les unes à côté des autres, ici les réseaux de transports nationaux aux normes différentes.
3. Faire advenir la conscience : développer le sentiment.

S'ENTRAÎNER

## DOCUMENT 1

▶ **1.** Citez deux pays frontaliers entre lesquels les échanges à grande vitesse sont faciles et deux pays frontaliers pour lesquels cela est plus difficile.

▶ **2.** Expliquez pourquoi on peut dire que le réseau à grande vitesse est déséquilibré à l'échelle de l'Union européenne.

## DOCUMENT 2

▶ **3.** Identifiez dans le document ce que l'Union européenne met en œuvre pour favoriser la circulation et les mobilités.

## DOCUMENTS 1 ET 2

▶ **4.** Montrez quelles améliorations le développement du réseau de transport apporte à la vie des Européens (deux éléments de réponse attendus).

▶ **5.** Expliquez pourquoi le développement des lignes à grande vitesse permettrait de renforcer la « conscience d'un espace européen partagé ».

## LES CLÉS DU SUJET

### Comprendre les documents

**Le réseau ferroviaire à grande vitesse dans l'Union européenne en 2014**

- **Nature du document**
  Carte de synthèse
- **Auteur**
  R. Woessner, géographe auteur d'un article sur Géoconfluences
- **Thème**
  Le réseau ferroviaire à grande vitesse en Europe
- **Contexte**
  L'intégration de nouveaux membres dans l'UE est favorisée par un réseau de transport transeuropéen.

**Le rôle des transports dans l'unité du territoire européen**

- **Nature du document**
  Texte scientifique
- **Auteur**
  Éloïse Libourel, géographe
- **Thème**
  Le rôle des réseaux de transport dans l'unification territoriale européenne
- **Contexte**
  Les accords de Schengen mis en œuvre en 1995 permettent une libre circulation entre les pays signataires.

## Répondre aux questions

▶ **1.** Deux pays frontaliers, cela signifie deux pays qui partagent une frontière commune, pas nécessairement avec la France.

▶ **2.** Observe la carte : tu devrais voir une grande différence entre l'est et l'ouest de l'UE.

▶ **3.** Souviens-toi de ton cours : tu retrouveras dans le texte les mêmes éléments en faveur de la libre circulation.

▶ **4.** et ▶ **5.** Les deux questions demandent quelques connaissances du cours, mais que tu peux aussi tirer de ton expérience personnelle.



## 36 CORRIGÉ GUIDÉ

▶ **1.** Les échanges à grande vitesse entre la France et la Belgique sont faciles : ces deux pays sont en effet connectés par une ligne à grande vitesse (LGV) : le TGV Thalys de Paris à Bruxelles. Ce réseau Thalys dessert aussi les Pays-Bas jusqu'à Amsterdam et l'Allemagne rhénane jusqu'à Dortmund.

En revanche, les liaisons à grande vitesse sont plus difficiles entre la Pologne et la République tchèque : des LGV sont en projet côté polonais, mais aucune interconnexion n'est prévue avec des LGV tchèques aujourd'hui inexistantes.

> **À NOTER**
> Pour utiliser une abréviation, écris d'abord l'expression en entier, puis précise entre parenthèses l'abréviation (ici, LGV), que tu pourras ensuite utiliser.

▶ **2.** Le réseau à grande vitesse apparaît en effet très déséquilibré à l'échelle européenne : la carte montre bien un réseau dense de LGV (jusqu'à 350 km/h) en Europe occidentale, pour lequel la France et l'Espagne apparaissent particulièrement bien dotées. En revanche, l'Europe orientale est nettement moins équipée : les pays intégrés depuis 2004 (pays Baltes, Roumanie, par exemple) n'ont aucune LGV opérationnelle jusqu'à 350 km/h ; seule la Pologne a des LGV en projet, selon un réseau en étoile autour de Varsovie.

> **GAGNE DES POINTS**
> Énonce l'idée générale (réseau déséquilibré), puis développe-la par des idées secondaires (Europe occidentale/orientale) illustrées par des exemples (Espagne, Pologne).

▶ **3.** Le document établit deux mesures prises par l'UE pour favoriser la circulation et les mobilités : « l'instauration de l'espace Schengen » et « des accords européens sur l'abolition des barrières douanières ». L'espace Schengen concerne les personnes (mobilités), les accords douaniers portent sur les marchandises (circulation). Ces accords douaniers font référence au marché unique mis en place progressivement depuis 1992 (traité de Maastricht) et 2009 (traité de Lisbonne).

▶ **4.** Le développement du réseau de transport apporte d'importantes améliorations à la vie des Européens : le tourisme intra-européen est facilité par la possibilité de se rendre rapidement d'une ville européenne à une autre (Paris, Bruxelles, Milan, Madrid…) ; le marché unique permet une grande variété de produits disponibles partout dans l'Union au meilleur prix.

▶ **5.** Le développement des LGV renforce la « conscience d'un espace européen partagé » car il permet une meilleure accessibilité des espaces européens concernés, rapprochant les villes européennes les unes des autres. Ce nouvel « espace-temps » autorise non seulement des séjours touristiques plus fréquents, mais aussi des emplois transfrontaliers ou des partenariats entre entreprises à plus grande distance. Les LGV incitent à penser sa vie personnelle et professionnelle dans un espace européen commun aisément accessible.

# Les effets des politiques de coopération européenne sur les territoires français

**MAÎTRISER LES DIFFÉRENTS LANGAGES**

45 min
20 points



**INTÉRÊT DU SUJET** • Les politiques de l'Union européenne sont souvent mal perçues dans l'opinion française. Pourtant, elles ont d'importants effets positifs sur nos territoires, notamment transfrontaliers.

▶ **1.** Rédigez un développement construit d'une vingtaine de lignes montrant que les politiques de coopération de l'UE transforment les territoires français. Vous pourrez vous appuyer sur l'exemple d'une région transfrontalière ou sur un exemple d'aménagement de votre choix. *(15 points)*

▶ **2.** Utilisez des repères sur une carte (voir page suivante).
Sur la carte et la légende :

**a)** Complétez la légende en choisissant un figuré pour chacun des deux éléments suivants (*1 point*) :

• deux pays parmi les 6 membres fondateurs de la construction européenne ;

• deux pays ayant rejoint plus tardivement la construction européenne.

**b)** À l'aide des figurés, complétez la carte en localisant et nommant les quatre pays retenus. (*2 points*)

**c)** Localisez et nommez la ville où se situe le Parlement européen. *(1 point)*

**d)** Localisez et nommez une façade maritime de l'UE. *(1 point)*

# L'Union européenne, un nouveau territoire de référence et d'appartenance

**Légende**

- ☐ Deux pays fondateurs de la construction européenne
- ☐ Deux pays ayant rejoint plus tardivement la construction européenne
- ● Parlement européen
- ▲▲ Façade maritime de l'Union européenne

## LES CLÉS DU SUJET

### Traiter le sujet de développement construit (▶ 1)

• Tu dois montrer que les politiques de coopération de l'Union européenne transforment les territoires français. L'UE est ainsi le « nouveau territoire de référence et d'appartenance » (intitulé du programme).

• Tu peux t'appuyer sur l'exemple d'une région transfrontalière (c'est le cas ici) ou sur un exemple d'aménagement de ton choix.

**Montrer comment la construction européenne produit de nouveaux territoires intégrés à l'échelle européenne**

❶ Présente d'abord les politiques de coopération européennes, sectorielles et territoriales.

❷ Développe ensuite l'exemple des régions frontalières du Nord-Est français.

❸ Élargis enfin ton propos en présentant les eurorégions.

## Réaliser la tâche graphique (▶ 2)

• Il faut compléter la légende en choisissant des couleurs adaptées, puis colorier la carte en fonction des couleurs choisies.

• Choisis de préférence des pays que tu connais bien et de dimensions suffisantes. Il serait par exemple peu visible de colorier le Luxembourg et Malte ! Et tu auras ainsi plus de place pour les nommer.



# 37 CORRIGÉ GUIDÉ

▶ **1.** • La construction européenne a mis en place des politiques de coopération. Certaines sont sectorielles, comme l'Europe de la défense ou de l'aéronautique, avec la réussite d'Airbus. D'autres sont territoriales et témoignent des flux d'hommes, de marchandises, de capitaux, d'informations qui transforment les territoires français, en particulier dans les régions frontalières, qui ont connu un retournement géographique majeur : de périphériques, espaces de confrontation, elles sont devenues centrales, espaces de coopération. C'est notamment le cas des régions frontalières du nord et de l'est de la France.

• Ces interfaces profitent aujourd'hui, dans un contexte pacifié, d'une frontière qui unit davantage qu'elle ne sépare. En Alsace, 35 % des entreprises sont ainsi à participation étrangère. Les flux de travailleurs frontaliers reflètent ce différentiel entre des économies dynamiques (Belgique, Luxembourg, Allemagne ou Suisse) et des régions françaises à fort taux de chômage.

• L'UE a ainsi permis la création d'eurorégions, qui associent des régions frontalières appartenant à des pays différents. La « Grande région » (autrefois eurorégion « Saar-Lor-Lux »), par exemple, est un « groupement européen de coopération territoriale » (GECT) qui rassemble le Luxembourg, la Wallonie belge, la région Lorraine en France, ainsi que la Moselle et Meurthe-et-Moselle, et les Länder allemands de Sarre et de Rhénanie-Palatinat.

> **CONSEIL**
> Analyse l'exemple d'eurorégion vu avec ton professeur.

▶ 2.

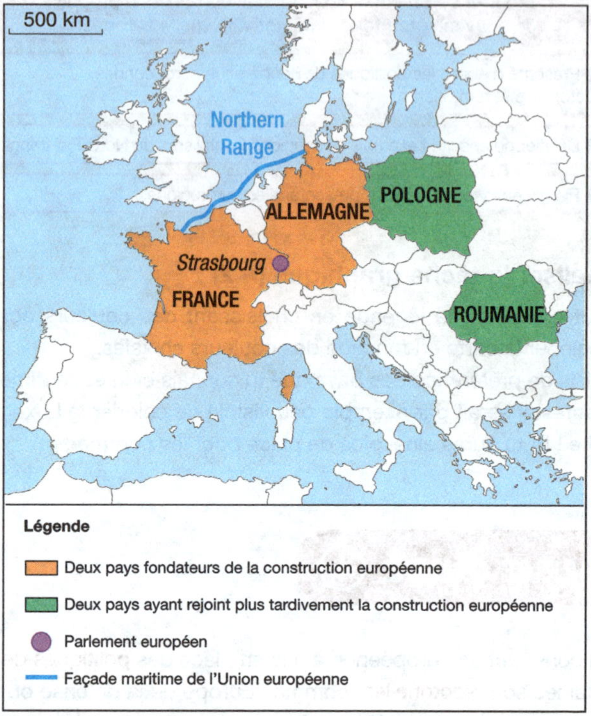


**REMARQUE**

La dernière question peut prêter à confusion. Tu peux te contenter d'indiquer la façade atlantique ou méditerranéenne, mais le Northern Range est plus précis et adapté.

38 Nouvelle-Calédonie • Décembre 2019

# L'axe indopacifique

**ANALYSER DES DOCUMENTS**

45 min
20 points

**INTÉRÊT DU SUJET** • L'outremer fait de la France une puissance mondiale, présente sur tous les océans, notamment dans l'espace indopacifique, où se jouent des questions internationales brûlantes.

S'ENTRAÎNER

**DOCUMENT 1 La France et l'axe indopacifique**

La France est une grande puissance de l'indopacifique à travers tous ces territoires, la Nouvelle-Calédonie, Wallis-et-Futuna, la Polynésie française, Mayotte et La Réunion. [...] C'est plus d'un million et demi de nos concitoyens qui sont dans cette large région, ce sont plus de 8 000 de nos militaires qui portent notre défense nationale, nos intérêts, c'est plus des trois quarts de notre présence maritime, nous qui sommes la deuxième puissance maritime du monde. [...] Dans cette région du globe, la Chine est en train de construire sa supériorité pas à pas. [...] [Il est donc désormais indispensable d'en faire] un partenaire pour cette région. Nous devons travailler avec elle pour augmenter les échanges et en tirer toutes les opportunités. [...]

Avec le choix du peuple britannique de quitter l'Union européenne, la France devient le dernier pays européen dans le Pacifique. [...] Pour toutes ces raisons, je crois à l'axe indopacifique. Il y a un axe Paris – New Delhi – Canberra qui se prolonge de Papeete à Nouméa, et à travers tous nos territoires, afin d'assurer la liberté de circulation dans les mers et dans les airs. Nous avons un rôle à jouer avec l'Australie pour articuler nos défenses, notre cyber-sécurité, et lutter contre le terrorisme. [...] Nous avons des alliés, l'Inde, la Malaisie, Singapour, les Philippines et le Japon. [...]

Cette stratégie indopacifique est également une stratégie économique indispensable pour la Nouvelle-Calédonie pour en faire un territoire exportateur dans cette région comme vers l'Europe ou d'autres régions du globe et pour réussir à porter une ambition commerciale.

D'après le discours du président de la République, Emmanuel Macron, à Nouméa, le 5 mai 2018, www.elysee.fr.

DOCUMENT 2 **La présence géopolitique et militaire de la France dans le monde**

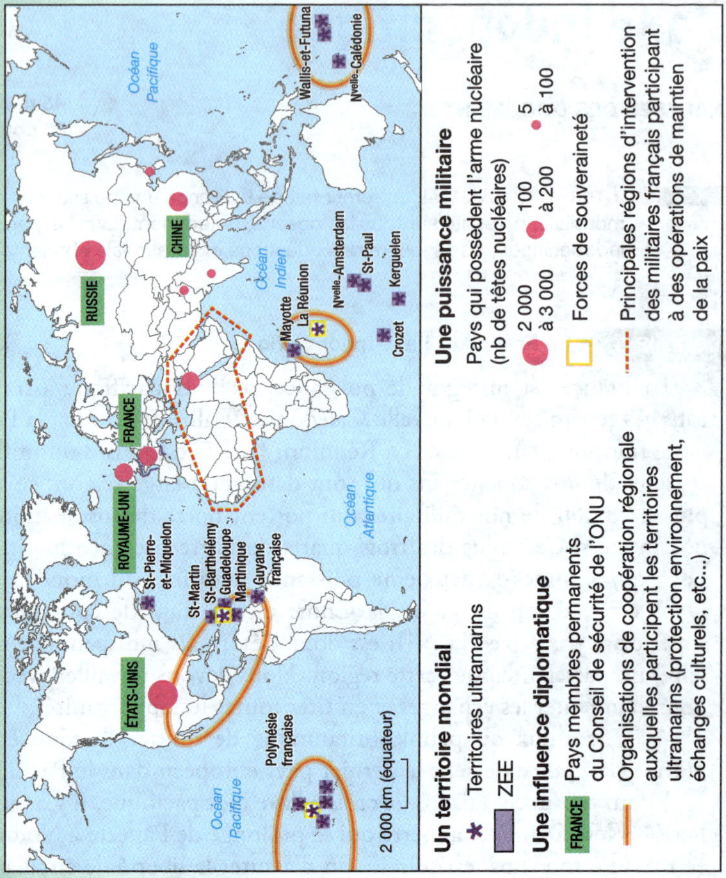


## DOCUMENT 1

▶ **1.** Nommez les trois grandes puissances évoquées par les capitales Paris-New Delhi-Canberra. *(3 points)*

▶ **2.** Sur quoi s'appuie actuellement la France pour maintenir sa puissance dans la région indopacifique ? *(4 points)*

▶ **3.** Que permet d'assurer et de développer l'axe indopacifique ? *(3 points)*

▶ **4.** Citez des exemples du rôle que la Nouvelle-Calédonie doit jouer dans la région indopacifique. *(2 points)*

### DOCUMENT 2

▶ **5.** Donnez un élément qui montre la présence géopolitique ou militaire de la France en Afrique, en Océanie et en Amérique (une réponse attendue par continent). *(3 points)*

### DOCUMENTS 1 ET 2

▶ **6.** Expliquez pourquoi la France est une puissance géopolitique et militaire dans le monde. *(5 points)*



## LES CLÉS DU SUJET

### Comprendre les documents

- **La présence géopolitique et militaire de la France dans le monde**
  - Nature du document : Une carte de synthèse
  - Thème : La présence territoriale, diplomatique et militaire de la France dans le monde
  - Contexte : La France a les attributs d'une puissance de rang mondial.

- **La France et l'axe indopacifique**
  - Nature du document : Un texte extrait d'un discours prononcé le 5 mai 2018
  - Auteur : Le président de la République française, Emmanuel Macron
  - Thème : La stratégie indopacifique de la France et le rôle de la Nouvelle-Calédonie
  - Contexte : Ce document n'est pas à la même échelle que le doc. 1. Il est centré sur l'axe indopacifique.

### Répondre aux questions

▶ **2.** Les éléments de la puissance française dans la région se situent dans le premier paragraphe. Tu peux citer le texte entre guillemets.

▶ **3.** Quels sont les objectifs de cette stratégie indopacifique ?

▶ **4.** Donne deux exemples, car il y a deux points à prendre.
▶ **5.** Cite un élément pour chaque zone, donc trois au total.
▶ **6.** Outre tes connaissances personnelles, tu peux utiliser la légende du document 2 pour t'aider.

## 38 CORRIGÉ **GUIDÉ**

▶ **1.** L'axe Paris-New Delhi-Canberra représente l'axe France-Inde-Australie, dont ces trois villes sont les capitales.

▶ **2.** Pour maintenir sa puissance dans la région indopacifique, la France s'appuie sur ses territoires ultramarins (« la Nouvelle-Calédonie, Wallis-et-Futuna, la Polynésie française et La Réunion »), sa population (« 1,5 million de nos concitoyens »), ses forces armées (« 8 000 de nos militaires »), sa « présence maritime » (« deuxième puissance maritime du monde » derrière les États-Unis).

▶ **3.** L'axe indopacifique prôné par le président Macron doit permettre « d'assurer la liberté de circulation dans les mers et dans les airs », mais aussi d'« articuler nos défenses, notre cyber-sécurité, et lutter contre le terrorisme », notamment face à la Chine, qui est en train d'y « construire sa supériorité ».

▶ **4.** Dans la région indopacifique, la Nouvelle-Calédonie doit jouer un rôle important : territoire français, elle permet de maintenir la présence territoriale et maritime du pays ; elle doit également jouer un rôle commercial et devenir « un territoire exportateur ».

▶ **5.** La France est présente en Afrique, par exemple à travers ses opérations de lutte antiterroriste dans la zone saharo-sahélienne (opération *Barkhane*) ; en Océanie, la France maintient des forces de souveraineté en Polynésie, prépositionnées à Papeete ; de même, en Amérique centrale, en Guadeloupe. La France est donc partout présente.

▶ **6.** La France est une puissance géopolitique et militaire qui compte dans le monde. Ses territoires ultramarins lui assurent une présence sur tous les océans du globe, avec des forces de souveraineté prépositionnées et une marine de guerre qui demeure la 2e du monde en capacité d'intervention. Membre permanent du Conseil de sécurité de l'ONU, investie dans de très nombreuses organisations internationales de niveau mondial et régional, puissance nucléaire, pourvue de la 2e ZEE mondiale, la France demeure une puissance au rayonnement géopolitique et militaire de premier plan.

39 Polynésie française • Septembre 2021

# La France, puissance mondiale ?

**MAÎTRISER LES DIFFÉRENTS LANGAGES**

**45 min**
**20 points**

**INTÉRÊT DU SUJET** • La France est un cas particulier. Depuis un demi-siècle, on assiste au déclin de sa puissance, mais son rayonnement persiste dans un certain nombre de domaines. Cela fait d'elle « une puissance moyenne d'influence mondiale » (Hubert Védrine).

S'ENTRAÎNER

▶ **1.** Rédigez un développement construit, d'environ vingt lignes, montrant à la fois l'influence de la France dans le monde (géopolitique, économique et culturelle) et les limites de son rayonnement. (*15 points*)

▶ **2.** Repères (*5 points*)

**a)** Sur le fond de carte, repérez la France métropolitaine, coloriez-la et complétez la légende. (*0,5 point*)
**b)** Nommez sur les pointillés correspondants les trois océans dans lesquels la France compte des territoires ultramarins. (*1,5 point*)
**c)** Nommez dans les cadres correspondants une collectivité d'outre-mer (COM) et un département d'outre-mer (DROM) de votre choix. (*1 point*)
**d)** Dans l'océan Pacifique, quelle collectivité d'outre-mer (COM) n'est pas indiquée ? (*1 point*)
**e)** Dans quel département d'outre-mer (DROM) se situe la base spatiale de Kourou ? (*1 point*)

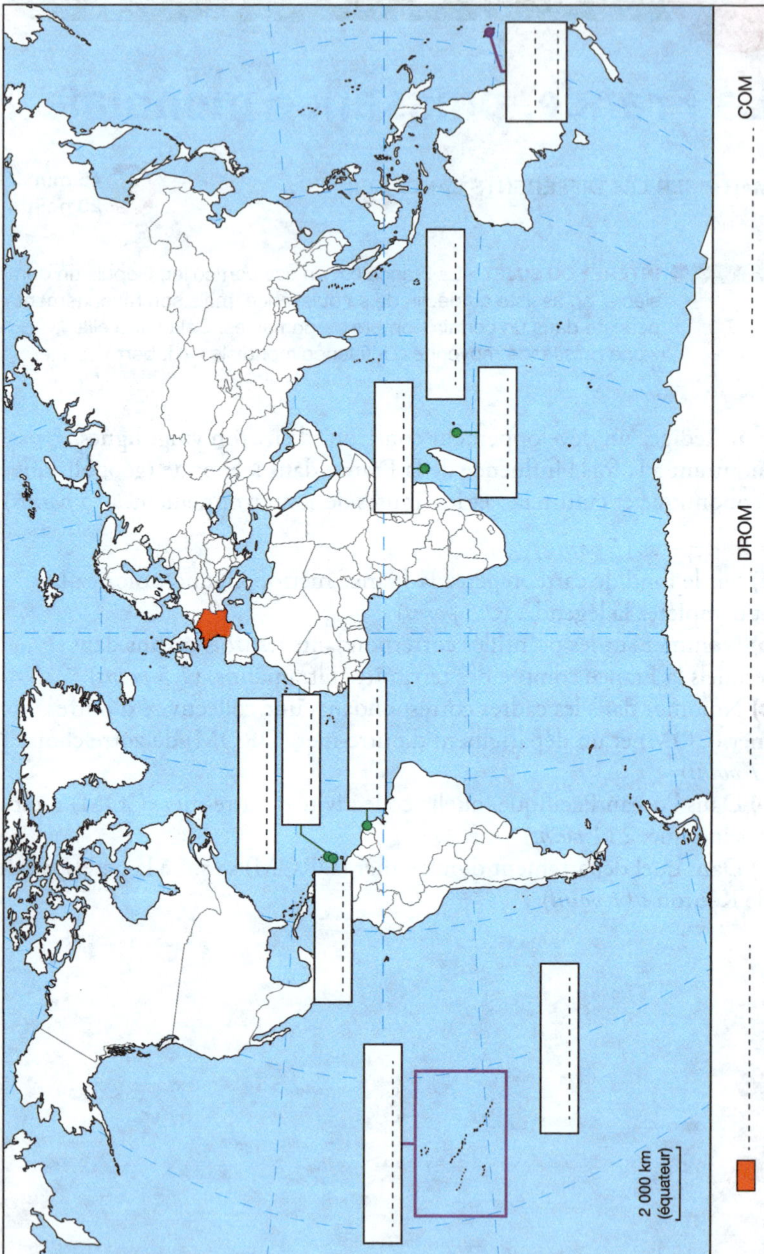

DROM
COM
2 000 km
(équateur)

## LES CLÉS DU SUJET

### Traiter le sujet de développement construit (question 1)

• L'énoncé propose trois types d'influence : géopolitique, économique et culturelle. Le plus efficace est de suivre le plan proposé en consacrant un petit paragraphe à chaque type d'influence. Dans chaque partie, veille à mentionner les limites !

• Il faut citer quelques chiffres et donner des exemples précis.

**Détailler les outils de l'influence française dans le monde**

1. Présente d'abord les atouts géopolitiques, notamment territoriaux, diplomatiques et militaires (le *hard power*).
2. Fais ensuite le point sur les éléments économiques.
3. Développe enfin les éléments culturels (le *soft power* à la française).

### Réaliser la tâche graphique (question 2)

• Même si la tâche est simple, n'oublie pas de réaliser la légende sous la carte.

• Attention : la localisation de la COM manquante dans le Pacifique (question d) suppose une assez bonne connaissance des territoires ultramarins.

• Tu peux utiliser le bleu pour les océans. Veille à employer une couleur différente pour le DROM et la COM et à les renseigner dans la légende.



## 39 CORRIGÉ GUIDÉ

▶ **1.** L'héritage historique explique la permanence d'une influence géopolitique mondiale de la France. Les territoires ultramarins lui assurent une présence stratégique planétaire et la 2e ZEE mondiale. Membre permanent du Conseil de sécurité de l'ONU, la France conserve un droit de veto sur les affaires mondiales. Son réseau diplomatique, le 3e au monde, est l'outil d'une diplomatie autonome, appuyée sur une

**CONSEIL**
Fais apparaître dans la première phrase l'adjectif (géopolitique, économique, culturel) qui montrera au correcteur de quoi la partie va traiter.

puissance militaire nucléaire et équipée d'armements de pointe fréquemment engagés (Libye, Sahel, Irak-Syrie...). Ses moyens de *hard power* sont cependant limités : la France dépend souvent de la puissance américaine et ne peut pas réellement agir seule.

**GAGNE DES POINTS**
Réinvestis des catégories d'analyse utilisées par ton professeur : *hard power* (pouvoir de contrainte) et *soft power* (pouvoir d'influence).

C'est peut-être sur le plan économique que l'influence française montre ses limites les plus criantes. 6e ou 7e PIB mondial, mais 2e de l'Union européenne depuis le Brexit, l'économie française, riche et diversifiée, est encore une des grandes économies du monde actuel. Mais le décrochage français est manifeste : l'industrie française est de moins en moins compétitive, surtout depuis la crise de 2008. La gestion de la crise sanitaire en 2020-2022 semble toutefois avoir permis une reprise économique plus vive qu'ailleurs en Europe.

Le rayonnement mondial de la France est encore incontestable sur le plan culturel, en raison d'un héritage historique exceptionnel. Le français, autrefois langue du colonisateur, est la langue officielle de 29 pays et de 300 millions de personnes à travers l'Organisation internationale de la francophonie. La France reste enfin la patrie d'un certain art de vivre, à travers la gastronomie, la mode, le luxe, les arts et la littérature. Ce *soft power* permet un certain maintien français face à la montée des puissances émergentes.

▶ **2. a), b) et c)** Voir le planisphère corrigé. *NB : Toutes les localisations ont été renseignées, mais contente-toi d'un seul DROM et d'un seul COM.*
**d)** Dans l'océan Pacifique, la collectivité d'outre-mer (COM) qui n'est pas indiquée est Wallis-et-Futuna.
**e)** La base spatiale de Kourou se situe en Guyane française.

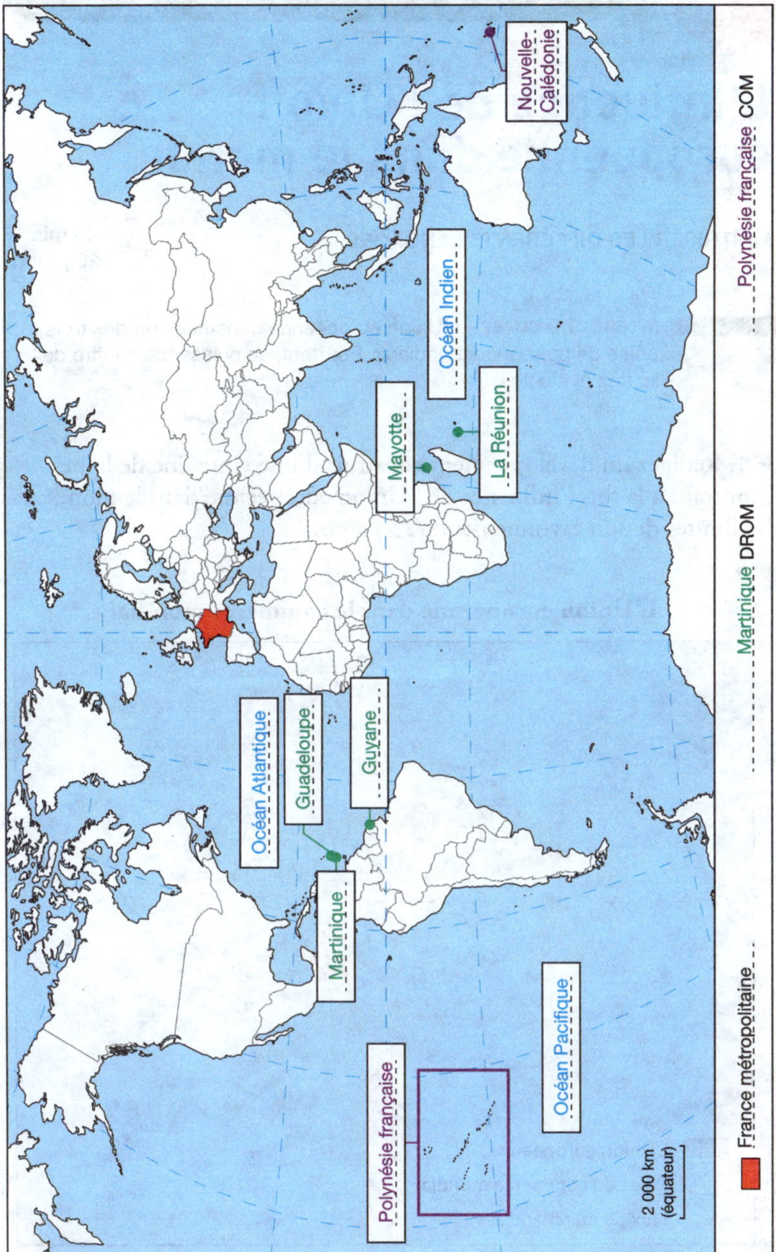
Nouvelle-Calédonie
Océan Indien
La Réunion
Mayotte
Océan Atlantique
Guadeloupe
Guyane
Martinique
Polynésie française
Océan Pacifique
2 000 km (équateur)
France métropolitaine
Martinique DROM
Polynésie française COM

**40** Pondichéry • Mai 2018

# L'influence de l'Union européenne dans le monde

**MAÎTRISER LES DIFFÉRENTS LANGAGES**

**45 min**
**20 points**

**INTÉRÊT DU SUJET** • L'Union européenne constitue l'un des trois pôles de puissance mondiaux. Pourtant, sa puissance souffre de limites évidentes.

▶ **1.** Rédigez un développement construit d'une vingtaine de lignes montrant à la fois l'influence de l'Union européenne dans le monde et les limites de son rayonnement. *(15 points)*

▶ **2.**

**L'Union européenne dans le commerce mondial**

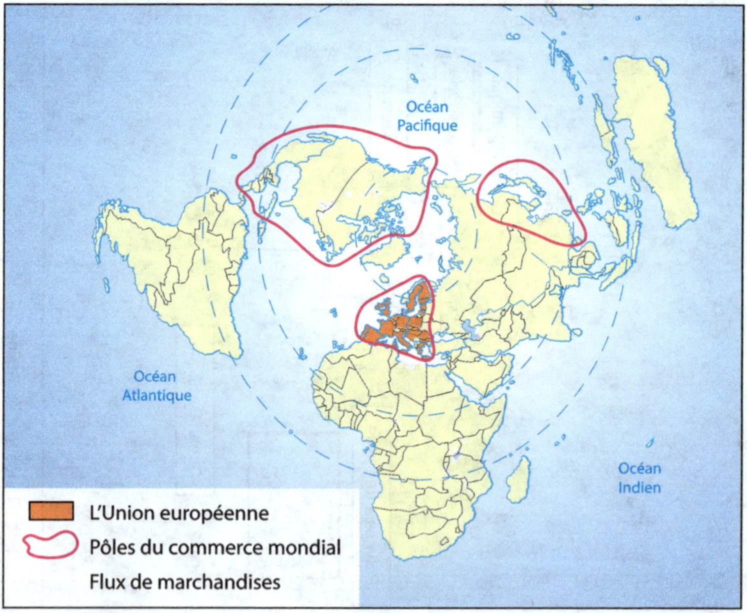

Complétez la carte et la légende *(5 points)* :
– nommez sur la carte les trois pôles du commerce mondial ;
– dans la légende, choisissez un figuré pour représenter les flux de marchandises ;
– puis placez sur la carte les principaux flux de marchandises du commerce mondial.



## LES CLÉS DU SUJET

### Traiter le sujet de développement construit (▶ 1)

• L'énoncé t'invite à construire un développement en deux paragraphes. N'oublie pas d'équilibrer les deux parties de ta réponse.
• Essaie de citer des chiffres pour démontrer tes idées.

Réaliser un bilan (positif et négatif) de l'influence de l'UE dans le monde

❶ Présente dans un 1er paragraphe les éléments d'influence.

❷ Développe dans un 2nd paragraphe les limites de cette influence dans le monde aujourd'hui.

### Réaliser la tâche graphique (▶ 2)

• On se contentera de quelques flux majeurs. Il faut commencer par les flux entre les trois grands pôles mondiaux, puis compléter par quelques exemples de flux secondaires (le pétrole du Golfe persique, les échanges Chine-Amérique latine…).
• Veille à varier l'épaisseur des flèches représentant les flux en fonction de leur importance.

## 40 CORRIGÉ GUIDÉ

▶ **1.** • L'Union européenne (UE) est un espace de production de niveau mondial, au 3e rang derrière les États-Unis et la Chine, avec environ 18,5 % de la richesse produite. C'est un ensemble ouvert, fortement inséré dans les processus de mondialisation, qui réalise 31 % du commerce mondial, et le 1er espace touristique mondial, avec 55 % des touristes internationaux. Ses firmes transnationales (1/3 des 500 premières mondiales) jouent un rôle considérable, notamment *via* les investissements directs à l'étranger. Avec 448 millions d'habitants à fort niveau de vie et haut niveau d'éducation, l'UE est un marché de consommation majeur et une zone de paix, au moins entre ses membres, garantie par des États de droit. Ses valeurs (démocratie, Droits de l'homme) en font une puissance culturelle, une puissance normative, une puissance du *soft power*, comme en témoignent les multiples élargissements à l'Est, mais aussi la politique européenne de voisinage.

• Toutefois, le modèle européen peine aujourd'hui à s'affirmer dans le monde, plusieurs facteurs limitant son rayonnement. L'Europe connaît un vieillissement de sa population, qui engendre des problèmes de financement (retraite, dépendance). En même temps, les migrations internationales posent des difficultés (crise des réfugiés de 2015). Sa croissance économique manque de dynamisme : les pays émergents sont en phase de rattrapage et l'Union a décroché face aux États-Unis. Seuls l'Allemagne et quelques pays du nord de l'Europe semblent échapper à ce relatif déclin économique.

**CONSEIL**
Introduis la 2e partie de ton raisonnement par un connecteur logique qui établit l'opposition.

Par ailleurs, les divisions entre membres de l'UE rendent peu lisible sa politique étrangère et son projet de puissance. L'UE n'a pas tous les attributs de la puissance : son *hard power* est déficient. Plus qu'une puissance européenne, il y a « des puissances en Europe », au 1er rang desquelles la France.

▶ **2.**

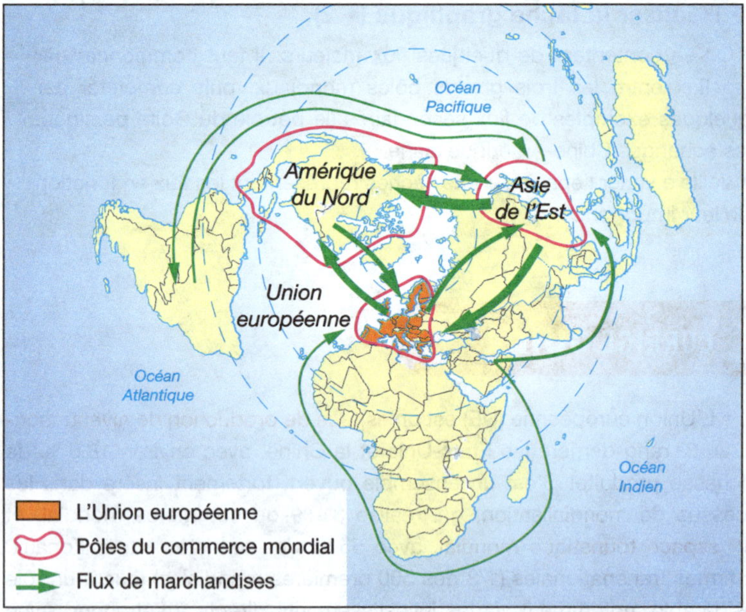


*Varie l'épaisseur des flèches représentant les flux selon leur importance.*

# 41 Polynésie française • Juillet 2019

# Le harcèlement en milieu scolaire, sur Internet

**ENSEIGNEMENT MORAL ET CIVIQUE**

25 min
10 points

S'ENTRAÎNER

**INTÉRÊT DU SUJET** • Les réseaux sociaux sont faits pour rapprocher les personnes, pas pour les discriminer ou les blesser. Les plus jeunes peuvent aider à lutter contre le harcèlement.

## DOCUMENT 1 Prix « Non au harcèlement » 2018, catégorie meilleure affiche

L'affiche « Les maux d'ados » a été réalisée par des élèves du collège Jean Moulin à Sannois (académie de Versailles).

Doc. Collège Jean Moulin-Sannois- prix « Non au harcèlement », 2018.

DOCUMENT 2 **Loi sur le harcèlement et le cyberharcèlement (extrait)**

Article 222-33-2-2 du Code pénal

Le fait de harceler une personne par des propos ou comportements répétés ayant pour objet ou pour effet une dégradation de ses conditions de vie se traduisant par une altération de sa santé physique ou mentale est puni d'un an d'emprisonnement et de 15 000 € d'amende lorsque ces faits ont causé une incapacité totale de travail inférieure ou égale à huit jours ou n'ont entraîné aucune incapacité de travail. [...]

Les faits mentionnés au premier et au quatrième alinéas sont punis de deux ans d'emprisonnement et de 30 000 € d'amende : [...]

2° Lorsqu'ils ont été commis sur un mineur de quinze ans ; [...]

4° Lorsqu'ils ont été commis par l'utilisation d'un service de communication au public en ligne ou par le biais d'un support numérique ou électronique ; [...]

www.legifrance.gouv.fr.

▶ **1.** Choisissez et recopiez sur votre copie la bonne réponse.
Le harcèlement est :

**a)** Une inégalité de traitement fondée sur un critère prohibé par la loi comme l'origine, le sexe, l'âge... ou dans un domaine visé par la loi comme l'emploi, le logement...

**b)** Une violence répétée qui peut être verbale, physique ou psychologique. Cette violence se retrouve aussi au sein de l'école. Elle est le fait d'un ou de plusieurs élèves à l'encontre d'une victime qui ne peut se défendre.

**c)** Un acte par lequel une personne oblige une autre personne à lui remettre d'elle-même un objet ou une somme d'argent lui appartenant, sous la menace d'opérer à son égard si elle ne s'exécute pas des actes violents.

▶ **2.** Êtes-vous libre de dire ou de publier tout ce que vous voulez sur les réseaux sociaux ? Justifiez votre réponse.

▶ **3.** Expliquez la phrase de l'affiche « Les mots peuvent blesser autant que les coups ».

▶ **4.** Chaque jour, votre meilleur ami se moque et insulte un élève de votre classe lorsqu'il est au collège. Il vous envoie avec son téléphone portable une publication dans laquelle il se moque de cet élève. Vous décidez de lui répondre de manière responsable dans un message d'environ dix lignes en vous engageant contre le harcèlement.

## LES CLÉS DU SUJET

### Comprendre les documents

**Prix « Non au harcèlement » 2018, catégorie meilleure affiche**

- **Nature du document** : Une affiche de sensibilisation
- **Auteur** : Des collégiens dans le cadre d'un concours
- **Thème** : La dénonciation du harcèlement *via* les réseaux sociaux

**Loi sur le harcèlement et le cyberharcèlement (extrait)**

- **Nature du document** : Article de loi, document officiel
- **Auteur** : Le pouvoir législatif
- **Thème** : Le harcèlement

### Répondre aux questions

▶ **1.** Pour renforcer ta réponse, tu peux citer un extrait de la loi qui correspond à la formule que tu choisis.

▶ **2.** Tu peux utiliser des exemples que tu connais pour expliquer ta réponse. Tu peux aussi citer un extrait de la loi qui te paraît pertinent.

▶ **3.** Pour bien répondre, pense à une situation où les paroles d'une autre personne t'ont fait du mal.

## 41 CORRIGÉ GUIDÉ

▶ **1.** La bonne réponse est la deuxième proposition : le harcèlement est « une violence répétée qui peut être verbale, physique ou psychologique. Cette violence se retrouve aussi au sein de l'école. Elle est le fait d'un ou de plusieurs élèves à l'encontre d'une victime qui ne peut se défendre. » « L'altération de la santé physique et mentale » définie par la loi (doc. 1) est bien une « violence physique ou psychologique ».

▶ **2.** Je ne suis pas libre de publier ce que je veux sur les réseaux sociaux. En effet, je ne peux pas diffuser des informations ou des photos qui nuiraient à autrui, lui feraient subir des souffrances. Je n'ai pas le droit de « dégrader les conditions de vie » d'une autre personne en la harcelant.

▶ **3.** « Les mots peuvent blesser autant que les coups » est une expression qui signifie qu'insulter autrui, se moquer de son image, d'un handicap ou d'une faiblesse provoquent des souffrances aussi douloureuses qu'un coup de pied ou de poing. Les mots peuvent effrayer, vexer, humilier ; ils peuvent provoquer une gêne ou une honte qui rendent plus malheureux que la douleur physique.

▶ **4.** *A m'envoie des photos de B, une fille timide de la classe dont il se moque.*

Cher A,

J'ai bien reçu les photos de B mais elles ne m'ont pas fait rire. Les diffuser est cruel autant qu'injuste. Personne ne mérite qu'on se moque de son physique ou de sa façon d'être parce qu'elle est différente. Imagine que toute la classe fasse la même chose à tes dépens !

> **CONSEIL**
> N'hésite pas à écrire des formules de politesse pour introduire et conclure ton message. Tu montres ainsi que tu respectes bien la mise en situation.

Non seulement je désapprouve ton attitude, mais j'ai décidé avec C et D de créer un atelier d'information contre le harcèlement. La documentaliste du CDI nous a déjà proposé son aide pour réunir de la documentation dans la presse et des exemples de drames provoqués par les moqueries répétées contre une personne fragile comme B.

Avec le professeur de technologie, nous allons aussi fabriquer un petit film pour illustrer le problème. Je sais que tu aimes ce genre d'activités et je te propose de rejoindre notre équipe. Tu as beaucoup de bonnes idées et ce serait bien de les mettre au service de la lutte contre le harcèlement. Ta participation ne serait pas seulement un moyen de te faire pardonner ; elle serait un bel exemple à donner à tous.

Nous comptons sur toi. Tu sais où nous retrouver.

À très bientôt.

# L'impôt sur le revenu et la solidarité nationale

**ENSEIGNEMENT MORAL ET CIVIQUE**

25 min
10 points



**INTÉRÊT DU SUJET** • Dans une société française toujours plus fracturée, les inégalités sociales doivent être compensées par la solidarité nationale. La progressivité de l'impôt sur le revenu y contribue.

## DOCUMENT 1 Cinq célibataires sans enfant payent en 2018 l'impôt sur leurs revenus de 2017

| | Revenus de l'année 2017 | Impôt sur le revenu à payer en 2018 |
|---|---|---|
| **Paul Duchemin** | 9 000 euros | 0 euro |
| **Dominique Martin** | 27 000 euros | 2 029 euros |
| **Cristina Viala** | 40 000 euros | 5 093 euros |
| **Sophie Lefranc** | 90 000 euros | 19 515 euros |
| **Ali Abdellatifi** | 160 000 euros | 46 860 euros |

Jusqu'en janvier 2019, les Français payaient chaque année leurs impôts sur les revenus de l'année précédente.

Simulation à partir du site Impots.gouv.fr.

## DOCUMENT 2 La solidarité nationale

L'engagement de l'État en matière de solidarité remonte essentiellement au lendemain de la crise économique des années 1930 et de la Seconde Guerre mondiale. Il prend la forme de l'État-providence : l'intervention de l'État dans la vie économique et sociale apparaît nécessaire afin de lutter contre la pauvreté et les inégalités et d'assurer la cohésion nationale.

Cette prise de conscience est inscrite dans le préambule de la Constitution française de 1946 (repris par celle de 1958) qui garantit le droit au travail, la protection de la santé, l'accès à l'instruction, la sécurité matérielle. [...] Concrètement, elle est à l'origine de la création de plusieurs institutions de protection sanitaire et sociale, reposant sur des systèmes d'assurance obligatoire organisés par l'État : la Sécurité sociale est créée dès 1945 ; c'est également dans les années d'après-guerre qu'est mise en place l'assurance-chômage. La solidarité nationale est notamment financée par l'impôt sur le revenu, qui repose sur une redistribution des richesses, chaque citoyen y contribuant en fonction de ses moyens.

Conseil national des politiques de lutte contre la pauvreté et l'exclusion sociale, 19 septembre 2014.

## DOCUMENT 1

▶ **1.** D'après ce document, pour quelle raison les Français ne paient-ils pas tous un même montant pour l'impôt sur le revenu ?

## DOCUMENT 2

▶ **2.** Recopiez la phrase du texte qui justifie que les Français ne payent pas tous un même montant pour l'impôt sur le revenu.

▶ **3.** Relevez trois dispositifs pouvant contribuer à lutter contre la pauvreté et les inégalités.

## DOCUMENTS 1 ET 2

▶ **4.** Un de vos amis ne comprend pas pourquoi certains paient des impôts et d'autres moins ou pas du tout. Il trouve cela contraire au principe d'égalité. Vous lui expliquez pourquoi l'impôt sur le revenu est un outil permettant de combattre les inégalités.

## LES CLÉS DU SUJET

### Comprendre les documents

**Cinq célibataires sans enfant payent en 2018 l'impôt sur leurs revenus de 2017**

- **Nature du document** : Un tableau de données (simulation)
- **Source** : Le site du ministère des Finances : impots.gouv.fr
- **Thème** : L'impôt sur le revenu
- **Contexte** : La progressivité de l'impôt permet de lutter contre les inégalités sociales

**La solidarité nationale**

- **Nature du document** : Un texte explicatif publié en 2014
- **Auteur** : Le Conseil national des politiques de lutte contre la pauvreté et l'exclusion sociale, un organisme officiel
- **Thème** : La solidarité nationale
- **Contexte** : L'engagement de l'État pour la solidarité nationale depuis les années 1930

### Répondre aux questions

▶ **3.** Par « dispositifs », on entend des éléments techniques.

▶ **4.** Veille à mettre ta réponse en situation. Sur le fond, commence par expliquer pourquoi l'imposition est progressive et non simplement proportionnelle, puis développe les aspects liés à la solidarité.



## 42 CORRIGÉ GUIDÉ

▶ **1.** D'après le document 1, les Français ne paient pas tous un même montant pour l'impôt sur le revenu. Cela ne tient pas à leur situation familiale : le document précise en effet qu'ils sont tous célibataires et sans enfant. En revanche, leurs revenus sont très différents les uns des autres : ils varient de 9 000 à 160 000 € : Ali Abdellatifi gagne presque 18 fois ce que gagne Paul Duchemin. C'est ce qui explique le montant très différent de leur impôt.

**CONSEIL**
Donne du sens aux chiffres du document en calculant un rapport approximatif.

▶ **2.** La phrase du document 2 qui justifie que les Français ne payent pas tous un même montant pour l'impôt sur le revenu est : « La solidarité nationale est notamment financée par l'impôt sur le revenu, qui repose sur une redistribution des richesses, chaque citoyen y contribuant en fonction de ses moyens. »

▶ **3.** Trois dispositifs cités dans le document 2 peuvent contribuer à lutter contre la pauvreté et les inégalités :

**GAGNE DES POINTS**
Explique, d'après tes connaissances, chaque dispositif.

- La Sécurité sociale : chacun cotise en fonction de ses revenus pour payer les frais de santé de ceux qui sont malades ; les risques sont mutualisés et les pauvres bénéficient des cotisations de tous.
- L'assurance-chômage : une cotisation payée sur les salaires permet à ceux qui se retrouvent sans emploi de percevoir des allocations.
- L'impôt sur le revenu : un impôt non proportionnel mais progressif, qui prélève d'autant plus que les revenus sont importants, permet de lutter contre les inégalités en prélevant aux plus riches pour financer les prestations sociales perçues par les plus pauvres.

▶ **4.** « C'était pas mal, le cours d'EMC, non ? » Mon ami Robin semble pourtant bien renfrogné. « M'ouais… N'empêche que je ne vois pas bien pourquoi certains Français payent des impôts et d'autres en payent moins ou pas du tout ! Mon père n'arrête pas de râler en disant que les impôts lui prennent tout ce qu'il gagne ! »

Je ris et lui réponds : « Si les impôts lui prennent tout ce qu'il gagne, comment se fait-il que vous viviez dans une si belle maison ?

La République française défend un certain nombre de valeurs, dont l'égalité et la solidarité. Mais l'égalité ne consiste pas à ce que tout le monde paie les mêmes impôts. Une famille pauvre n'a pas les moyens de payer beaucoup d'impôts ; une famille aisée a la capacité d'en payer davantage. C'est la raison pour laquelle l'impôt sur le revenu n'est pas proportionnel, mais progressif : plus on gagne, plus le taux d'imposition est élevé.

Et puis, cela permet de redistribuer les richesses et ainsi faire preuve de solidarité en luttant contre les inégalités de revenus entre Français. La République est une République sociale. La lutte contre la pauvreté, par exemple, est une question de principe, de dignité humaine. C'est le choix qu'a fait le peuple français en 1945, et encore en 1958. »

43 Amérique du Nord • Juin 2017

# La laïcité à l'école

**ENSEIGNEMENT MORAL ET CIVIQUE**

25 min
10 points

S'ENTRAÎNER

**INTÉRÊT DU SUJET** • Vivre ensemble suppose le respect des mêmes droits et devoirs. La conviction religieuse ne doit pas empiéter sur le quotidien de ceux qui ne la partagent pas. La laïcité garantit la liberté et l'égalité de tous les croyants.

## DOCUMENT 1 Affiche défendant le principe de la laïcité

Cette affiche a été récompensée par le Prix de la laïcité de la République française en 2015.

École BRASSART campus de Tours – Création : Léo Dupuy

Lemonde.fr, 8 janvier 2016.

DOCUMENT 2 **Charte de la laïcité à l'école (2013)**

**Art. 1.** La France est une République indivisible, laïque, démocratique et sociale. Elle assure l'égalité devant la loi, sur l'ensemble de son territoire, de tous les citoyens. Elle respecte toutes les croyances.
**Art. 2.** La République laïque organise la séparation des religions et de l'État. L'État est neutre à l'égard des convictions religieuses ou spirituelles. Il n'y a pas de religion d'État.
**Art. 14.** Dans les établissements scolaires publics, les règles de vie des différents espaces, précisées dans le règlement intérieur, sont respectueuses de la laïcité. Le port de signes ou tenues par lesquels les élèves manifestent ostensiblement une appartenance religieuse est interdit.

▶ **1.** Montrez que l'affiche et la Charte de la laïcité défendent la liberté d'avoir ou non une religion en France.

▶ **2.** Expliquez ce que signifie, dans le document 2, l'expression « séparation des religions et de l'État ».

▶ **3.** En début d'année, pour se présenter chacun leur tour durant l'heure de vie de classe de leur collège public, Sophie, Étienne, Manuella, Yves, Tanguy, Ismaël, Théo et Dounia doivent réaliser un portrait qui sera affiché dans la salle de cours. Ils se demandent s'ils peuvent se présenter en classe en évoquant leur religion. Quelles réponses proposent les documents 1 et 2 ?

## LES CLÉS DU SUJET

### Comprendre les documents

**Affiche défendant le principe de la laïcité**

- **Nature du document** : Une affiche de sensibilisation
- **Auteur** : Un étudiant d'une école d'art graphique
- **Thème** : L'égalité citoyenne prime sur les différences religieuses
- **Contexte** : La remise en cause de la laïcité dans le cadre des attentats de 2015

**Charte de la laïcité à l'école (2013)**

- **Nature du document** : Un document officiel faisant loi
- **Auteur** : Le ministère de l'Éducation nationale
- **Thème** : Les règles de la laïcité
- **Contexte** : La multiplication des incidents confessionnels dans les écoles

### Répondre aux questions

▶ **1.** Le nom d'une religion est-il privilégié dans l'affiche ? Que respecte la France selon l'article 1 du document 2 ? Au nom de quelle valeur ?

▶ **2.** La réponse est à extraire des deux phrases qui suivent l'expression. Utilise-les pour formuler ton explication.

▶ **3.** Que signifie le mot « ostensiblement » dans l'article 14 ? Utilise la Déclaration des droits de l'homme : elle inspire la Charte de la laïcité.

## 43 CORRIGÉ GUIDÉ

▶ **1.** Par le collage qui fait apparaître les noms des grandes religions (chrétienne, musulmane, hindoue, protestante, etc.) ou l'absence de foi (« Athéo » évoque l'athéisme, c'est-à-dire le fait de croire qu'il n'existe aucun dieu), l'affiche met toutes les croyances sur le même plan. Au nom de l'égalité, l'article 1 proclame le respect de chacune d'entre elles.

▶ **2.** L'idée de « séparation des religions et de l'État » signifie que les autorités politiques n'interviennent pas dans les affaires des communautés religieuses. En tant qu'État, la France ne s'identifie à aucune croyance. Aux citoyens, elle n'impose aucune des règles propres à une confession religieuse.

**INFO +**
La loi de séparation des Églises et de l'État qui institue la laïcité date du 9 décembre 1905.

▶ **3.** Dans le cadre de l'heure de vie de classe, des élèves sont invités à se présenter et à faire un portrait d'eux-mêmes. Mais peuvent-ils évoquer leur foi ? Le débat est animé. La Charte de la laïcité n'interdit-elle pas de le faire ? L'article 14 n'autorise pas d'exprimer son appartenance religieuse, rappelle Étienne. Dans un État laïc, renchérit Dounia, la religion relève de la vie privée.

Tanguy n'est pas d'accord. Seuls les signes ostentatoires sont interdits par la Charte. Le port d'une croix ou d'une main de Fatima, s'il est discret, est permis, assure Manuella. Les élèves peuvent dire ce qu'ils pensent du moment qu'ils n'imposent pas leurs traditions aux autres. La Déclaration des droits de l'homme nous garantit la liberté de croyance et d'expression, rappelle Sophie ; la Charte dit que nous sommes libres et égaux. Nous devons seulement respecter le règlement du collège.

Le groupe finit par conclure que chacun peut évoquer sa croyance à partir du moment où il ne fait pas de sa foi une arme de prosélytisme et un moyen de contester les règles de vie commune.

**INFO +**
Le prosélytisme est l'attitude d'une personne qui cherche à convertir autrui à ses convictions.

# Faire vivre les valeurs de la République

ENSEIGNEMENT MORAL ET CIVIQUE

25 min
10 points

S'ENTRAÎNER

**INTÉRÊT DU SUJET** • La mise en œuvre des valeurs et des principes de la République peut se faire dès le plus jeune âge, notamment à travers des institutions spécialement créées à cet effet, comme le Conseil municipal des enfants.

**DOCUMENT 1 Des politiques publiques au quotidien**

– Le Conseil municipal des enfants a été créé en 1993 par le Conseil municipal de la ville pour l'aider en proposant des idées et des projets qui pourront être réalisés avec l'aide des services compétents de la mairie. Des écoles réparties dans des quartiers de la commune sont choisies afin de participer au Conseil municipal des enfants. Ce sont les enfants des CM2 qui participent à ces conseils. Ils élisent tous les ans les conseillers municipaux enfants qui les représentent auprès de la commune.

– Le Centre communal d'action sociale propose un ensemble de prestations pour remédier aux situations de précarité ou de grande difficulté sociale. Selon les cas, le public y est conseillé, orienté vers les services concernés ou directement pris en charge pour bénéficier immédiatement de ses droits. Pour les personnes âgées, il permet d'accéder aux soins en résidences ou à domicile mais également à un programme de loisirs grâce aux animations qu'il organise. Pour les personnes en situation précaire, il instruit les demandes de RSA[1], se charge de leur accompagnement social.

Source : d'après le site de la ville concernée.

1. Le revenu de solidarité active (RSA) assure aux personnes sans ressources un niveau minimum de revenu qui varie selon la composition du foyer.

DOCUMENT 2 **La Constitution de la Vᵉ République (extrait)**

**Article premier.** La France est une République indivisible, laïque, démocratique et sociale. Elle assure l'égalité devant la loi de tous les citoyens sans distinction d'origine, de race ou de religion. Elle respecte toutes les croyances.

## DOCUMENT 1

▶ **1.** Quel est l'objectif de la création du Conseil municipal des enfants ?

▶ **2.** Citez une action mise en place par le Centre communal d'action sociale de la ville.

## DOCUMENTS 1 ET 2

▶ **3.** Expliquez quelle(s) valeur(s) et quel principe de la République les missions du Centre communal d'action sociale de la ville permettent de mettre en application. Justifiez votre réponse.

▶ **4.** Vous êtes membre du Conseil municipal des jeunes de votre commune, choisissez une valeur ou un principe de la République et présentez des actions qui pourraient permettre de les faire vivre dans votre vie quotidienne.

# LES CLÉS DU SUJET

## Comprendre les documents

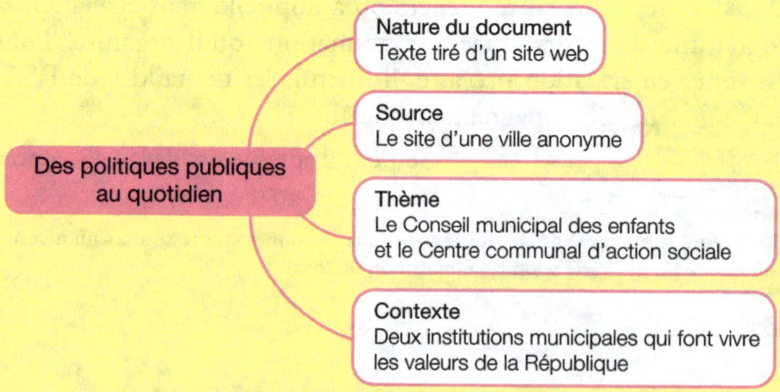

Extrait de la Constitution de la V<sup>e</sup> République

- **Nature du document**
  Constitution de la Ve République, article premier
- **Auteur**
  Michel Debré et le général de Gaulle, en 1958
- **Thème**
  Les valeurs et principes de la République
- **Contexte**
  Les valeurs et principes républicains guident toute action publique.

## Répondre aux questions

▶ **1.** Cherche dans la première phrase une tournure qui indique l'objectif ou le but.

▶ **2.** Recherche dans le deuxième paragraphe une phrase qui indique une action précise et non un principe général.

▶ **3.** Les valeurs sont des normes de comportement, les principes guident l'action. Dans l'extrait de la Constitution, choisis une valeur et un principe dont tu peux reconnaître l'application dans le deuxième paragraphe du document 1.

▶ **4.** Tu peux t'appuyer sur les actions du Conseil municipal des enfants (ou des jeunes) de ta commune.



# 44 CORRIGÉ GUIDÉ

▶ **1.** L'objectif du Conseil municipal des enfants est d'aider le Conseil municipal de la ville « en proposant des idées et des projets qui pourront être réalisés avec l'aide des services compétents de la mairie ». Il s'agit donc d'associer les jeunes de la commune à l'action municipale.

**GAGNE DES POINTS**
Tu peux rappeler l'objectif de principe (associer les jeunes) à l'objectif cité dans le texte (aider le Conseil municipal).

▶ **2.** Le Centre communal d'action sociale de la ville, par exemple, « instruit les demandes de RSA » et « se charge de [l']accompagnement social » des « personnes en situation précaire ».

**À NOTER**
Pour citer une phrase d'un texte dont tu as modifié la construction sans changer le sens, mets la partie modifiée entre deux crochets ou trois points de suspension entre deux crochets si tu as coupé une partie de la phrase.

▶ **3.** La Constitution de la Ve République établit clairement que « la France est une République […] sociale ». Les personnes en situation précaire sont donc accompagnées par la commune pour la mise en place du revenu de solidarité active (RSA). Le RSA permet aux personnes sans ressources de bénéficier d'un niveau minimum de revenu, financé par la solidarité nationale.

Le texte montre bien que cet accompagnement se fait « sans distinction d'origine, de race ou de religion ». Ce caractère social de la Ve République fait vivre les valeurs de solidarité, qui rejoint la « fraternité » présente dans la devise républicaine : « Liberté, Égalité, Fraternité ».

▶ **4.** Le Conseil municipal des jeunes (CMJ) a été élu, parmi les écoliers et collégiens de notre commune, pour présenter des projets susceptibles d'être accompagnés ou mis en œuvre par les services municipaux. Le CMJ agit donc comme réservoir à idées et force de propositions. Mais son action doit s'inscrire dans le cadre républicain, donc faire vivre les valeurs de la République.

À cet égard, la valeur de solidarité entre les générations nous tient particulièrement à cœur. Notre commune abrite en effet de nombreuses personnes âgées, parfois isolées chez elles, parfois regroupées dans une maison de retraite, mais souvent isolées des autres âges de la vie. C'est à nous, les plus jeunes, de faire l'effort de combler le fossé des générations, de faire vivre cette fraternité républicaine.

**GAGNE DES POINTS**
Essaie de mettre en situation l'action ou les actions que tu choisis de développer.

Le CMJ propose donc de mettre en place, une à deux fois par mois, par exemple, des visites des enfants des écoles auprès de leurs aînés. Ces visites pourraient s'inscrire dans la rédaction d'un livre de la mémoire de notre commune, qui rassemblerait les souvenirs des anciens sur l'évolution de notre territoire, enregistrés par les plus jeunes, et publiés par les services de la mairie pour tous les citoyens de notre commune.

Ainsi, outre l'aspect mémoriel du projet, le CMJ s'attache à faire vivre le principe républicain d'une France fraternelle et solidaire.

# L'utilité de la loi en démocratie

**ENSEIGNEMENT MORAL ET CIVIQUE**

25 min
10 points

**INTÉRÊT DU SUJET** • La liberté, l'égalité et la fraternité sont les valeurs de la démocratie. Leur proclamation ne suffit pas à protéger les citoyens des personnes malveillantes. La loi doit dicter le droit et les règles à respecter.



**DOCUMENT 1** **Campagne contre le mal-logement de la Fondation Abbé Pierre**

ph © Ronan Merot

Source : site Internet de la Fondation Abbé Pierre, 2015 (consulté le 2 octobre 2019).

DOCUMENT 2 **Le gouvernement déclare la guerre aux marchands de sommeil**

## Présentation de la loi

# #LoiElan

Liberté • Égalité • Fraternité
République Française
Ministère de la Cohésion des territoires et des Relations avec les collectivités territoriales

**Évolution du logement, de l'aménagement et du numérique**

### Pilier 3 : Lutter contre les marchands de sommeil

**QU'EST-CE QU'UN MARCHAND DE SOMMEIL ?**

Ce sont des marchands de misère, des propriétaires qui abusent de leurs locataires en louant (très chers et en connaissance de cause) des logements indignes.

**CE QUI VA CHANGER AVEC LA LOI ELAN ?**

Le Gouvernement a déclaré la guerre aux marchands de sommeil. La loi ELAN prévoit ainsi l'instauration des mêmes sanctions financières que pour les trafiquants de drogue. Elle prévoit :

- la présomption de revenus tirés des activités frauduleuses, pour les taper au portefeuille même quand ils ont organisé leur insolvabilité ;
- la confiscation systématique de leurs biens et des indemnités d'expropriation ;
- l'impossibilité d'acquérir de nouveaux biens pendant 10 ans, au lieu de 5 ans auparavant, notamment aux enchères ;
- l'obligation pour les syndics et les agences de les dénoncer.

Ministère de la Cohésion des territoires et des Relations avec les collectivités territoriales

Source : infographie de la loi ELAN promulguée le 27 novembre 2018. Extrait du site www.cohesion-territoires.gouv.fr

## DOCUMENT 1

▶ **1.** À quelle principale difficulté sont confrontées les personnes évoquées dans cette campagne de la Fondation Abbé Pierre ?

▶ **2.** Quels objectifs sont poursuivis par la campagne publicitaire de cette fondation ?

## DOCUMENT 2

▶ **3.** Quelles pratiques la loi ELAN condamne-t-elle ?

## DOCUMENTS 1 ET 2

▶ **4.** Montrez que cette loi met en œuvre la fraternité, l'une des valeurs républicaines.

▶ **5.** À partir de cet exemple, expliquez à un camarade à quoi sert la loi dans une démocratie.

## LES CLÉS DU SUJET

### Comprendre les documents

**Campagne contre le mal-logement de la Fondation Abbé Pierre**
- **Nature du document** : Affiche, message informatif militant
- **Auteur** : Fondation Abbé Pierre, association d'aide
- **Thème** : Dénonciation du mal-logement

**Le gouvernement déclare la guerre aux marchands de sommeil**
- **Nature du document** : Infographie, document informatif
- **Auteur** : Le gouvernement
- **Thème** : La loi ELAN

### Répondre aux questions

▶ **1.** D'après la photographie, qu'est-ce qui fait 6 m² pour vivre ? La réponse est dans le titre du document.

▶ **2.** Pourquoi montrer l'espace de vie de l'homme ? Pourquoi l'afficher sur un abribus ? À quoi est invitée la personne qui regarde l'affiche ?

▶ **3.** Contre qui la loi est-elle faite ? Propose une définition de « marchand de sommeil ».

▶ **4.** Qu'est-ce que la « fraternité » ? Par quel synonyme remplacer ce mot ? Qu'est-ce qu'un syndic ou une agence ? Quelle obligation leur est faite ?

▶ **5.** Utilise les menaces qui pèsent sur les mauvais propriétaires et leurs complices. Pour te montrer convaincant auprès de ton camarade, imagine un exemple de loi qui concerne les jeunes ou appuie-toi sur une loi étudiée avec ta classe.

## 45 CORRIGÉ GUIDÉ

▶ **1.** La difficulté à laquelle les personnes évoquées dans cette campagne sont confrontées est la disposition d'un logement minuscule où elles ne peuvent pas vivre dignement.

▶ **2.** La campagne vise d'abord à sensibiliser le public en comparant la taille du logement à celle d'un abribus. Elle l'invite ensuite à agir (« agissons »), en soutenant la fondation, par exemple, ou en demandant aux autorités de lutter contre les propriétaires abusifs.

▶ **3.** La loi ELAN condamne la location volontaire (« en connaissance de cause ») de logements inhabitables (« indignes ») à des prix excessifs (« abusifs »).

▶ **4.** La « fraternité » se traduit par la solidarité entre les citoyens, leur entraide. La loi ELAN oblige ceux qui sont informés d'abus (syndics, agences) de dénoncer les propriétaires à la justice. Ils deviennent ainsi solidaires des victimes.

**RAPPEL**
La loi est votée par les députés et sénateurs, qui sont les représentants des citoyens. Elle est l'expression des règles que veut la majorité et rend chaque citoyen solidaire de tous.

▶ **5.** Vois comme la loi ELAN menace les mauvais propriétaires de lourdes sanctions financières ou la confiscation de leurs biens, ceux qui les font vivre. Ce sont là de véritables armes de dissuasion. Par l'obligation qui leur est faite de dénoncer les marchands de sommeil, la loi menace aussi ceux qui laissent faire. Les risques d'abus sont ainsi réduits au maximum. Il faut que tu comprennes qu'en imposant des règles sous peine de sanctions, la loi est une garantie de respect d'autrui. Prends l'exemple du code de la route : en établissant des règles identiques pour tous, la loi permet de mieux partager l'espace public entre les usagers et en punissant d'une amende ou d'un retrait du permis de conduire les contrevenants, elle réduit la tentation de commettre des imprudences. Expression de la volonté générale, la loi assure la liberté, l'égalité et aussi la fraternité entre les citoyens.

46 Pondichéry • Mai 2017

# Organisation des pouvoirs et principes démocratiques sous la Ve République

**ENSEIGNEMENT MORAL ET CIVIQUE**

25 min
10 points

**INTÉRÊT DU SUJET** • Le « vivre ensemble » n'est possible que dans le respect de règles qui permettent à tous d'être entendus et de participer. La démocratie est le gouvernement par le peuple pour le peuple.

S'ENTRAÎNER

**DOCUMENT 1** **La composition de l'Assemblée nationale au soir des élections du 17 juin 2012**

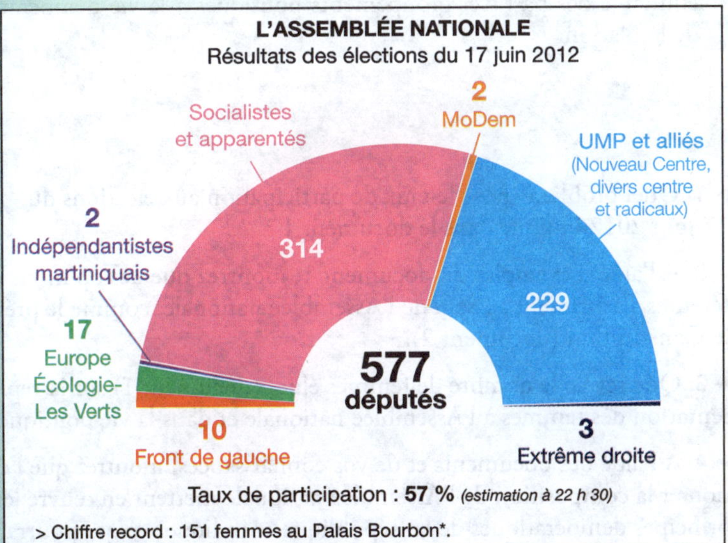


Infographie du journal *L'Est républicain*, 17 juin 2012.

* Le Palais Bourbon est le lieu où siège l'Assemblée nationale.

DOCUMENT 2 **Extraits de la Constitution de la Ve République**

**Article 1er**
La France est une République indivisible, laïque, démocratique et sociale. Elle assure l'égalité devant la loi de tous les citoyens sans distinction d'origine, de race ou de religion. [...] La loi favorise l'égal accès des femmes et des hommes aux mandats électoraux et fonctions électives, ainsi qu'aux responsabilités professionnelles et sociales.

**Article 3**
La souveraineté nationale appartient au peuple qui l'exerce par ses représentants et par la voie du référendum. [...] Le suffrage peut être direct ou indirect dans les conditions prévues par la Constitution. Il est toujours universel, égal et secret.

**Article 4**
Les partis et groupements politiques concourent à l'expression du suffrage. Ils se forment et exercent leur activité librement. Ils doivent respecter les principes de la souveraineté nationale et de la démocratie. La loi garantit les expressions pluralistes des opinions et la participation équitable des partis et groupements politiques à la vie démocratique de la Nation.

▶ **1.** Quel problème pose le taux de participation aux élections du 17 juin 2012 indiqué dans le document 1 ?

▶ **2.** À l'aide d'exemples du document 1, montrez que des opinions différentes s'expriment au sein de l'Assemblée nationale, comme le prévoit la Constitution (document 2).

▶ **3.** Que révèle le nombre de femmes élues (document 1) sur la représentation des femmes à l'Assemblée nationale et dans la vie politique ?

▶ **4.** À l'aide des documents et de vos connaissances, montrez que l'élection et la composition de l'Assemblée nationale mettent en œuvre les principes démocratiques de la République et indiquez ce qui pourrait être amélioré.

## LES CLÉS DU SUJET

### Comprendre les documents

**La composition de l'Assemblée nationale le 17 juin 2012**

- **Nature du document**
  Une infographie, image didactique
- **Auteur**
  *L'Est Républicain*, quotidien généraliste
- **Thème**
  La répartition des sièges de député
- **Contexte**
  Les élections législatives qui font suite à l'élection de François Hollande à la présidence de la République

**Extrait de la Constitution de la V^e^ République**

- **Nature du document**
  Texte officiel, fondement du régime politique
- **Auteur**
  Le peuple français. Les inspirateurs en sont Michel Debré et Charles de Gaulle.
- **Thème**
  L'organisation des pouvoirs et les principes de la République

### Répondre aux questions

▶ **1.** Que signifie « participer » aux élections ?

▶ **2.** Quel principe est énoncé dans la seconde partie de l'article 4 (doc. 2) ? Comment sont représentés les partis (doc. 1) ?

▶ **3.** Calcule le pourcentage de femmes à l'Assemblée nationale.

▶ **4.** Organise ta réponse en deux temps : montre le respect des principes que tu énonceras d'abord ; propose ensuite des réformes en t'appuyant sur la question 3 et tes connaissances.

## 46 CORRIGÉ GUIDÉ

▶ **1.** Selon le taux de participation, 43 % des électeurs n'ont pas utilisé leur droit d'exprimer leur préférence. Cette abstention pose problème, car ces citoyens n'étant pas représentés à l'Assemblée nationale, leur opinion ne sera pas défendue.

> **INFO +**
> L'abstentionniste est un électeur qui ne s'exprime pas. Les raisons de son silence sont inconnues. Elles sont à distinguer de celles du vote blanc qui exprime un refus des candidats en lice.

▶ **2.** Selon l'article 4 de la Constitution, la représentation des opinions doit être pluraliste. Ce pluralisme est figuré par les sept couleurs présentes dans le document 1. Des députés de droite (par exemple, UMP), du centre (MoDem) ou de gauche (PS, Front de gauche) traduisent ces différences d'opinion.

▶ **3.** Les femmes ne représentent que 26 % des députés. Elles sont sous-représentées par rapport à leur part dans la société qui est de 52 %.

▶ **4.** Selon la Constitution, les grands principes démocratiques de la République sont la laïcité, la solidarité, l'égalité de tous devant la loi (art. 1er), la souveraineté du peuple (art. 3), la liberté d'expression, le droit de vote pour tous et le pluralisme (art. 4).

> **CONSEIL**
> Dans tes réponses, n'hésite pas à reprendre les termes de la question.

Ces principes se traduisent à l'Assemblée par la représentation de partis différents (au moins sept en 2012), des hommes ou des femmes, tous égaux pour débattre et voter les lois. Ces députés parlent au nom de tous les citoyens français. Mais certains parmi ces derniers sont sous-représentés (par exemple, les femmes ou ceux qui se revendiquent de partis d'extrême droite), voire pas du tout (par exemple, les jeunes). Ce défaut peut entraîner l'abstention.

Le renforcement de la parité homme-femme, une représentation plus proportionnelle, l'instauration d'une représentation des plus jeunes, la reconnaissance du vote blanc ou de l'abstention pourraient être améliorés. Le vote pourrait être rendu obligatoire *[D'autres réponses possibles]*. Toutes ces réformes seraient à décider par les députés ou par référendum.

> **INFO +**
> La loi de 1999 instaure déjà la parité, mais elle manque encore d'efficacité. L'idée d'introduire une part de proportionnelle dans l'élection des députés est régulièrement évoquée.

47 France métropolitaine • Septembre 2020

# Devenir citoyen français

**ENSEIGNEMENT MORAL ET CIVIQUE**

25 min
10 points

**INTÉRÊT DU SUJET** • Même si l'attractivité migratoire de la France est en recul, de très nombreuses personnes souhaitent toujours acquérir la nationalité française et les avantages qui y sont attachés.

S'ENTRAÎNER

**DOCUMENT** **Cérémonie d'accueil dans la citoyenneté française à la préfecture du Gard**

Mardi 27 novembre 2018, le préfet du Gard a présidé une cérémonie d'accueil dans la nationalité française organisée dans les salons de la préfecture.

44 Gardoises et Gardois, originaires de 19 pays différents, ont participé avec fierté et émotion à cet événement, en présence de leur famille et de nombreux élus.

Avant l'allocution du préfet, la projection du film « Devenir français » a rappelé les valeurs de la République française et les droits et devoirs de tous les citoyens français.

Chaque récipiendaire[1] a reçu des mains du préfet ou d'un élu de sa commune de résidence, les documents officiels de nationalité. Certains d'entre eux ont fait part à l'assemblée de leur parcours, de leur situation actuelle et de leur joie de devenir français.

À cette occasion, 24 élèves ont assisté à la cérémonie suite à une visite de la préfecture.

L'assemblée et les élèves ont ensuite chanté les premiers couplets de « La Marseillaise », écouté l'hymne européen, pour ensuite poser pour les photos souvenirs. La cérémonie s'est achevée par un moment de convivialité.

Cette cérémonie permet d'accueillir de manière solennelle et chaleureuse dans la communauté nationale les personnes ayant acquis récemment la nationalité française, que ce soit par décret, en raison du mariage ou par déclaration auprès du tribunal d'instance pour les plus jeunes d'entre eux.

Source : www.gard.gouv.fr, le 29/11/2018.

1. Récipiendaire : personne qui reçoit une distinction, un diplôme par exemple.

▶ **1.** Montrez que cette cérémonie d'accueil est solennelle et marque l'entrée dans la citoyenneté française et européenne.

▶ **2.** Relevez dans le texte les façons d'accéder à la nationalité française pour des étrangers.

▶ **3.** Dans son allocution, le préfet « a rappelé les valeurs de la République française » : indiquez deux de ces valeurs.

▶ **4.** À partir de vos connaissances, citez un droit et un devoir que ces nouveaux citoyens partagent avec tous les autres citoyens français.

▶ **5.** Vous faites partie de la délégation des 24 élèves invités à cette cérémonie. Vous prononcez un discours de bienvenue aux nouveaux citoyens français. Écrivez un paragraphe d'une dizaine de lignes en expliquant ce que signifie devenir français.

## LES CLÉS DU SUJET

### Comprendre le document

**Cérémonie d'accueil dans la citoyenneté française à la préfecture du Gard**

- **Nature du document**
  Texte tiré d'un site web
- **Source**
  Site institutionnel de la préfecture du Gard
- **Thème**
  Devenir citoyen français
- **Contexte**
  Une cérémonie d'accueil dans la citoyenneté française

## Répondre aux questions

▶ **1.** La solennité tient à des symboles républicains. Lesquels ?

▶ **3.** Les valeurs de la République sont exprimées dans sa devise.

▶ **5.** N'hésite pas à construire ta réponse en la mettant en scène avec des éléments appropriés (adresse au public, formules rhétoriques).



## 47 CORRIGÉ GUIDÉ

▶ **1.** La cérémonie est en effet solennelle : elle se déroule en présence du préfet, qui est le plus haut représentant de l'État dans le département, et les participants ont chanté l'hymne de la République, la *Marseillaise*, et écouté l'hymne européen, l'*Ode à la joie* de Schiller mis en musique par Beethoven dans sa 9e *Symphonie*. L'entrée dans la citoyenneté française est en effet aussi l'entrée dans la citoyenneté européenne.

**GAGNE DES POINTS**
Développe autant que possible les éléments cités en t'appuyant sur tes connaissances.

▶ **2.** Dans le texte, diverses façons d'accéder à la nationalité française sont évoquées :

- « par décret » : c'est la naturalisation, qui exige de remplir un certain nombre de conditions, par exemple parler français et vivre en France depuis 5 ans ;
- « en raison du mariage » : sous réserve notamment que le mariage ait au moins 4 ans d'existence ;
- « par déclaration auprès du tribunal d'instance pour les plus jeunes » : si l'enfant est né en France de parents étrangers et réside en France.

**GAGNE DES POINTS**
Même si on ne te demande que de « relever » des informations, n'hésite pas, en fonction du temps disponible, à expliciter chaque élément.

▶ **3.** Parmi les valeurs de la République française, on peut citer l'égalité entre les citoyens, une valeur déjà présente dans la Déclaration des droits de l'homme et du citoyen de 1789 et rappelée dans la devise « Liberté, Égalité, Fraternité ». La laïcité est une autre valeur républicaine : elle postule la neutralité de l'État envers les religions, chacun ayant le droit de pratiquer librement, en dehors de toute emprise, la religion de son choix.

▶ **4.** Les nouveaux citoyens partagent à présent avec les autres citoyens des droits et des devoirs. Parmi les droits figure le droit politique essentiel en démocratie qui est le droit de vote. Parmi les devoirs figure le devoir de contribuer au bon fonctionnement de la République par l'impôt.

▶ **5.** Françaises, Français, mes chers compatriotes,

Car c'est désormais de ce titre qu'il faut vous saluer, vous qui êtes en ce jour devenus à notre égal des citoyens français.

Comme l'écrivait le général de Gaulle, « toute ma vie, je me suis fait une certaine idée de la France ». Vous partagez désormais cette idée de la France : une France républicaine et démocratique, dont les citoyens ont le droit d'élire et d'être élus, une France dont les valeurs sont exprimées dans sa devise : « Liberté, Égalité, Fraternité », inscrite au fronton de nos mairies. Une France dont vous apprendrez à aimer et respecter les symboles, notamment le drapeau tricolore et cette *Marseillaise* que nous avons chantée ensemble. Une France qui est aussi une République sociale, qui veille sur chacun de ses enfants.

Mais aussi une France exigeante, qui attend de vous l'engagement de respecter les devoirs propres au citoyen : devoir de contribution, devoir civique, devoir de défense de notre patrie, de nos modes de vie, de notre liberté, comme l'ont fait les Français de toutes époques, des soldats de l'An II à ceux de Verdun. Ainsi, vous saurez ce que signifie devenir citoyen français.

# Les médias et la liberté d'expression

**ENSEIGNEMENT MORAL ET CIVIQUE**

25 min
10 points



**INTÉRÊT DU SUJET** • Les médias doivent-ils diffuser de l'information sans prendre parti ou peuvent-ils être d'opinion ? Le sujet fait polémique. La liberté d'expression est au cœur du débat.

## DOCUMENT 1 Article de la Déclaration universelle des droits de l'homme de 1948

**Article 19.** Tout individu a droit à la liberté d'opinion et d'expression, ce qui implique le droit de ne pas être inquiété pour ses opinions et celui de chercher, de recevoir et de répandre, sans considérations de frontières, les informations et les idées par quelque moyen d'expression que ce soit.

## DOCUMENT 2 La Maison des Journalistes (MDJ), un lieu d'accueil

Au nom de la liberté de la presse et de la liberté d'expression au sens large, la **Maison des journalistes** MDJ accueille et accompagne, depuis 2002, des professionnels des médias exilés en France.

La Maison des Journalistes située à Paris est une association loi 1901 qui accueille et accompagne des journalistes contraints de fuir leur pays pour avoir voulu pratiquer une information libre. Il s'agit d'un lieu de résidence provisoire pour ces exilés, professionnels de l'information, un endroit pour se reconstruire, pour faire respecter la liberté d'expression et la liberté de la presse.

Le programme **Renvoyé spécial** consiste à organiser des rencontres partout en France et à l'étranger, où des journalistes exilés témoignent de leur vécu et de la situation des droits humains et de l'information dans leur pays d'origine.

CLEMI, Ressources 2020-2021, Canopé Éditions, AGIR.

## DOCUMENT 1

▶ **1.** Quelles sont les deux libertés énoncées dans l'article 19 de la Déclaration universelle des droits de l'homme ?

## DOCUMENT 2

▶ **2.** Commentez le dessin.

## DOCUMENTS 1 ET 2

▶ **3.** Ces libertés énoncées dans l'article 19 sont-elles respectées partout dans le monde ? Justifiez votre réponse à l'aide de la légende du dessin.

▶ **4.** Membre du club journal de votre collège, vous souhaitez organiser, dans le cadre du Parcours citoyen, une rencontre avec La Maison des Journalistes pour votre classe de 3$^{e}$. Vous défendez l'intérêt de ce projet auprès du chef d'établissement.
Votre réponse ne comportera aucune information d'identité ni signature.

## LES CLÉS DU SUJET

### Comprendre les documents

- **Article de la Déclaration universelle des droits de l'homme de 1948**
  - **Nature du document** : Texte officiel ayant valeur universelle.
  - **Auteur** : Pays membres de l'ONU.
  - **Thème** : Les libertés d'opinion et d'expression.
- **La Maison des Journalistes (MDJ), un lieu d'accueil**
  - **Nature du document** : Extrait d'une revue de presse.
  - **Auteur** : L'association La Maison des Journalistes.
  - **Thème** : L'accueil des journalistes ayant été contraints de fuir leur pays.

### Répondre aux questions

▶ **2.** Décris la scène. Observe l'équipement du personnage principal. Quelle est sa profession ? Qui le poursuit ? Que tient ce poursuivant dans sa main ? Quelle situation ce dessin raconte-t-il ?

▶ **3.** Qui l'association accueille-t-elle ? Pourquoi les journalistes quittent-ils leur pays ? Dans quelle direction le personnage central du dessin court-il ?

▶ **4.** Que pourrait apprendre l'intervenant de l'association aux élèves ? De qui pourrait-il être accompagné ? Pourquoi le témoignage d'un journaliste réfugié en France serait-il intéressant ?



## 48 CORRIGÉ GUIDÉ

▶ **1.** Les deux libertés énoncées dans l'article 19 de la Déclaration universelle des droits de l'homme sont la liberté d'opinion (avoir un avis) et la liberté d'expression (diffuser son opinion).

**CONSEIL**
Ne te contente pas de citer les mots qui répondent à la question : précise leur sens.

▶ **2.** Le personnage principal du dessin est un journaliste. Il tient un micro et porte un appareil d'enregistrement sur l'épaule. Il est effrayé. Il est poursuivi par un homme en uniforme qui tient une arme dans la main. Il se dirige vers la frontière française. Il fuit et cherche à se mettre à l'abri. Le dessin met en scène la répression qui peut s'abattre sur les journalistes qui déplaisent aux autorités de leur pays.

▶ **3.** Les libertés énoncées dans l'article 19 de la Déclaration universelle des droits de l'homme ne sont pas respectées partout dans le monde. Le dessin s'efforce de le montrer en figurant une frontière. La Maison des Journalistes accueille des « professionnels de l'information » en exil, autrement dit des journalistes qui demandent l'asile pour échapper à la répression qui s'exerce dans leur pays contre ceux qui ont une opinion différente des autorités.

**INFO+**
Reporters sans frontières est une organisation internationale qui se donne pour mission de défendre la liberté de la presse et la protection des sources des journalistes.

▶ **4.** Monsieur le proviseur, au nom du Club [*choisis le nom de ton club*] nous souhaiterions organiser une sortie de classe à la Maison des Journalistes. Elle s'inscrirait dans le cadre des cours d'EMC, mais pourrait également être exploitée par nos professeurs de français et d'histoire qui se proposent comme accompagnateurs. Nous pourrons aborder les questions relatives à l'histoire de la presse et travailler sur la rédaction d'un article d'opinion. Nous pourrions aussi rencontrer un journaliste réfugié qui nous expliquera comment le gouvernement de son pays empêche l'exercice de la liberté d'expression. Nous verrons comment l'association aide les réfugiés, matériellement et psychologiquement, et quelles actions les pays où la liberté de la presse est respectée peuvent mettre en œuvre pour les aider. Enfin, la sortie nous donnerait matière à créer un numéro spécial du journal de l'école avec la publication d'un entretien, d'une bande dessinée sur la vie d'un journaliste réfugié et d'une présentation des locaux de la Maison. La documentaliste du collège nous aiderait à réaliser des panneaux à exposer au CDI.

# Les citoyens et la Défense nationale

**ENSEIGNEMENT MORAL ET CIVIQUE**

25 min
10 points

**INTÉRÊT DU SUJET** • La Défense nationale est l'affaire de tous les citoyens. Pour les y préparer, un parcours de citoyenneté s'efforce de sensibiliser les jeunes.



**DOCUMENT** Le parcours de citoyenneté

RÉPUBLIQUE FRANÇAISE
MINISTÈRE DES ARMÉES
SGA
Secrétariat général pour l'administration
DIRECTION DU SERVICE NATIONAL ET DE LA JEUNESSE

**LE PARCOURS DE CITOYENNETE**

Un parcours en 3 étapes indispensables

**CENTRE DU SERVICE NATIONAL EN NOUVELLE-CALEDONIE**
Caserne Gally-Passebosc - rue Olry - BP 38 98843 NOUMEA CEDEX
**Tél : 29 28 78**
**Mail :** csn-nouvelle-caledonie.contact.fct@def.gouv.fr

Connectez-vous sur
majdc.fr
DEFENSE.GOUV

Couverture de la plaquette informative, *Le Parcours de Citoyenneté*, Centre du Service national en Nouvelle-Calédonie, février 2020.

▶ **1.** Nommez les trois symboles républicains qui apparaissent sur ce document.

▶ **2.** Qu'est-ce que le parcours de citoyenneté ? Combien d'étapes comporte-t-il ?

▶ **3.** La dernière étape de ce parcours est la Journée Défense et Citoyenneté (JDC). Présentez-la.

▶ **4.** Un(e) correspondant(e) étranger(e) est en visite dans votre établissement. Vous êtes chargé(e) de lui présenter l'importance du parcours de citoyenneté. Rédigez le texte de votre présentation.

## LES CLÉS DU SUJET

### Comprendre le document

**Le parcours de citoyenneté**

- **Nature du document**
  Couverture d'une plaquette d'information.
- **Auteur**
  Centre du Service national en Nouvelle-Calédonie.
- **Thème**
  Présentation du parcours de citoyenneté.
- **Contexte**
  Sensibiliser les jeunes à la Défense nationale.

### Répondre aux questions

▶ **1.** Rappelle-toi : un symbole n'est pas seulement visuel ou graphique.
▶ **2.** Il s'agit d'une question de connaissances, mais tu peux t'appuyer sur la formulation de la question 3.
▶ **4.** Tu peux commencer par rappeler la définition de la Défense nationale (1), puis montrer que la Défense fait partie des devoirs du citoyen (2), d'où l'importance du parcours de citoyenneté (3).

## 49 CORRIGÉ GUIDÉ

▶ **1.** Les trois symboles républicains sont rassemblés en haut à gauche du document :

– le drapeau tricolore, dont les couleurs bleu-blanc-rouge joignent au blanc de la monarchie le bleu et le rouge de Paris ;

**GAGNE DES POINTS**
Si tu as un peu de temps devant toi, donne quelques explications sur chaque symbole.

– l'allégorie de la République, Marianne, qui figure au centre des trois couleurs et dont le buste trône dans toutes les mairies de France ;

– la devise de la République, Liberté – Égalité – Fraternité, adoptée en 1848 puis définitivement en 1879, sous la III$^{e}$ République.

▶ **2.** Les jeunes Français sont impliqués dans la Défense nationale à travers le parcours de citoyenneté. Celui-ci comporte trois étapes qui sont obligatoires :

– l'enseignement de Défense au cours de la scolarité, notamment à travers l'EMC au collège et au lycée, en classes de troisième et de première ;

– le recensement à 16 ans, qui se fait dans la mairie de son lieu de résidence ;

– la Journée Défense et Citoyenneté (JDC), qui se déroule avant 18 ans.

▶ **3.** La Journée Défense et Citoyenneté (JDC) est une journée d'information sur les institutions françaises, les droits et les devoirs du citoyen. Les jeunes s'y informent sur les enjeux et objectifs généraux de la Défense nationale, sur les différentes formes d'engagement, le civisme, l'égalité entre les femmes et les hommes. Ils passent également des tests d'évaluation de la langue française.

▶ **4.** La Défense nationale désigne l'ensemble des moyens et des actions mis en œuvre pour garantir l'indépendance nationale, la sécurité du territoire et des populations. À ce titre, elle est l'affaire de tous les citoyens.

Participer à la Défense nationale fait partie des devoirs de chaque citoyen, comme être défendu fait partie de ses droits. Tout citoyen a donc l'obligation de contribuer à la défense de la Nation.

De nos jours, tous les jeunes Français, garçons ou filles, doivent participer à la Défense nationale à travers la sensibilisation réalisée lors du parcours de citoyenneté, établi depuis la loi du 28 octobre 1997 suspendant le service militaire : enseignement de défense lors de la scolarité, recensement en mairie et Journée de Défense et Citoyenneté au cours de laquelle les jeunes Français découvriront l'armée et les vertus de l'engagement.

Cet engagement envers la nation est constitutif du pacte républicain. Chaque Française et chaque Français a donc un rôle à y jouer.

S'ENTRAÎNER

# 50 Afrique • Juin 2019

# S'engager contre le racisme et l'antisémitisme

**ENSEIGNEMENT MORAL ET CIVIQUE**

25 min
10 points

**INTÉRÊT DU SUJET** • Dans une France toujours plus métissée, la question du racisme continue de se poser. Interdit par la loi, le racisme est combattu par les institutions de la République.

## DOCUMENT 1 Copie d'écran du site « egalitecontreleracisme » (2017)

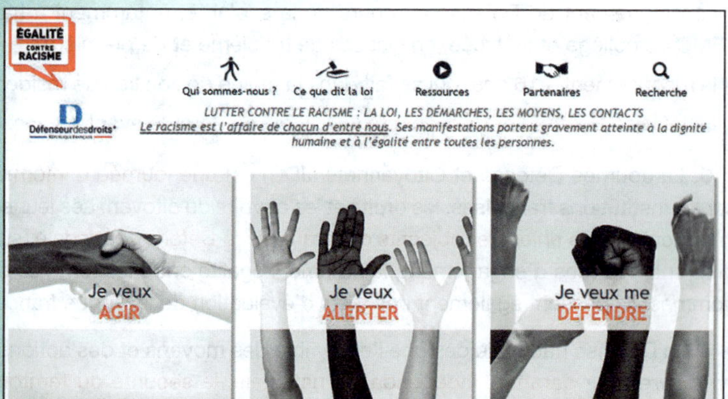


© Défenseur des droits 2015

Egalitecontreleracisme.fr, 2017.

* Le Défenseur des droits est une institution de l'État créée en 2011 ayant pour mission de défendre les personnes dont les droits ne sont pas respectés.

## DOCUMENT 2 Extrait d'un article de presse

Quatre *supporters* anglais ont été jugés coupables de violence à caractère raciste en réunion dans l'espace public et ont été condamnés à de la prison avec sursis mardi en fin d'après-midi. Des peines allant de six à douze mois avec sursis, assorties de dommages et intérêts ont été prononcées. Seuls deux des quatre prévenus étaient présents. En marge du match PSG-Chelsea, ils avaient empêché un homme noir de monter dans la rame du métro dans laquelle ils se trouvaient en 2015, avant d'entonner un chant raciste. […] Les images avaient fait le tour des chaînes d'information et couler beaucoup d'encre.

D'après un article de R. Goument, Liberation.fr, 3 janvier 2017.



▶ **1.** Pourquoi quatre *supporters* anglais ont-ils été condamnés ? (document 2)

▶ **2.** Relevez les trois types d'actions proposées par le site « egalitecontreleracisme ». (document 1)

▶ **3.** Expliquez pourquoi ce site propose un lien Internet vers celui du Défenseur des droits. (document 1)

▶ **4.** Expliquez la phrase soulignée : « Le racisme est l'affaire de chacun d'entre nous. » (document 1)

▶ **5.** La semaine d'éducation et d'action contre le racisme et l'antisémitisme est organisée au mois de mars dans votre collège.
À cette occasion, vous êtes chargé de rédiger un texte pour convaincre vos camarades de s'engager dans un projet de lutte contre le racisme dans votre établissement. Quels sont vos arguments ?
Votre réponse ne comportera aucune information d'identité ou de signature.

## LES CLÉS DU SUJET

### Comprendre les documents

Copie d'écran du site « egalitecontreleracisme », 2017

- **Nature du document**
  La capture d'écran d'un site Internet contre le racisme et l'antisémitisme
- **Auteur**
  egalitecontreleracisme.fr, un site du Défenseur des droits
- **Thème**
  La lutte contre le racisme
- **Contexte**
  Le Défenseur des droits veille au respect des droits et libertés, selon la Constitution.

**Extrait d'un article de presse**

- **Nature du document** : Un extrait d'un article de presse paru le 3 janvier 2017
- **Auteur** : R. Goument, un journaliste du quotidien *Libération*
- **Thème** : Un fait divers raciste survenu en 2015, jugé en 2017
- **Contexte** : Le racisme en marge d'un match de football

## Répondre aux questions

▶ **1.** Distingue le fait qui est reproché aux *supporters* et le délit juridique qui est constitué.
▶ **2** et **3.** Il faut faire le lien entre le site Internet contre le racisme et celui du Défenseur des droits.
▶ **4.** Cette question te sera utile pour la question de synthèse.
▶ **5.** Imagine la structure de ton texte (plan) et sa mise en forme (appel à l'engagement) au brouillon. Ne rédige rien avant d'avoir tout organisé.

# 50 CORRIGÉ **GUIDÉ**

▶ **1.** D'après le document 1, les *supporters* anglais ont été condamnés pour avoir « empêché un homme noir de monter dans la rame du métro où ils se trouvaient » et avoir « [entonné] un chant raciste ». Cela constitue une violence à caractère raciste en réunion dans l'espace public.

▶ **2.** Les trois types d'actions proposées par le site Internet tiennent en trois verbes : « agir », « alerter » et « défendre ».

▶ **3.** Le site propose un lien Internet vers le site du Défenseur des droits, parce que celui-ci est une autorité administrative indépendante qui a « pour mission de défendre les personnes dont les droits ne sont pas respectés ». Ainsi, le site Egalitecontreleracisme.fr permet-il aux personnes qui se sentent victimes de racisme de contacter directement l'institution chargée de les défendre. En effet, ne pas être victime de discrimination raciale est un des droits fondamentaux de la République.

▶ **4.** La phrase soulignée, « Le racisme est l'affaire de chacun d'entre nous », signifie que, le racisme portant atteinte à la dignité humaine, tout être humain est concerné. C'est un principe général de la République française, rappelé par exemple dans la Déclaration des droits de l'homme et du citoyen de 1789 : « Tous les hommes naissent et demeurent libres et égaux en droits. » Par ailleurs, chacun peut être victime du racisme de l'autre.

**GAGNE DES POINTS**
N'hésite pas à citer un des textes fondateurs de la République française.

▶ **5.** Projet de lutte contre le racisme : engagez-vous !

Le racisme est une idéologie qui postule non seulement l'existence de races humaines, mais également leur hiérarchie : certaines races sont définies comme supérieures à d'autres, jugées inférieures. Le racisme envers les Juifs, par exemple, est si profondément ancré dans l'Histoire qu'il a rendu nécessaire le mot d'« antisémitisme » pour le désigner.

Pourquoi s'engager ?

- D'abord, parce que le racisme est une atteinte à la dignité humaine, à ce qui fait de nous des êtres humains. La science a montré que l'on peut parler de différents « groupes humains », mais aussi que la diversité génétique d'un groupe à l'autre est plus faible que celle qui distingue les individus entre eux ! Le concept de « race humaine » n'est donc pas pertinent scientifiquement : il n'existe pas de race chez les êtres humains.
- Ensuite, parce que nous sommes tous des victimes potentielles. La victime de racisme, d'antisémitisme ou de discrimination raciale, aujourd'hui c'est quelqu'un, demain ce sera quelqu'un d'autre. Pourquoi pas vous ?
- Enfin, parce que le racisme est un délit réprimé par la loi et parce qu'il est incompatible avec les principes d'égalité et de fraternité de notre République. L'Histoire a par ailleurs montré à quelles abominations conduisaient le racisme et l'antisémitisme. Souvenons-nous du nazisme et du bilan terrifiant dont il est responsable !

**GAGNE DES POINTS**
Mobilise aussi tes connaissances en histoire pour argumenter.

Alors, rejoignez-nous ! Engagez-vous !

S'ENTRAÎNER

# Préparer l'épreuve du brevet : le sprint final

## L'essentiel du programme en 21 fiches MÉMO

### Histoire



### Géographie



### Enseignement moral et civique

## 3 SUJETS COMPLETS

### France métropolitaine, juillet 2024



### France métropolitaine, juin 2023



### France métropolitaine, septembre 2022

# 1 Civils et militaires dans la Première Guerre mondiale

## A Le schéma

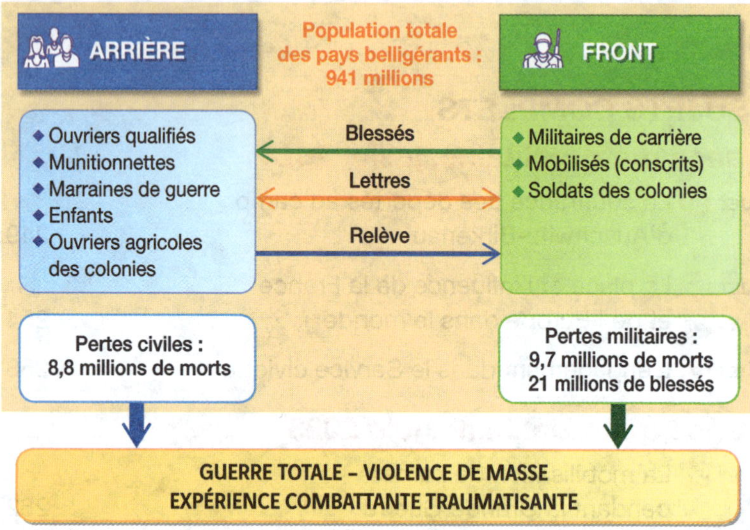


## B Le résumé

La Grande Guerre est une guerre totale marquée par la violence de masse.

- Elle mobilise toutes les populations : les **hommes** comme soldats ou comme ouvriers spécialisés ; les **femmes** comme ouvrières, marraines de guerre, infirmières ; les **enfants** utilisés dans les images de propagande ; les **ressortissants des colonies** comme soldats ou travailleurs.
- Les **militaires** sont sous le feu d'armes nouvelles et meurtrières (obus, gaz, chars...), mais les **civils** sont également pris pour cibles (prises d'otages, bombardements, répression, etc.) et subissent famines et épidémies.

## C La frise

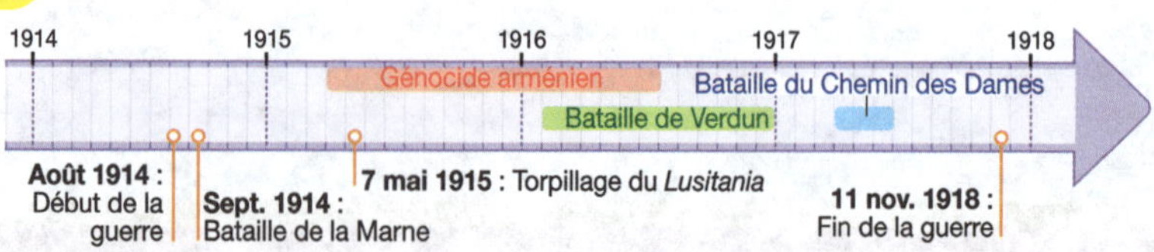

# 2 Démocraties fragilisées et expériences totalitaires

## A Le schéma

| | DÉMOCRATIES FRAGILISÉES | EXPÉRIENCES TOTALITAIRES |
|---|---|---|
| **Principes** | ◆ Séparation des pouvoirs<br>◆ Libertés fondamentales<br>◆ Multipartisme<br>◆ Droits de l'Homme et du citoyen<br>◆ État de droit et justice indépendante | ◆ Culte de la personnalité<br>◆ Embrigadement de la jeunesse<br>◆ Parti unique<br>◆ Police politique<br>◆ Terreur et camps |
| **Crises** | ◆ **Crise économique**<br>Manifestations, grèves<br>◆ **Crise politique**<br>Tentative de coup d'État, dissolution d'organisations politiques (ligues, PCF) | ◆ **Crise économique**<br>Repli autarcique, interdiction des grèves<br>◆ **Crise politique**<br>Dékoulakisation<br>État d'exception<br>Procès et assassinats politiques (Kirov/ Röhm) |

## B Le résumé

Après 1918, les traités bouleversent la carte de l'Europe. La démocratie progresse ; mais dans les années 1930, crises et révolutions fragilisent les États.

● Les plus anciennes démocraties font face à des manifestations, mais elles parviennent à surmonter les difficultés. Contre la menace des ligues en France, le **Front populaire** unit la gauche et remporte les élections de 1936.

● Dans les pays plus fragiles, des **régimes totalitaires** s'installent (URSS, Italie, Allemagne). La **violence d'État** élimine les opposants et soumet les peuples à un ordre qui rejette toutes les libertés.

## C La frise

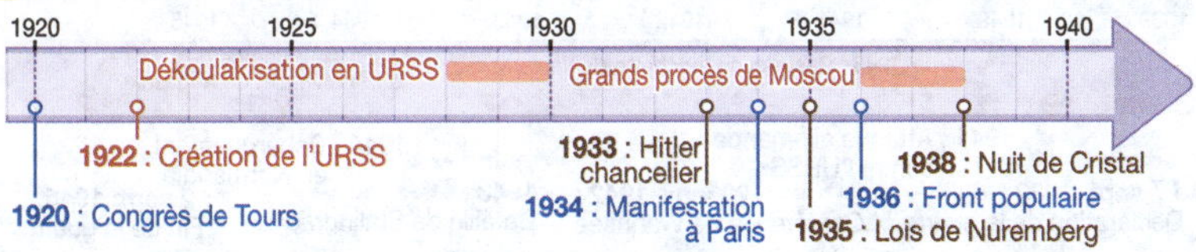

# 3 La Deuxième Guerre mondiale, une guerre d'anéantissement

## A Le schéma

| | LES ALLIÉS | L'URSS | L'AXE |
|---|---|---|---|
| Alliances | Royaume-Uni<br>France libre<br>États-Unis<br>Chine | 1939-1941 : pacte avec l'Allemagne<br>1941-1945 : alliée des démocraties | Allemagne<br>Italie<br>Japon<br>États collaborateurs |
| Violences commises | Bombardements<br>◆ Hiroshima<br>◆ Nagasaki<br>◆ Dresde | ◆ Massacre de Katyn<br>◆ Viols et assassinats en Allemagne de l'Est<br>◆ Déportation des Tatars de Crimée | ◆ Génocide des Juifs et des Tziganes<br>◆ Massacre de Nankin<br>◆ Oradour-sur-Glane |
| Bilan humain | **60 millions de morts dont 25 millions de militaires et 35 millions de civils parmi lesquels près de 6 millions de Juifs = 40 % des Juifs mondiaux** | | |

## B Le résumé

- Les **combats** sont meurtriers (Stalingrad), les **bombardements** de villes (Coventry, Dresde) n'épargnent pas les civils.
- Les nazis font régner la terreur dans les régions conquises. Ils commettent des **génocides** (extermination d'une population en raison de sa religion, de son ethnie) et assassinent en masse handicapés, Juifs ou Tziganes. Des vengeances (Oradour-sur-Glane) ou des calculs politiques justifient des **massacres de prisonniers** ou de personnes sans défense.
- L'usage de la **bombe atomique** anéantit deux villes japonaises.

## C La frise

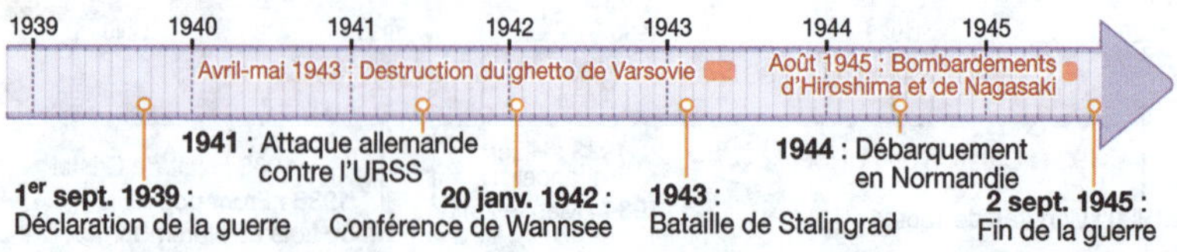

# 4 La France défaite et occupée. Collaboration et Résistance

## A Le schéma

| | RÉGIME DE VICHY | FRANCE « LIBRE » |
|---|---|---|
| | Pétain, chef de l'État<br>Laval, chef du gouvernement | De Gaulle (Londres)<br>J. Moulin (CNR) |
| Objectifs | ◆ Révolution nationale<br>◆ France forte dans l'« Europe nouvelle » | ◆ Libérer le territoire<br>◆ Rétablir la démocratie |
| Politique | **Collaboration**<br>◆ Économique : aide industrielle, STO<br>◆ Militaire et policière : bases navales, LVF, milice<br>◆ Idéologique : déportation de Juifs | **Résistance**<br>◆ Extérieure : France libre<br>◆ Intérieure : FFI, FTP<br>◆ Renseignement, sabotages, aide militaire |



## B Le résumé

● Engagée dans la guerre, la France subit une humiliante défaite. Le **maréchal Pétain** établit une **dictature** et **collabore** avec l'Allemagne.

● Des Français décident de **résister** depuis Londres (de Gaulle et la France libre) ou dans le pays, en organisant des maquis et des réseaux. Jean Moulin unifie ces mouvements dans le **Conseil national de la Résistance (CNR)**.

● En 1944, la Résistance participe à la **Libération** et un gouvernement provisoire (GPRF) s'emploie à **rétablir la République** en s'appuyant sur le **programme politique du CNR**.

## C La frise

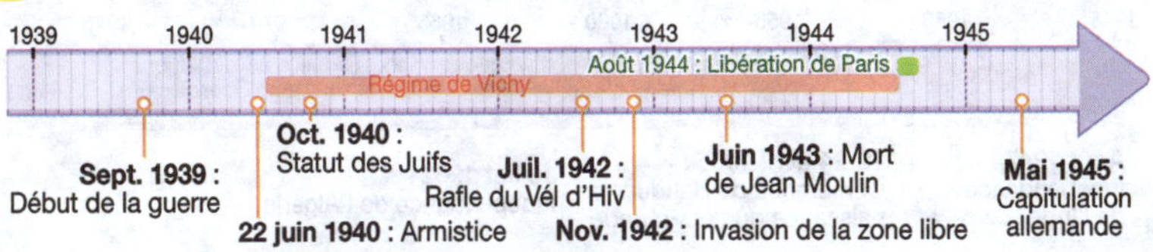

# 5 Indépendances et construction de nouveaux États

## A Le schéma

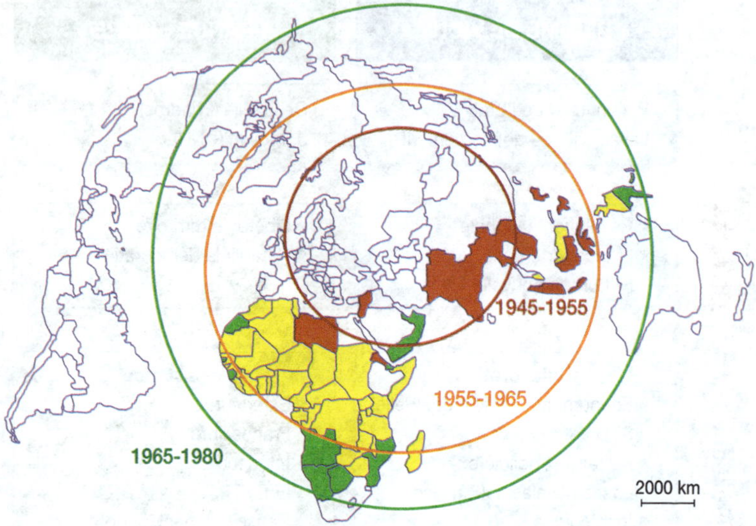


## B Le résumé

● Énoncé en 1917, le principe du **droit des peuples à disposer d'eux-mêmes** mobilise les peuples aux côtés des Américains et des Russes lors de la Seconde Guerre mondiale. Dès 1945 se développe un mouvement d'émancipation qui part d'Asie puis atteint l'Afrique. Par la **négociation** (Inde) ou la **guerre** (Indochine, Algérie), les colonies conquièrent leur indépendance.

● Les nouveaux États manquent toutefois de tout et se déclarent solidaires lors de la **conférence de Bandung** (1955). Entre l'Est et l'Ouest, un **tiers-monde** voit le jour, qui peine à trouver sa place sur la scène internationale.

## C La frise

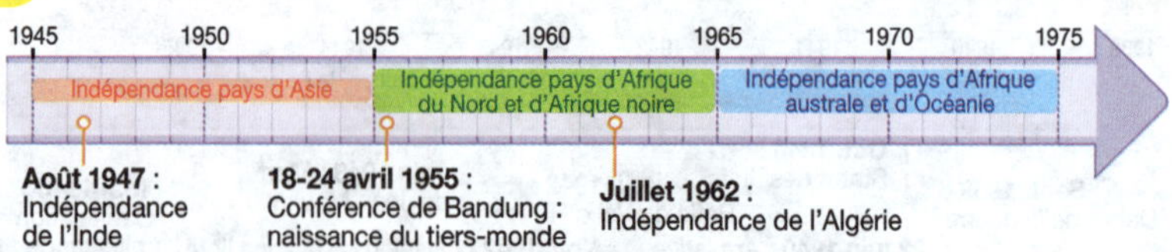

# 6 Un monde bipolaire au temps de la guerre froide



## A Le schéma

| | BLOC DE L'OUEST | TERRAINS D'AFFRONTEMENT | BLOC DE L'EST |
|---|---|---|---|
| Puissances | États-Unis | **Pays du tiers-monde**<br>◆ Corée (1950-1953)<br>◆ Cuba (1962)<br>◆ Vietnam (1963-1973)<br>◆ Afghanistan (1979-1989) | URSS |
| Alliances | OTAN, OTASE, ANZUS... | | Pacte de Varsovie (Europe de l'Est) |
| Politiques | Démocratie libérale (multipartisme) | **Europe**<br>◆ Berlin (1948, 1961, 1989)<br>◆ Euromissiles (1977-1983) | Démocratie populaire (parti unique) |
| Idéologies | Capitalisme | **Monde** | Communisme |
| Doctrines | Truman (plan Marshall) | ◆ Recherche scientifique<br>◆ Propagande<br>◆ Économie | Jdanov (Comecon) |

## B Le résumé

- Vainqueurs de la Seconde Guerre mondiale, États-Unis et URSS se retrouvent face à face, défenseurs de **modèles de société opposés**. Dès 1947, ils s'affrontent pour imposer leurs idées au monde.
- Ils se combattent sur le territoire d'autres pays (**guerres périphériques**), sur le plan économique, idéologique, culturel ou scientifique. Ils se menacent (**équilibre de la terreur**) sans jamais s'affronter directement.
- En échec, le modèle soviétique cède et l'URSS s'effondre en 1991.

## C La frise

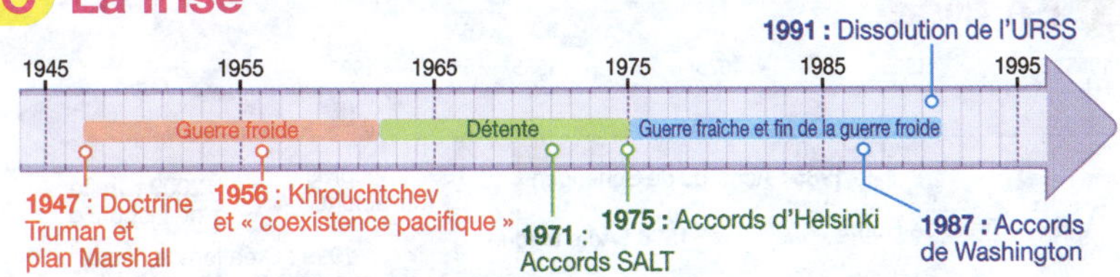

# 7 Affirmation et mise en œuvre du projet européen

## A Le schéma

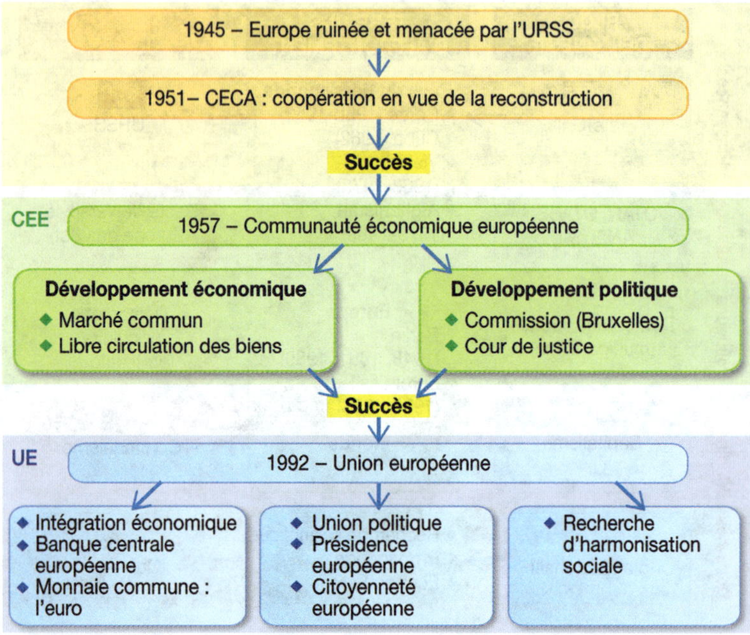


## B Le résumé

● Pour se reconstruire après la guerre, **six États** (France, RFA, Italie, Belgique, Pays-Bas et Luxembourg) créent une **communauté économique** (CECA) en mettant en commun leur production de charbon et d'acier. Puis, ils établissent entre eux un espace de **libre-échange** (CEE).

● La communauté s'étend et devient la 1re puissance économique mondiale. Les États membres fondent l'**Union européenne**, qui renforce leurs **liens** et compte jusqu'à 28 pays. En 2020, le Royaume-Uni en sort définitivement.

## C La frise

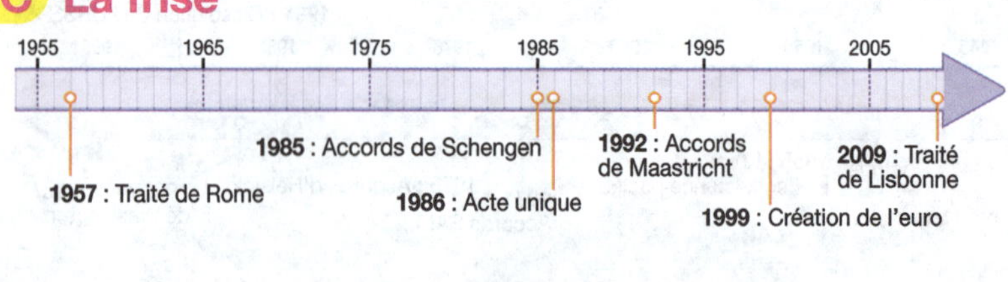

# 8 Enjeux et conflits dans le monde après 1989

## A Le schéma

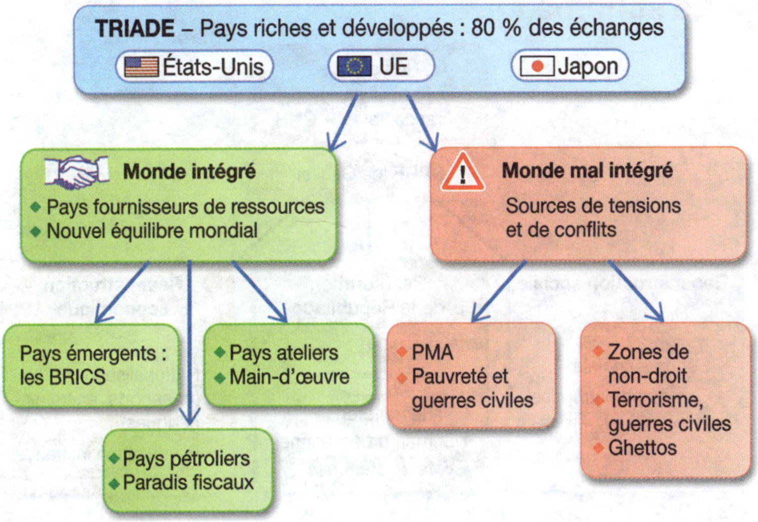


## B Le résumé

● Un **nouvel ordre mondial** s'instaure, qui diffuse la prospérité sur toute la planète, mais qui crée aussi des **inégalités sources de tensions**. Les guerres civiles et l'implosion des pays se multiplient.

● Les conflits opposent de plus en plus souvent des États à des organisations non étatiques qui terrorisent les populations dans le cadre de **guerres asymétriques** ou d'**attentats**. Le Proche-Orient est la région la plus déstabilisée. Les conflits qui s'y déroulent ont des répercussions dans le monde entier.

## C La frise

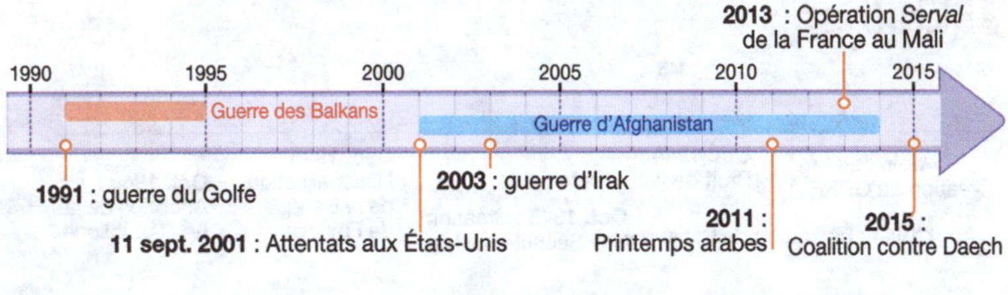

# 9 1944-1947 : refonder la République, redéfinir la démocratie

## A Le schéma

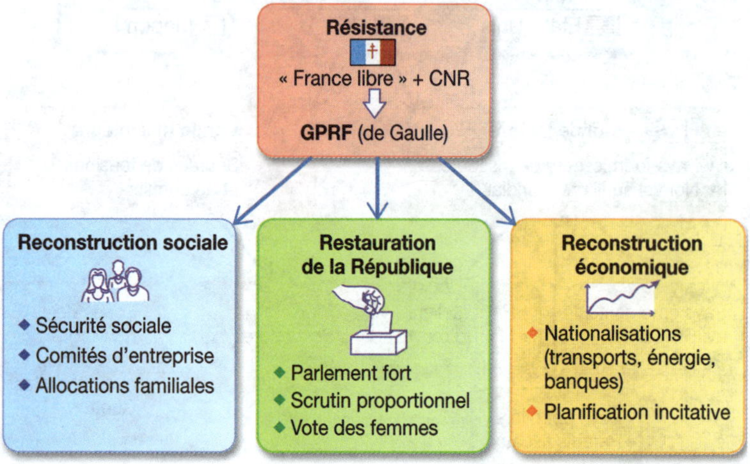


## B Le résumé

- La Résistance avait pour but de libérer le territoire de l'occupation allemande et d'y restaurer la République. Dès 1944, le Gouvernement provisoire de la République française (GPRF) est institué pour mettre en place le programme du **Conseil national de la Résistance** (CNR).
- Inspiré par les idéaux de la gauche, ce gouvernement crée des **aides sociales**, accorde le droit de **vote aux femmes** et **nationalise les entreprises** des secteurs clés pour favoriser la reconstruction des logements et des infrastructures. Après de longs débats, une **constitution parlementariste** est adoptée. L'Assemblée nationale y occupe une place dominante.

## C La frise

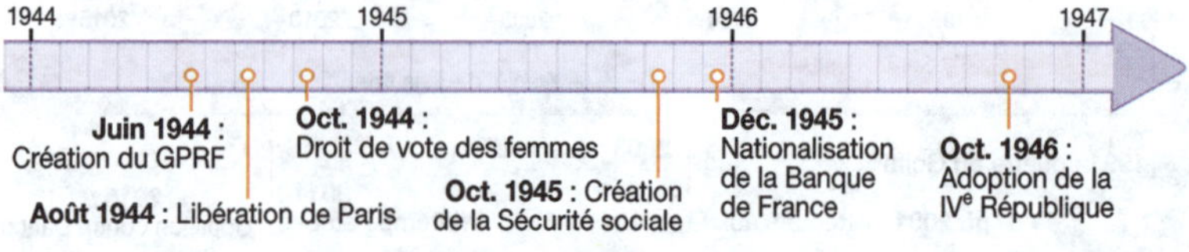

# 10 La V<sup>e</sup> République (1958-1995)

## A Le schéma

**Peuple souverain**

**LA RÉPUBLIQUE**
Président élu au suffrage universel direct (7 ans)

**Pouvoirs séparés**

| Exécutif fort | Législatif contrôlé | Judiciaire |
|---|---|---|
| • Préside le Conseil des ministres<br>• Chef des armées<br>• « Domaine réservé »<br>• Pleins pouvoirs temporaires en cas de crise | • Droit de dissolution de l'Assemblée nationale<br>• Pouvoir référendaire<br>• Scrutin majoritaire à deux tours et majorité stable | • Droit de grâce<br>• Immunité présidentielle |

**Limites**

| | |
|---|---|
| Cohabitation président / Premier ministre | Haute trahison |

## B Le résumé

En 1958, de Gaulle dote la France d'une constitution qui offre d'importants pouvoirs au président placé « au-dessus des partis ».

- Soutenu par une **majorité stable**, de Gaulle utilise les **pleins pouvoirs** quand des généraux mécontents tentent un putsch contre lui (1961). Face à la crise de mai 1968, il dissout l'Assemblée nationale et retourne la situation à son avantage. Ses successeurs ont les moyens de moderniser la France.
- En 1981, l'opposition de gauche remporte pourtant les élections.

L'**alternance** ne met pas la République en cause. Elle résiste à la situation de **cohabitation** de 1986 quand la droite devient majoritaire à l'Assemblée.

## C La frise

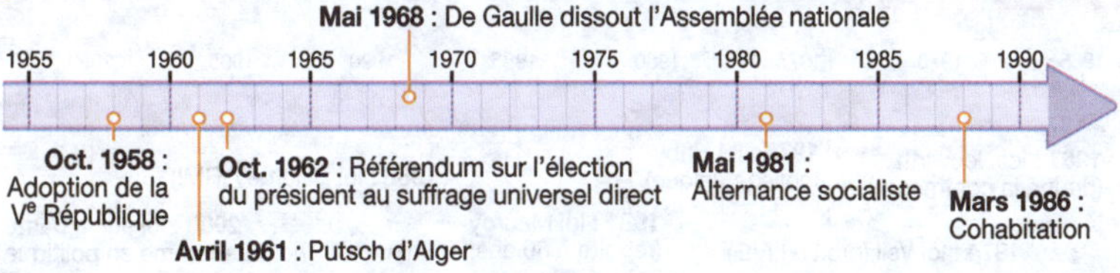

# 11 Femmes et hommes dans la société des années 1950 à 1980

## A Le schéma

| | | |
|---|---|---|
| Institutions remises en cause | • Armée<br>• Mariage<br>• Famille<br>• Église | • Abrogation du service militaire<br>• Reconnaissance du concubinage<br>• Séparation par consentement mutuel<br>• Chute de la pratique religieuse |
| Émancipation féminine | • Sur le plan de la sexualité<br>• Sur le plan économique<br>• Sur le plan politique | • Contraception, IVG<br>• Droit au compte bancaire<br>• Parité |
| Vieillissement | • Hausse de l'espérance de vie<br>• Baisse de la natalité | • Réforme des retraites (60 ans)<br>• Allocations familiales |
| Mixité culturelle | • « Américanisation »<br>• Immigration | • Droit à la différence<br>• Droit de vote des immigrés ? |
| Affirmation de la jeunesse | • Émergence d'une « classe jeune » | • Droit de vote abaissé à 18 ans<br>• Objectif de 80 % de reçus au bac |

## B Le résumé

Durant les Trente Glorieuses, la France se modernise et les modes de vie changent.

● D'importantes transformations apparaissent : les **femmes** s'émancipent, la **jeunesse** devient une classe d'âge avec des aspirations nouvelles, l'**immigration** pose le problème de l'intégration de populations de cultures différentes et le **vieillissement** soulève la question du financement des retraites.

● Les gouvernements multiplient les **réformes**, mais les solutions ne sont pas toujours à la hauteur.

## C La frise

1965 – 1970 – 1975 – 1980 – 1985 – 1990 – 1995 – 2000

- **1967** : loi Neuwirth (droit à la contraception)
- **1974** : loi Veil (droit à l'IVG)
- **1975** : loi Haby (collège unique)
- **1981** : loi Mauroy (retraite à 60 ans, 39 heures)
- **1988** : loi Belorgey (RMI)
- **2000** : loi sur la parité homme/femme en politique

# 12 Les aires urbaines

## A Le schéma

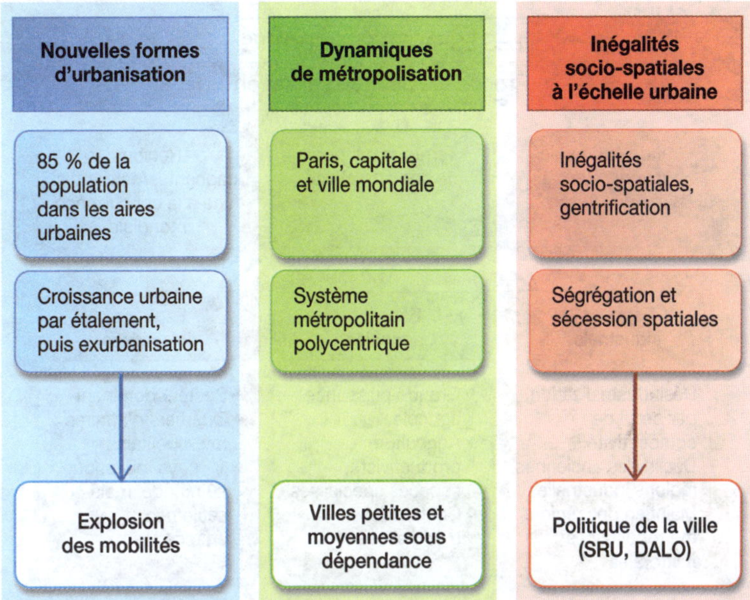




## B Les points clés

- **85 %** de la population française résident aujourd'hui dans une aire urbaine.
- La région parisienne compte **12,3 millions** d'habitants en 2024, produit **31 %** du PIB français et 5,3 % du PIB de l'UE à elle seule, et effectue 40 % des dépenses en recherche et développement (R&D).
- **2000 :** loi SRU (loi relative à la solidarité et au renouvellement urbain).
- **2007 :** loi DALO (droit au logement opposable).
- **2014-2015 :** réforme territoriale (création des métropoles, redécoupage de 13 régions en France métropolitaine).

# 13 Les espaces productifs et leurs évolutions

## A Le schéma

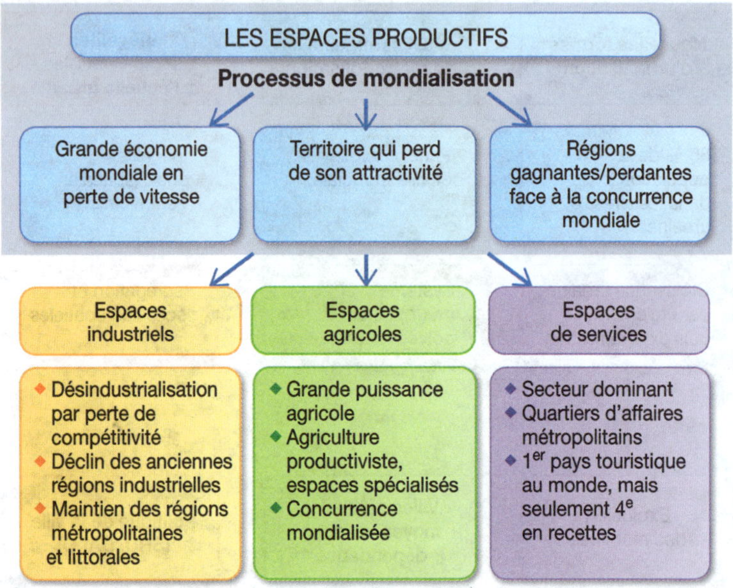


## B Les points clés

- Avec un PIB d'environ **2 800 milliards d'euros** en 2023, la France occupe le **7$^{e}$ rang** économique mondial et le **2$^{e}$ rang** dans l'UE. Elle est au **4$^{e}$ rang** des exportateurs mondiaux de biens et de services en 2022.
- L'**industrie** ne crée plus que **13,5 %** de la valeur ajoutée en 2019 (contre 18 % en 2000).
- 1$^{er}$ producteur agricole européen, la France est aussi le 6$^{e}$ exportateur mondial. L'**agriculture** représente 2,3 % du PIB (6,5 % avec les industries agroalimentaires). Elle emploie 2,5 % de la population active et concerne 28 millions d'hectares (51 % du territoire). En 1962 entre en vigueur la **PAC** (politique agricole commune).
- Le **secteur tertiaire** emploie **76 %** des actifs ; la fonction publique en emploie **20 %**. La France est le **1$^{er}$ pays touristique mondial**, avec près de 80 millions de touristes étrangers en 2022 qui génèrent près de 60 milliards d'euros de recettes en 2023.

# 14 Les espaces de faible densité et leurs atouts

## A Le schéma

**LES ESPACES DE FAIBLE DENSITÉ**

- 4 millions de Français, moins de 30 hab./km$^2$
- Espaces ruraux, diagonale du vide
- Retournement démographique : campagnes attractives

**Des sociétés en mutation**

- Population plus âgée, plus agricole, moins riche
- Coût de la faible densité
- Grande mixité sociale
- Résidences secondaires

**Des bases économiques fragiles**

- Traditionnelle activité agricole
- Développement rural : sylviculture et énergies renouvelables
- Tourisme vert
- Économie résidentielle



## B Les points clés

- La France a une densité moyenne de **119 hab./km$^2$** en 2024.
- **42 % des communes** appartiennent aux espaces de faible densité (moins de 30 hab./km$^2$) ; **10 % des communes** appartiennent aux espaces désertifiés (moins de 10 hab./km$^2$).
- Les espaces de faible densité comptent près de **4 millions d'habitants**, dont **0,5 million** dans les espaces désertifiés.
- L'**exode rural** s'est achevé en France dans les années 1970. Entre 2007 et 2017, la population des communes peu denses a augmenté de 0,65 % par an, nettement plus que les autres types de communes.
- La **surface forestière** augmente en France depuis la seconde moitié du XIX$^e$ siècle et atteint aujourd'hui 17 millions d'hectares, soit **31 % du territoire**.

# 15 Aménager pour répondre aux inégalités croissantes

## A Le schéma

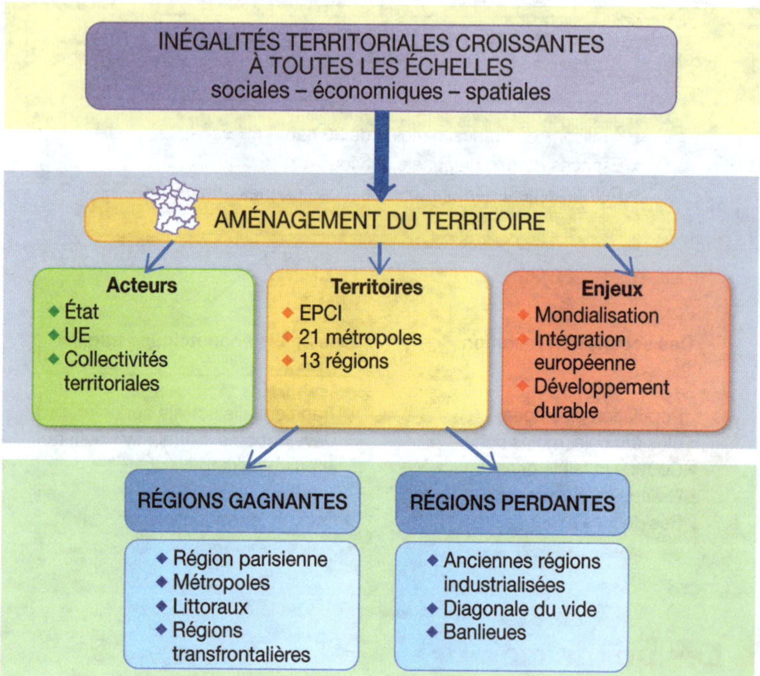


## B Les points clés

- L'aire urbaine de Paris concentre **20 %** des personnes vivant en dessous du seuil de pauvreté en France.
- Le taux de pauvreté est plus élevé dans les pôles urbains (**16 %**) que dans les couronnes périurbaines (**10 %**).
- **1963** : création de la DATAR (Délégation interministérielle à l'aménagement du territoire et à l'attractivité régionale).
- **1982, 2003, 2014-2015** : lois de décentralisation.
- **1er janvier 2016** : mise en place de la réforme territoriale créant 13 régions agrandies.

# 16 Les territoires ultramarins français

## A Le schéma

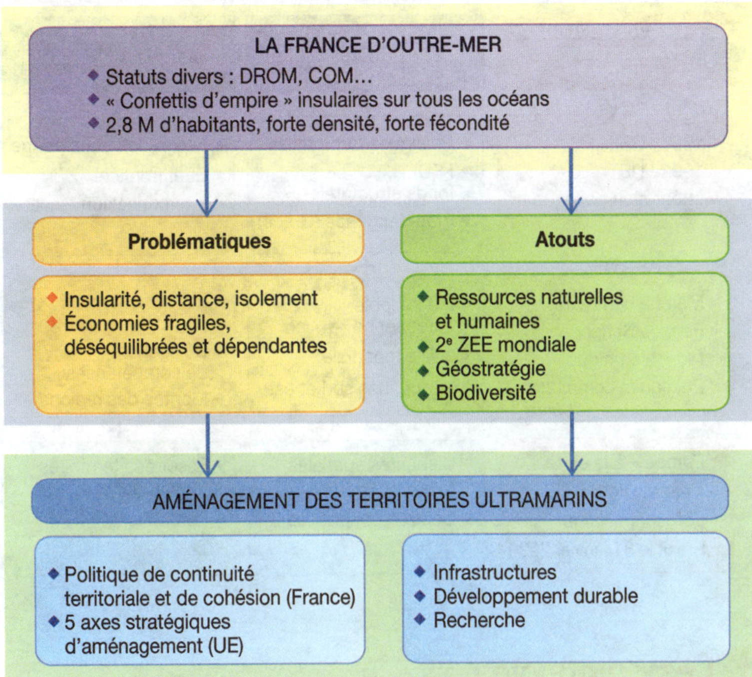




## B Les points clés

- **1997** : traité d'Amsterdam – les DROM reçoivent le statut de régions ultrapériphériques (RUP).
- Les outre-mer comptent **2,8 millions** d'habitants, soit **4 %** de la population française totale (population des seuls DROM : **2,2 millions**, dont **873 000** pour la seule île de la Réunion en 2023). Le taux de fécondité est de **2,49** pour la Réunion et même de **3,38** en Guyane en 2022 (1,76 en métropole en 2022).
- La France bénéficie de la **2e ZEE** (zone économique exclusive) mondiale grâce à son outre-mer.
- En **2003**, la France définit une politique de continuité territoriale. Les RUP françaises reçoivent **3,5 milliards** d'euros de subventions européennes pour 2021-2027.

# 17 L'Union européenne

## A Le schéma

**L'Union européenne : un nouveau territoire de référence et d'appartenance**

| La construction d'un territoire européen | L'aménagement du territoire de l'Union européenne | La France et l'intégration européenne |
|---|---|---|
| ◆ 1957 : CEE<br>◆ 1992 : UE<br>◆ Intégration politique | ◆ Politiques territoriales<br>◆ FEDER, fonds structurels<br>◆ Aide d'urgence (Grèce) | ◆ Intégration européenne<br>◆ Effet frontière<br>◆ Interconnexion réseaux |
| + | + | + |
| ◆ Marché commun<br>◆ Espace Schengen<br>◆ Monnaie unique<br>◆ Politiques communes | ◆ Mégalopole européenne<br>◆ 1 ville mondiale<br>◆ Périphéries sud et est | ◆ Effacement relatif de l'État<br>◆ Délégation de compétences<br>◆ Montée des régions |
| + | + | + |
| ◆ Europe « à la carte »<br>◆ Crise de l'euro<br>◆ Euroscepticisme<br>◆ Brexit le 31 janvier 2020 | ◆ Disparités spatiales N/S et E/O<br>◆ Centres/périphéries | ◆ Essor des territoires transfrontaliers<br>◆ Eurorégions |

## B Les points clés

- **25 mars 1957** : signature du traité de Rome créant la Communauté économique européenne (CEE). Après sept élargissements, l'UE a compté jusqu'à **28 membres.** Cependant, en 2016, le Royaume-Uni décide de s'en retirer (Brexit officiel le 31 janvier 2020).
- L'Union européenne est créée par le traité de Maastricht de **1992**.
- **1995** : mise en œuvre des accords de Schengen (29 membres).
- **2002** : lancement de la monnaie unique. La zone euro compte aujourd'hui 20 États membres rassemblant 344 millions d'habitants.
- **75 %** du stock d'IDE investi en France le sont par des pays de l'UE.
- **2021** : mise en œuvre d'un plan de relance de 750 Mds € financé par des emprunts européens communs.

# 18 La France et l'Europe dans le monde

## A Le schéma

| LA FRANCE dans le monde | | L'EUROPE dans le monde | |
|---|---|---|---|
| + | ***Hard power***<br>◆ Présence stratégique planétaire<br>◆ Membre permanent du Conseil de sécurité de l'ONU<br>◆ Force de frappe nucléaire | + | **Construction et intégration européenne**<br>◆ Paix<br>◆ Prospérité |
| + | ***Soft power***<br>◆ Héritage historique<br>◆ Francophonie<br>◆ Exception culturelle | + | **Espace de production mondial**<br>◆ Ensemble ouvert<br>◆ Firmes transnationales |
| − | **Croissance économique faible**<br>◆ Divergence atlantique<br>◆ Décrochage français<br>◆ Recul démographique relatif | − | **Croissance économique faible**<br>◆ Divergence atlantique<br>◆ Concurrence des pays émergents<br>◆ « Vieux continent » |

## B Les points clés

- Avec **68 millions** d'habitants, la France compte moins de **0,85 %** de la population mondiale. Le français est toutefois la langue officielle de **29 pays** et de **223 millions** de personnes.
- La population de l'Union européenne est de **448 millions** d'habitants. La part de l'UE dans le PIB mondial est tombée à **16,6 %** en 2022.
- L'Europe réalise **39 %** du commerce mondial (30 % pour l'UE, dont les deux tiers intracommunautaires). L'UE a reçu **25 %** et émis **31 %** du stock d'IDE mondiaux de 2022.

# 19 Respecter autrui

## A Le schéma : les formes du respect d'autrui

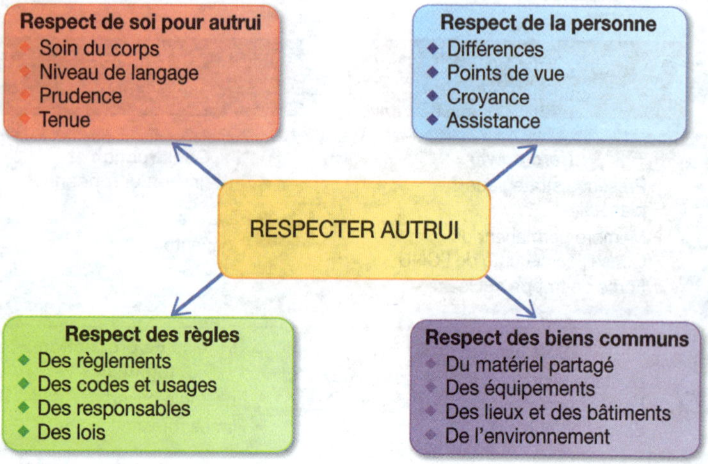


## B Les points clés : qu'est-ce que le respect ?

- **Respecter**, c'est traiter autrui comme on souhaite l'être soi-même.
- Le respect passe par l'acceptation des différences (physiques, de genre, d'âge, d'orientation sexuelle, de croyances, d'opinions…) ; l'adoption de comportements responsables ; l'écoute d'autrui et le partage des émotions avec celui qui est différent.
- **Respecter autrui** oblige à se tenir et à s'exprimer en suivant les **règles de l'échange** (tenue, langage, attitude).
- Le **respect de l'autre** suppose que l'on s'estime soi-même et que l'on sache écouter autrui.
- Notions relatives au respect : la **promesse** qui est un engagement moral ; le **point de vue** qui définit autrui ; le **bien commun** qui renvoie à ce qui est à l'usage de tous ; l'**assistance** qui oblige à porter secours aux victimes ; la **politesse** qui est l'adoption de règles communes ; l'**empathie** qui est la capacité de s'identifier à autrui.

# 20 Acquérir et partager les valeurs de la République

## A Le schéma : les valeurs et symboles de la République

**LES VALEURS DE LA RÉPUBLIQUE**
Liberté - Égalité - Fraternité
+ Laïcité

**Les symboles de la France**
- Drapeau bleu-blanc-rouge
- *La Marseillaise*
- 14 juillet
- Langue française

**Les symboles de l'Union européenne**
- Drapeau bleu étoilé
- *Ode à la joie*
- 9 mai
- Français, anglais, allemand

**Les droits et les devoirs**
- Citoyenneté et droit de vote
- Convention des droits de l'homme
- Convention des droits de l'enfant

## B Les points clés : l'exercice des pouvoirs

- La Ve République s'appuie sur une **constitution** qui définit la répartition des pouvoirs (exécutif, législatif, judiciaire). L'État dispose d'**institutions** (ministères, conseils, forces armées…) qui exercent les **fonctions régaliennes** (diplomatie, justice, défense, police, fiscalité).
- La démocratie exige le respect du **pluralisme** (existence de plusieurs partis) et des **libertés fondamentales** (opinion et expression, conscience et croyance, circulation, association et réunion) ; elle impose des **devoirs** (respect des lois, fiscal, assistance, solidarité).
- Le gouvernement est confié à la **majorité**, définie par des scrutins à **vote secret**. L'**alternance** est le passage d'une majorité à une autre sans conflit.
- L'**exercice** de la liberté ne doit pas nuire à celle des autres. De droit, l'égalité refuse toute forme de discrimination.

# 21 Construire une culture civique

## A Le schéma : les formes de l'engagement civique

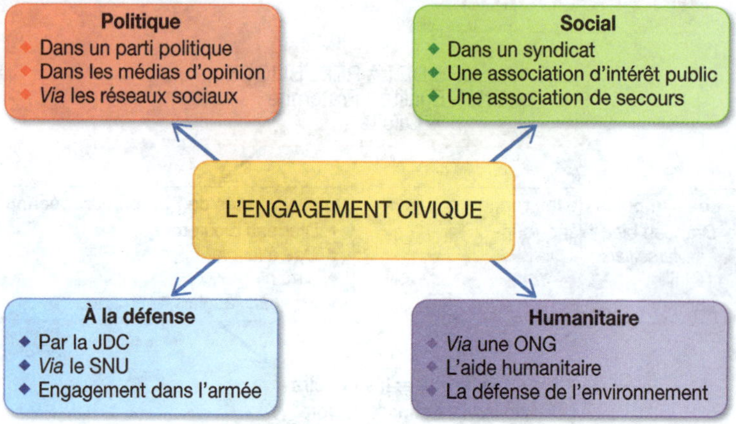


## B Les points clés : maîtriser une culture civique

- Être civique, c'est combiner son **autonomie** comme citoyen et son **appartenance** à la communauté nationale.

- Maîtriser la culture civique suppose :
  – de connaître les **droits** et les **devoirs** du citoyen, la **loi** et les moyens de l'élaborer par l'usage du **droit de vote** ;
  – d'avoir du **discernement**, jugement qui s'exerce à partir d'une bonne compréhension des enjeux politiques et des conflits de valeurs ;
  – de savoir faire preuve d'**esprit critique**, capacité à remettre en question, sur la base d'arguments rationnels, une information reçue ;
  – d'avoir la culture de l'engagement et le sens des responsabilités.

- L'engagement civique invite à travailler pour l'**intérêt général**. Il faut apprendre à distinguer ce qui relève du **bien commun**. Le **développement durable** est un bon exemple d'intérêt commun à tous.

# La souffrance des déportés au camp d'Auschwitz-Birkenau

**ANALYSER DES DOCUMENTS**

45 min
20 points

**INTÉRÊT DU SUJET** • La Seconde Guerre mondiale a été marquée par des violences inédites et des crimes contre l'humanité. Directement ou indirectement, bourreaux et survivants témoignent de l'horreur.

**DOCUMENT 1** **Témoignage d'une rescapée du camp d'Auschwitz-Birkenau en Pologne**

*Ginette Kolinka est née en 1925 dans une famille juive. Le 13 mars 1944, la Gestapo[1] l'arrête en France ainsi que son père, son petit frère de 12 ans et son neveu. Elle est déportée à Auschwitz-Birkenau. Elle est la seule de sa famille à revenir vivante de déportation.*

Le soir, pour rejoindre nos baraques, nous défilons devant une rangée d'officiers, la tête tournée vers eux mais les yeux baissés. C'est la partie dangereuse. Ils sont à droite et, sur la gauche, se tient l'orchestre de femmes qui joue des airs entraînants pour le départ et le retour du travail. La musique militaire nous force à garder la cadence, même épuisées, à rester impeccablement alignées. Si l'une d'entre nous défaille ou sort du rang, du rythme, elle est frappée. Le passage en revue terminé, nous pouvons à nouveau nous traîner jusqu'aux baraques pour l'appel du soir, le pire de la journée. Il faut compter tout le monde, c'est-à-dire l'ensemble de Birkenau et pas seulement notre baraque. Combien sommes-nous ? 10 000 ? 15 000 ? Il faut recommencer, encore et encore. Des heures au garde-à-vous, gelées, tremblantes, épuisées. Je voudrais m'asseoir, m'écrouler, dormir, mais non : il faut rester debout et se tenir droite. Parfois, il y en a une qui tombe de fatigue ou de fièvre, son corps lourd comme un tronc manque de nous assommer. Vite se relever.

Dès que la kapo[2] est passée, je glisse mes mains sous les aisselles de la fille devant moi, pour me réchauffer.

Est-ce que le compte est bon ? Est-ce qu'ils se lassent ? On ne saura jamais.

Prenez un pain de mie, coupez-le en cinq, vous obtenez une tranche de pain de quelques centimètres d'épaisseur par personne. Ajoutez une petite plaque de margarine. C'est le repas du soir, de tous les jours, de tout le monde. Pour certaines, les très malades, les presque mortes, c'est le maximum qu'elles peuvent avaler. Pour d'autres, c'est le minimum vital.

Source : Ginette Kolinka, *Retour à Birkenau*, Grasset, 2020, p. 32-33.

1. Gestapo : police politique nazie.
2. Kapo : personne déportée choisie pour faire régner l'ordre dans le camp.

## DOCUMENT 2 Sélection des déportés par les SS[1] à l'arrivée au camp d'Auschwitz-Birkenau

*Photographie prise par des SS en mai-juin 1944 au moment de l'arrivée des Juifs de Hongrie au camp d'Auschwitz-Birkenau.*

Coll. United States Holocaust Memorial Museum, courtesy of Yad Vashem (Public Domain)

Source : T. Bruttmann, S. Hördler, C. Kreutmüller, *Un album d'Auschwitz. Comment les nazis ont photographié leurs crimes*, Paris, Seuil, 2023, 304 p.

1. SS : organisation nazie, ici chargée de la police à l'intérieur des camps et des centres de mise à mort.

### DOCUMENT 1

▶ **1.** Identifiez la nature et l'auteur de ce document.

▶ **2.** Relevez trois passages du texte qui montrent différentes formes de violence que subissent les déportées.

▶ **3.** Précisez à qui est confiée la surveillance des déportées dans le camp.

### DOCUMENT 2

▶ **4.** Décrivez, à partir de la photographie, le processus de sélection des déportés à leur arrivée au camp.

### DOCUMENTS 1 ET 2

▶ **5.** Expliquez, à partir de l'exemple du camp d'Auschwitz-Birkenau, que les Juifs sont victimes d'un génocide.



## LES CLÉS DU SUJET

### Comprendre le document

**Témoignage d'une rescapée**

- **Nature du document**
  Témoignage publié en 2020
- **Auteur**
  Ginette Kolinka, une jeune femme juive de 19 ans déportée à Auschwitz en 1944
- **Thème**
  Les conditions de vie des détenues d'Auschwitz
- **Contexte**
  1944-1945, fin de la guerre et accélération de la Shoah

**Sélection des déportés par les SS à leur arrivée**

- **Nature du document**
  Une photographie, un document témoin
- **Auteur**
  Un SS, membre de la direction du camp
- **Thème**
  La sélection des déportés à leur arrivée au camp

## Répondre aux questions

▶ **1.** Appuie-toi sur la notion de témoignage. Comment s'expose-t-il ? Prends en compte l'année de publication (2020). Que signifie le titre *Retour à Birkenau* ?

▶ **2.** Relève les mots qui évoquent la fatigue, l'épuisement et la fragilité des détenues. De quoi souffrent-elles ? Comment les gardiens traitent les défaillantes ?

▶ **3.** Qui assure la « police intérieure » du camp ? Qu'est qu'une kapo ? Fait-elle partie de la SS ?

▶ **4.** Comment sont répartis les déportés ? Où sont les enfants ?

▶ **5.** Rappelle la définition du mot « génocide ». Choisis dans le récit de Ginette Kolinka des situations qui témoignent d'une volonté de tuer. Utilise-les pour illustrer ton propos.

# 51 CORRIGÉ GUIDÉ

▶ **1.** Ce document est un témoignage rédigé par Ginette Kolinka, sur ce qu'elle a vécu à Auschwitz en 1944. Cette jeune fille juive avait 19 ans et y a perdu toute sa famille.

▶ **2.** La violence est d'abord psychologique : les déportées passent devant leurs bourreaux « les yeux baissés ». Elles sont humiliées.

Elles sont contraintes à des « cadences » épuisantes, des « rythmes » qu'elles ne peuvent pas suivre.

La répétition des comptages les soumet au froid (elles sont « gelées » ; Ginette réchauffe ses mains en les glissant « sous les aisselles de la fille » devant elle).

Elles souffrent de la faim (dernier paragraphe).

Les plus défaillantes sont « frappées ». Les « malades » ne sont pas soignées.

▶ **3.** La police intérieure du camp est à la charge de la SS. On voit leurs membres en uniforme sur la photographie. Mais la surveillance au quotidien est confiée aux kapos. Ceux-ci sont des déportés de droit commun choisis par les SS.

**INFO +**
Les kapos étaient choisis parmi des prisonniers de droit commun, des délinquants qui n'étaient pas des cibles du génocide.

▶ **4.** À leur arrivée, les déportés étaient mis en rang et alignés selon le sexe, l'âge ou la validité. Les femmes, les vieillards et les enfants, voués à l'extermination immédiate, étaient placés d'un côté. De l'autre étaient regroupés les hommes (à partir de 16 ans) et certaines jeunes femmes considérées comme aptes à travailler.

▶ **5.** Un génocide est un crime consistant à éliminer intentionnellement une population en raison de son appartenance nationale, ethnique ou religieuse. À cette fin, elle est assassinée ou maltraitée physiquement comme mentalement. À Auschwitz, les documents montrent que les déportés juifs, parce qu'ils sont juifs, étaient sélectionnés pour être exterminés dans les chambres à gaz ou soumis aux travaux forcés jusqu'à l'épuisement. Aux humiliations et aux violences physiques s'ajoutaient les privations de nourriture, l'exposition aux intempéries (le gel), l'absence de soins médicaux pour les malades jusqu'à ce que mort s'ensuive. Les jeunes femmes comme Ginette Kolinka, les vieillards et les enfants, voire les nourrissons, n'étaient pas épargnés. La communauté juive était vouée à la destruction.

**INFO +**
90 % des 1,1 million de victimes d'Auschwitz-Birkenau étaient juives, sans distinction d'âge ou de sexe.

# La place et l'influence de la France et de l'Europe dans le monde

**MAÎTRISER LES DIFFÉRENTS LANGAGES**

45 min
20 points

**INTÉRÊT DU SUJET** • Malgré une relative perte d'influence de la France dans le monde, son rayonnement persiste et en fait « une puissance moyenne d'influence mondiale » (H. Védrine). Dans quelle mesure l'Europe suit-elle la même voie ?

▶ **1.** Rédigez un développement construit d'une vingtaine de lignes montrant la place et l'influence culturelle, géopolitique et économique de la France et de l'Europe dans le monde.

▶ **2.** Sur la carte (voir page suivante) :
**a)** Nommez trois pays membres de l'Union européenne de votre choix ;
**b)** Nommez trois métropoles européennes de votre choix.

▶ **3.** À l'aide du figuré de la légende, situez et nommez une métropole siège d'une institution de l'Union européenne de votre choix.

▶ **4.** Dans la légende, réalisez un figuré correspondant à la mégalopole européenne.

▶ **5.** Sur la carte, à l'aide du figuré choisi, localisez la mégalopole européenne.

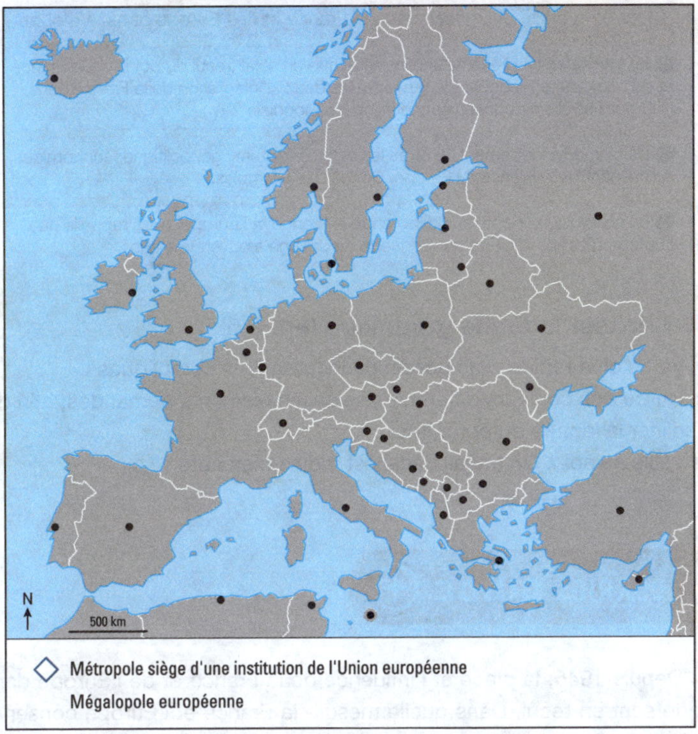


## LES CLÉS DU SUJET

### Traiter le sujet de développement construit (▶ 1)

• L'énoncé invite à traiter deux parties : France et Europe ; selon trois critères : culturel, géopolitique, économique. Le plan choisi peut être thématique (culturel, géopolitique, économique) ou géographique (France puis Europe).

• Attention : l'Europe n'est pas l'Union européenne (UE). Tu devras veiller à distinguer les deux.

**Montrer la place et l'influence de la France et de l'Europe dans le monde**

❶ En introduction, présente la problématique du sujet (recul du poids de la France et de l'Europe) en montrant le lien entre les deux : l'intégration de la France dans l'UE permet-elle de conserver une influence mondiale ?

❷ Dans le développement, analyse les critères (culturel, géopolitique, économique) en passant de la France à l'Europe. Donne des exemples.

❸ En conclusion, insiste sur le lien entre la France et l'Europe, mais rappelle que l'Europe n'est pas l'UE et que la guerre en Ukraine a ouvert une crise.

### Réaliser la tâche graphique (▶ 2 à 5)

- Va au plus rapide. Pas besoin de localisations compliquées.
- Utilise des couleurs différentes selon les éléments demandés, afin de faciliter la lecture du correcteur.
- Veille au soin. Un travail bâclé est moins bien noté.

## 52 CORRIGÉ GUIDÉ

▶ **1.** Depuis 1945, la place et l'influence de la France et de l'Europe dans le monde sont en recul. Dans quelle mesure la France et l'Europe conservent-elles néanmoins une influence mondiale ?

• Le rayonnement mondial de la France est incontestable sur le plan culturel, en raison d'un héritage historique exceptionnel (1789, droits de l'Homme) et du rayonnement d'un certain art de vivre (gastronomie, mode, luxe, arts et littérature). Le français est la langue officielle de 29 pays et de 330 millions de personnes (francophonie). L'Europe présente des éléments de *soft power* comparables : langue anglaise, mode italienne, philosophie et musique allemandes…

> **CONSEIL**
> Fais apparaître dans la première phrase de chaque paragraphe l'adjectif (« culturel », « géopolitique », « économique ») qui annonce ce dont la partie va traiter.

• Cet héritage explique la permanence d'une influence géopolitique mondiale de la France et de l'Europe. Les territoires ultramarins assurent à la France une présence stratégique planétaire (2e ZEE mondiale). Le Royaume-Uni (qui n'est plus membre de l'UE) et les Pays-Bas ont également des territoires ultramarins. La France et le Royaume-Uni sont

> **GAGNE DES POINTS**
> Réutilise des catégories d'analyse utilisées par ton professeur : *hard power* (pouvoir de contrainte) et *soft power* (pouvoir d'influence).

des membres permanents du Conseil de sécurité de l'ONU. La diplomatie française et européenne est autonome, appuyée sur une puissance militaire nucléaire (France et Royaume-Uni) et conventionnelle ultra-moderne, mais de petite dimension. Le *hard power* est limité : la France comme l'Europe dépendent de la puissance américaine (OTAN), et ne peuvent agir seules.

• Sur le plan économique, avec le 7e PIB mondial (2e de l'UE), l'économie française continue de peser dans le monde. Mais le décrochage est manifeste, surtout depuis les crises de 2008 et du Covid. L'UE, cependant, avec 446 millions d'habitants et presque 18 % du PIB mondial, reste un ensemble majeur, bien que derrière les États-Unis et la Chine.

Ainsi, la France et l'Europe bénéficient encore d'atouts, malgré l'affirmation de puissances émergentes. L'intégration de la France dans l'UE lui permet de maintenir une certaine influence. Le retour de la guerre en Europe, avec l'invasion russe de l'Ukraine, met néanmoins en évidence les limites de cette puissance.

▶ **2.**, **3.**, **4.** et **5.**

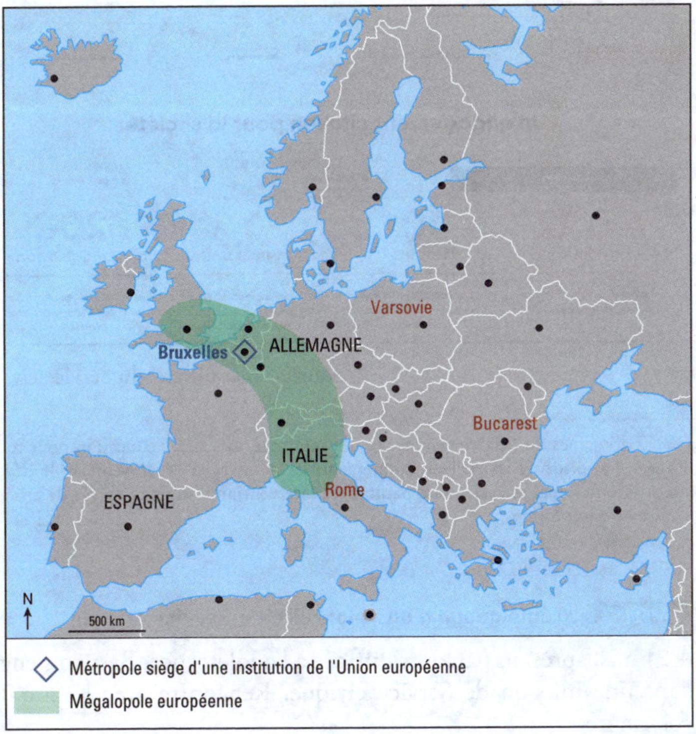


SPRINT FINAL

# 53 France métropolitaine • Juillet 2024

# L'engagement dans le Service civique

**ENSEIGNEMENT MORAL ET CIVIQUE**

25 min
10 points

**INTÉRÊT DU SUJET** • Le Service civique, créé en 2010, permet de favoriser l'engagement des jeunes dans la citoyenneté. Il cherche à compenser l'abandon du service national (1996).

## DOCUMENT 1 Page d'accueil du site du Service civique

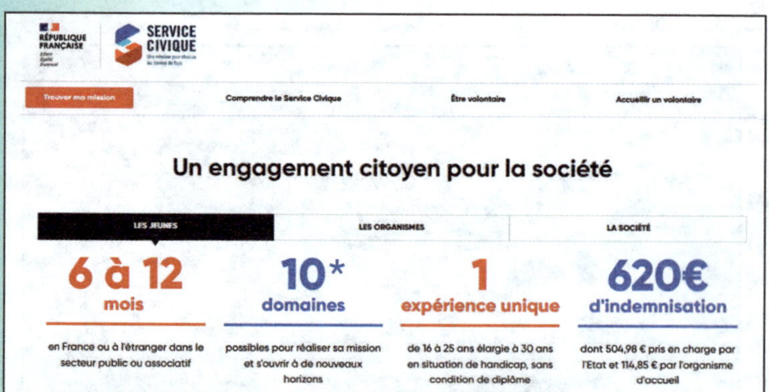




Source : Site officiel du Service civique.

* Les 10 domaines du Service civique sont la solidarité, la santé, l'éducation pour tous, la culture et les loisirs, le sport, l'environnement, la mémoire et la citoyenneté, le développement international et l'action humanitaire, l'intervention d'urgence en cas de crise et la citoyenneté européenne.

## DOCUMENT 2 Témoignage d'un volontaire du Service civique

À 21 ans, après un parcours difficile à l'adolescence, Bastien s'engage dans une mission de Service civique. Rencontre avec le 200 000e volontaire.

**Agence du Service civique : Pourquoi vous engager dans une mission de Service civique ?**

– Alors que j'étais bénévole aux Restos du Cœur, on m'a parlé du Service civique. J'ai donc effectué des recherches sur Internet et j'ai découvert sur le site du Service civique la grande variété des missions proposées. J'ai tout de suite été séduit par la démarche d'utilité publique et d'intérêt général. J'ai choisi précisément cette mission parce qu'elle traitait de l'environnement et de l'écologie.

**En quoi va consister votre mission et qu'attendez-vous ?**

– Il s'agit d'une mission dans les parcs de la commune d'Avignon, avec un large volet de prévention et de sensibilisation des usagers à l'environnement. L'idée est de développer l'action citoyenne dans les espaces verts de la ville. Nous allons à la rencontre des usagers des parcs pour les sensibiliser sur les questions d'environnement, le respect de la propreté, les conditions de sécurité… Nous avons peu d'espaces verts sur la commune d'Avignon, il me semble donc très important d'agir pour les préserver. Dans l'avenir, j'aimerais continuer à travailler dans le domaine environnemental et écologique. Cette mission peut donc être une excellente opportunité pour gagner en compétences, en expérience, et m'orienter par la suite dans ce domaine.

Source : d'après le site officiel du Service civique.

SPRINT FINAL

## DOCUMENT 1

▶ **1.** Relevez deux avantages pour un jeune qui s'engage dans le Service civique.

## DOCUMENT 2

▶ **2.** Identifiez les deux expériences d'engagement de Bastien.

▶ **3.** Précisez une valeur de la République à laquelle l'engagement de Bastien peut être associé.

## DOCUMENTS 1 ET 2

▶ **4.** Bastien vient témoigner dans votre collège. À la suite de son témoignage, choisissez un des dix domaines du Service civique et présentez une action que vous souhaiteriez mener en montrant les liens avec les valeurs de la République.

## LES CLÉS DU SUJET

### Comprendre le document

**Page d'accueil du site du Service civique**

- **Nature du document** : Page d'accueil d'un site web
- **Auteur** : Site officiel du Service civique
- **Thème** : L'engagement citoyen pour la société
- **Contexte** : Sensibiliser les jeunes à l'engagement citoyen

**Témoignage d'un volontaire du Service civique**

- **Nature du document** : Texte extrait du site web du Service civique
- **Auteur** : Site officiel du Service civique
- **Thème** : Témoignage d'un volontaire
- **Contexte** : Présenter le Service civique via l'exemple d'un volontaire

### Répondre aux questions

▶ **1.** Lis bien les indications sous les titres principaux (par exemple : « en France ou à l'étranger »).

▶ **2.** Bastien évoque une expérience dans chacune de ses réponses. Seule la deuxième mission a été effectuée dans le cadre du Service civique.

▶ **3.** Une valeur est un idéal partagé. Réfère-toi à la devise de la République.

▶ **4.** Après avoir cité l'exemple de Bastien, tu peux rappeler quelques domaines du Service civique (1), puis développer l'action choisie (2) et relier cet engagement aux valeurs de la République (3).

# 53 CORRIGÉ GUIDÉ

▶ **1.** Outre l'engagement citoyen, le Service civique permet d'acquérir une expérience, en France ou à l'étranger, qui pourra être valorisée sur un CV. De plus, une indemnisation de 620 € par mois est prévue.

▶ **2.** Bastien s'est déjà engagé au service des autres en étant « bénévole aux Restos du Cœur ».

Dans le cadre de son Service civique, Bastien va travailler « dans les parcs de la commune d'Avignon », afin de sensibiliser les usagers « sur les questions d'environnement, le respect de la propreté, les conditions de sécurité ».

**INFO +**
Les Restos du Cœur sont une association fondée par Coluche qui s'efforce de fournir gratuitement des repas aux nécessiteux.

▶ **3.** La valeur républicaine associée à l'engagement de Bastien peut être la fraternité, le troisième terme de la devise de la République française. C'est en effet faire vivre cet idéal partagé que de donner un peu de son temps pour aider les plus nécessiteux.

**GAGNE DES POINTS**
Montre que tu connais le sens précis du mot clé « valeur ».

▶ **4.** Je remercie Bastien pour son témoignage très inspirant. J'ai également choisi de m'engager dans le Service civique. Parmi les dix domaines du Service civique, beaucoup me tiennent à cœur : la solidarité envers les personnes démunies, l'environnement et la citoyenneté européenne.
Cependant, j'ai choisi de consacrer mon Service civique à la mémoire et à la citoyenneté, particulièrement à la mémoire de la Seconde Guerre mondiale, de la Résistance et de la déportation. Chacun d'entre nous a pu avoir des arrière-grands-parents qui furent soldats, résistants ou déportés. J'ai donc formé le projet de recueillir notre histoire commune dans un livre de témoignages.

Cette histoire commune est indissociable de notre citoyenneté, car nous sommes les héritiers de ces combats d'hier contre la barbarie, qui ont forgé, dans la souffrance, les valeurs de liberté, d'égalité, de fraternité. L'engagement de chacun au service de tous permettra de mieux vivre ensemble et de donner du corps et du cœur à notre communauté, la République française.

**GAGNE DES POINTS**
Réutilise les mots clés du sujet (engagement, Service civique, valeurs de la République).

SPRINT FINAL

# La mobilisation de l'arrière pendant la Grande Guerre

**ANALYSER DES DOCUMENTS**

**45 minutes**
**20 points**

**INTÉRÊT DU SUJET** • La Grande Guerre est une guerre totale. Elle mobilise les civils et l'ensemble des activités économiques ou culturelles pour soutenir les forces armées.

**DOCUMENT 1** **Témoignage d'une enfant pendant la Première Guerre mondiale**

*En 1914, Juliette Eychenne-Bareil a sept ans et vit dans le sud de la France, à Carcassonne.*

Lorsque la guerre a été déclarée, ma sœur m'emmenait avec d'autres jeunes filles à la gare voir passer les soldats qui partaient pour le front. Quel enthousiasme ! Ils chantaient joyeux : « Tous à Berlin ! » Tout le monde s'embrassait.

Quelque temps après, ce n'était plus la même chose.

Nous allions voir arriver les trains de blessés, c'était bien triste. Les écoles étaient transformées en hôpitaux militaires : Saint-Stanislas, André-Chénier, l'École normale de garçons et d'autres locaux. On manquait de beaucoup de choses malgré le dévouement des dames de la Croix-Rouge.

Les hommes étant partis, ceci explique qu'on ait utilisé les femmes dans les usines pour faire des obus. L'usine Plancard était une fonderie qui se consacra à la fabrication des obus grâce aux femmes qui considéraient ce genre de travail comme un acte patriotique ; mais c'était très pénible. Beaucoup de femmes confectionnaient des vêtements militaires à domicile ; tout cela était peu payé, ma mère travaillait tous les jours, mais malgré tous ses efforts, c'était quand même la misère.

Pour la nourriture, on a surtout manqué de pain. Les pommes de terre étaient rares, il fallait faire des queues interminables pour avoir 2 kg par personne : j'accompagnais ma mère qui me donnait un sac et je passais et repassais.

Source : témoignage recueilli et publié en 1983 dans l'ouvrage *Années cruelles, 1914-1918*, Atelier du Gué, coll. Terres d'Aude.

**DOCUMENT 2** **Affiche française de 1918 appelant les civils à poursuivre l'effort de guerre en participant au quatrième emprunt**

Source : affiche de Raoul Cabrol, 1918.

## DOCUMENT 1

▶ **1.** Identifiez la nature de ce document.

▶ **2.** Relevez trois extraits montrant les souffrances des civils.

▶ **3.** Montrez ce qu'apporte ce document par rapport au point de vue d'un soldat de la Première Guerre mondiale.

## DOCUMENT 2

▶ **4.** Décrivez l'affiche en montrant comment les personnages représentent le front et l'arrière.

▶ **5.** Expliquez l'objectif de cette affiche.

## DOCUMENTS 1 ET 2

▶ **6.** Montrez comment les civils participent à l'effort de guerre entre 1914 et 1918.

## LES CLÉS DU SUJET

### Comprendre les documents

**Témoignage d'une enfant pendant la Première Guerre mondiale**

- **Nature du document**
  Témoignage, récit de souvenirs
- **Auteur**
  Juliette Eychenne-Bareil, une femme de 76 ans
- **Thème**
  La vie des Français de l'arrière pendant la guerre
- **Contexte**
  1983, publication de témoignages

**Affiche française de 1918 appelant les civils à participer au 4e emprunt**

- **Nature du document**
  Affiche de propagande française
- **Auteur**
  Raoul Cabrol, illustrateur, pour le compte du gouvernement français
- **Thème**
  Appel à l'effort financier des Français
- **Contexte**
  1918, dernière année de la guerre

## Répondre aux questions

▶ **1.** Utilise ce qui est indiqué en source. À quelle date est recueilli le récit ? Qu'est-ce qu'un témoignage ? Quel âge a le témoin quand il raconte ses souvenirs ?

▶ **2.** Quelle vision la fillette a-t-elle des blessés ? Comment est le travail des femmes ? De quoi manque Juliette pour elle-même ? De quoi souffre-t-elle ?

▶ **3.** Que constatent les blessés quand ils sont à l'hôpital ? Quels sentiments peuvent avoir les soldats informés de la vie de leurs femmes et de leurs enfants ?

▶ **4.** Où se trouve le soldat sur l'image ? Qui apparaît dans la tranchée ? Quel est le rôle de chacun ?

▶ **5.** Qu'est-ce qu'un « emprunt » ? Qui emprunte et qui donne ? Quelle est la nature de l'effort ?

▶ **6.** Décris successivement le rôle des différents acteurs de l'arrière : les femmes, les enfants, les hommes non mobilisés. N'oublie pas le rôle de l'illustrateur Raoul Cabrol.



# 54 CORRIGÉ GUIDÉ

▶ **1.** Le document est un témoignage. Il est recueilli en 1983 auprès d'une femme de 76 ans. Elle raconte ses souvenirs de la Première Guerre mondiale. Elle avait alors 7 ans en 1914.

▶ **2.** Les hôpitaux « manquaient de beaucoup de choses ». La vision des blessés était « triste ». Le travail des femmes était « pénible » et il était « peu payé ». Elles vivaient dans « la misère ». Les civils ont « surtout manqué de pain ». Ils avaient faim.

> **CONSEIL**
> « Relever un extrait » consiste à citer le texte. Mets l'extrait entre guillemets pour l'isoler de ton propre texte.

▶ **3.** Le document montre les souffrances de l'arrière. Le soldat pouvait se sentir soutenu : les femmes fabriquaient des obus. Il savait qu'il serait soigné s'il était blessé. Il était motivé à combattre pour sortir ses proches de la misère.

▶ **4.** Le soldat est au-devant de la tranchée, exposé au feu de l'ennemi. Il incarne le front. Les civils (l'homme et l'enfant) se trouvent dans la tranchée, à l'abri et protégés par le soldat. Ils représentent l'arrière.

**GAGNE DES POINTS**
Utilise les détails de l'image : les riches vêtements de l'homme et de l'enfant. Ils ont des moyens. L'enfant tend une grenade. Elle a donné quelque chose pour la payer.

▶ **5.** L'affiche propose un « emprunt » d'argent. Le gouvernement demande aux Français un « effort » financier. Celui-ci est nécessaire pour payer les munitions (les « cartouches ») figurées par la grenade donnée par la fillette ou par le caisson tenu par le civil et dans lequel puise le soldat.

▶ **6.** Tous les civils participent à la guerre tout en continuant de s'occuper de leur famille. Les femmes soignent les blessés et travaillent pour fournir le matériel nécessaire à la guerre. Les hommes non mobilisés apportent leur soutien financier, informent leurs concitoyens, aident à la propagande, comme Raoul Cabrol. Les enfants aident à la hauteur de leurs moyens : en effectuant des tâches ménagères, des dons, en apportant leur soutien moral, etc.

# Atouts et dynamiques des espaces de faible densité

**MAÎTRISER LES DIFFÉRENTS LANGAGES**

**45 minutes**
**20 points**

**INTÉRÊT DU SUJET** • Le territoire français comprend de nombreux espaces peu peuplés. Ces espaces de faible densité, loin d'être des déserts sans intérêt, jouissent au contraire d'atouts que la crise sanitaire a remis au premier plan.

▶ **1.** En vous appuyant sur un exemple de votre choix, rédigez un développement construit d'environ vingt lignes qui présente les atouts et les dynamiques des espaces de faible densité en France.

▶ **2.** Sur le schéma ci-dessous :

**a)** Nommez dans la légende les trois espaces qui composent une aire urbaine.

**b)** Complétez le schéma et la légende en indiquant les mobilités avec un figuré adapté.

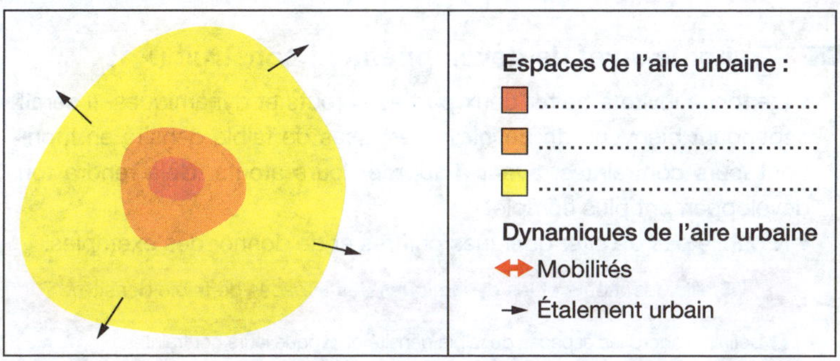


**Schéma de l'organisation d'une aire urbaine en France**

▶ **3.** Sur le fond de carte, localisez et nommez six aires urbaines de votre choix.

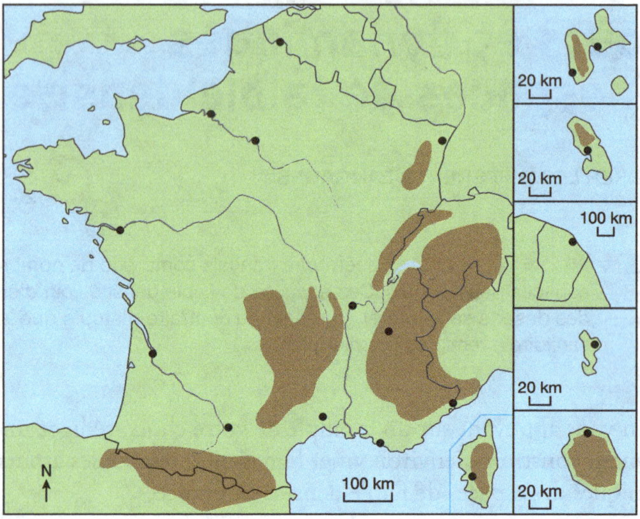


## LES CLÉS DU SUJET

### Traiter le sujet de développement construit (▶ 1)

- L'énoncé invite à traiter deux parties : atouts et dynamiques. Il serait cependant bienvenu de définir les espaces de faible densité en montrant leurs contraintes, avant d'aborder leurs atouts. Cela rendra ton développement plus complet.
- N'oublie pas de citer quelques chiffres et de donner des exemples.

**Détailler les atouts et les dynamiques des espaces de faible densité**

❶ Définis d'abord les espaces de faible densité et évoque leurs contraintes géographiques.

❷ Montre ensuite les atouts de ces espaces.

❸ Explique comment ces atouts débouchent sur des dynamiques spatiales positives.

### Réaliser la tâche graphique (▶ 2 et 3)

- La tâche est en deux parties. Sur le schéma d'une aire urbaine, n'hésite pas à dessiner plusieurs doubles flèches pour les mobilités pendulaires.
- Sur le fond de carte, contente-toi de six aires urbaines, mais tu peux en rajouter quelques-unes que tu connais bien : en cas d'erreur, le correcteur comptera les bonnes réponses.
- Veille au soin de la tâche graphique. Écris en script. Un travail bâclé est plus mal noté.

## 55 CORRIGÉ GUIDÉ

▶ **1.** La France compte 42 % de communes de faible densité (moins de 30 hab./km²), qui regroupent près de 4 millions d'habitants. La faible densité représente un coût pour le fonctionnement des sociétés. La présence d'équipements publics (hôpitaux, écoles) n'est pas toujours rentable.

• Cependant, les espaces de faible densité sont très divers et bénéficient de nombreux atouts. Des systèmes agricoles intégrés tournés vers l'exportation (Champagne) ont pu s'y développer, de même que la sylviculture (bois de construction, biocombustibles adaptés au changement climatique). Les énergies renouvelables (éolien, solaire) profitent d'une surface au sol abondante. Le tourisme vert est en plein essor : patrimoine local, séjours à la ferme, parcs naturels nationaux et régionaux (ex. : Morvan).

> **CONSEIL**
> Utilise des petits mots de liaison logique pour faire progresser ton raisonnement.

• Ces atouts variés se traduisent dans les dynamiques spatiales. Ainsi, depuis une trentaine d'années, on observe un renouveau migratoire – faible mais réel – du rural isolé. Les espaces ruraux de faible densité sont redevenus attractifs pour des populations qui rejettent le mode de vie urbain, voire périurbain. La crise sanitaire (Covid-19) a fait prendre conscience de la qualité de vie offerte par ces espaces où se développe le télétravail : le solde migratoire des communes rurales – 10,4 ‰ – a augmenté de 30 % entre 2020 et 2022.

> **INFO +**
> Le rural isolé correspond à l'espace rural non soumis à l'influence d'une aire urbaine.

▶ 2.

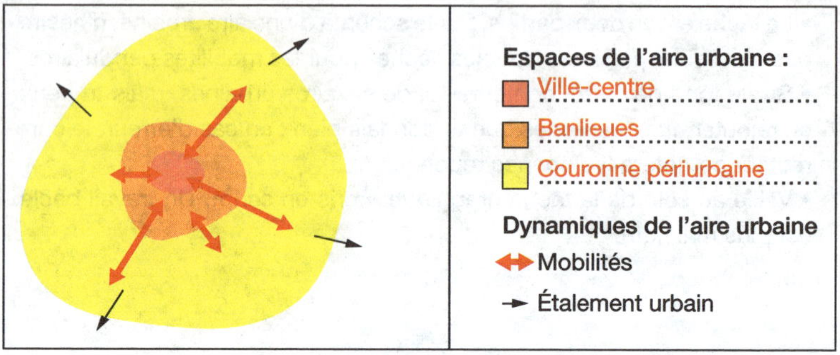
Espaces de l'aire urbaine :
Ville-centre
Banlieues
Couronne périurbaine
Dynamiques de l'aire urbaine
Mobilités
Étalement urbain

▶ 3.

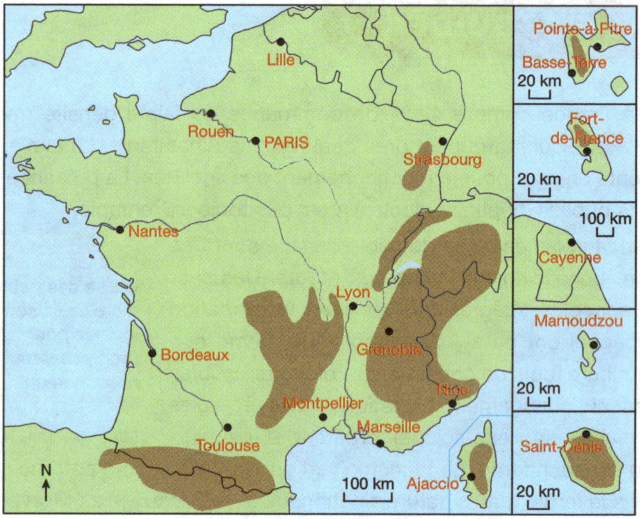
Lille
Rouen
PARIS
Strasbourg
Nantes
Lyon
Bordeaux
Grenoble
Nice
Montpellier
Marseille
Toulouse
Ajaccio
N
100 km
Pointe-à-Pitre
Basse-Terre
20 km
Fort-de-France
20 km
100 km
Cayenne
Mamoudzou
20 km
Saint-Denis
20 km

# 56 France métropolitaine • Juin 2023

# Le conseil municipal des jeunes

**ENSEIGNEMENT MORAL ET CIVIQUE**

25 minutes
10 points

**INTÉRÊT DU SUJET** • Par définition, les mineurs ne peuvent pas participer à la vie de leur commune. Il existe toutefois des instances où ils peuvent apprendre leur métier de futurs citoyens.

**DOCUMENT 1** **Le conseil municipal des jeunes de Reims (département de la Marne, région Grand Est)**

Le conseil municipal des jeunes est ouvert à tous les collégiens qui habitent à Reims ou qui y sont scolarisés. Dès la sixième et jusqu'à la troisième, chaque jeune peut ainsi devenir acteur au sein de sa ville.

Accompagnés tout au long de l'année scolaire, les jeunes conseillers ont pour objectif de développer leurs propres idées en matière de citoyenneté autour de thématiques variées : environnement, culture, sports/loisirs, solidarité, santé… Ponctuellement, ils participent également à des actions solidaires et durables portées par la ville de Reims ou différents partenaires associatifs.

Les réunions de travail ont lieu les mercredis après-midi (hors vacances scolaires) à la direction de la Jeunesse. C'est lors de ces temps privilégiés que les jeunes échangent sur leurs idées qui pourront, pour certaines, devenir de véritables projets.

Source : site Internet de la mairie de Reims, 2022.

**DOCUMENT 2** **Affiche pour le conseil municipal des jeunes de Margencel (département de la Haute-Savoie, région Auvergne-Rhône-Alpes)**

© Mairie de Margencel

Source : site Internet de la mairie de Margencel.

## DOCUMENT 1

▶ **1.** Indiquez deux conditions qui permettent de participer au conseil municipal des jeunes de la ville de Reims.

▶ **2.** Citez deux thématiques dans lesquelles les actions du conseil municipal des jeunes de la ville de Reims doivent s'inscrire.

### DOCUMENT 2

▶ **3.** « Présente-toi ou vote pour élire tes représentants » : montrez que ce slogan fait du conseil municipal des jeunes une instance démocratique.

### DOCUMENTS 1 ET 2

▶ **4.** Vous décidez de candidater pour devenir membre du conseil municipal des jeunes de votre commune. Rédigez un discours dans lequel vous présentez vos motivations et vous développez une proposition d'action citoyenne qui vous tient à cœur.

## LES CLÉS DU SUJET

### Comprendre les documents

**Le conseil municipal de Reims**
- **Nature du document** : Texte d'information pratique, site Internet
- **Auteur** : La mairie de Reims
- **Thème** : Rôle et fonctionnement du conseil municipal des jeunes

**Le conseil municipal de Margencel**
- **Nature du document** : Affiche, site Internet
- **Auteur** : La mairie de Margencel
- **Thème** : Voter et se porter candidat aux élections pour le conseil municipal des jeunes

### Répondre aux questions

▶ **1.** À quel niveau de scolarité faut-il être pour participer ? Peut-on le faire sans habiter à Reims ?

▶ **2.** Avant de répondre, rappelle les droits qu'offre une démocratie à tous les citoyens.

▶ **3.** Commence par choisir dans le document 1, les thèmes auxquels tu es le plus sensible. Classe-les pour organiser ta réponse. Pour lancer ton discours, rappelle à quelle élection tu te présentes.

## 56 CORRIGÉ GUIDÉ

▶ **1.** Pour participer au conseil municipal des jeunes de la ville de Reims, il faut être collégien, et soit habiter Reims, soit être scolarisé dans un établissement scolaire de Reims.

▶ **2.** Les actions du conseil municipal des jeunes doivent s'inscrire dans les thématiques suivantes : l'environnement, la culture, le sport et les loisirs, la solidarité, la santé, le développement durable (*choisis tes deux réponses dans la liste*).

▶ **3.** En démocratie, les citoyens ont tous le droit de vote et le droit d'être élu (éligibilité). Le slogan de la municipalité de Margencel propose d'une part aux jeunes de voter, d'autre part de se « présenter » pour être « représentant », autrement dit être élus.

**INFO +**
L'éligibilité est la possibilité offerte à tout citoyen de se présenter à une élection.

▶ **4.** Chers amis, j'ai décidé de poser ma candidature pour vous représenter au conseil municipal des jeunes et défendre des projets que nous avons tous à cœur : la défense de l'environnement et l'action pour le développement durable – devenus essentiels face aux dérèglements climatiques – l'accès à la culture, aux activités sportives et aux loisirs pour tous.

La solidarité est le maître mot de l'action que je veux mener durant mon mandat. Les associations sont nombreuses dans la commune pour aider les plus pauvres, mais il faut étendre l'entraide au bénéfice des plus jeunes. Je soutiendrai les projets qui iront dans ce sens et je proposerai l'accès à de nouveaux sites d'accueil pour les mineurs en difficulté.

Je veux aussi proposer des actions pour aider à la transition climatique en incitant les plus jeunes à se mobiliser, à imaginer et à mettre en œuvre des solutions durables. C'est notre avenir qui se joue. Je compte sur vous pour m'aider à défendre l'environnement de demain.

**CONSEIL**
Finis ton discours par le thème le plus important pour toi afin de laisser ton auditoire sur l'impression la plus convaincante.

# Réaménager le centre-ville : l'exemple de Cagnes-sur-Mer

**ANALYSER DES DOCUMENTS**

45 minutes
20 points

**INTÉRÊT DU SUJET** • Le réaménagement des centres-villes est devenu un enjeu majeur des politiques urbaines, notamment sur le plan environnemental.

DOCUMENT 1 **La nouvelle gare de Cagnes-sur-Mer au cœur d'un projet d'aménagement**

**Situation actuelle**

• La lisibilité du site : la gare et les espaces intermodaux[1] sont masqués et assombris par l'autoroute A8 La Provençale.

• Le confort acoustique : le trafic routier de l'avenue de la gare induit une résonance sonore importante.

• Le stationnement : les capacités d'accueil sont insuffisantes.

• L'accessibilité routière : l'unique voie d'accès, l'avenue de la gare, n'est plus adaptée au volume du trafic.

• La perception du site : aujourd'hui la gare est au centre d'un ensemble routier avec l'autoroute A8, sa bretelle de sortie, l'avenue de la gare et les rues Garibaldi, Villeneuve, Hélène-Boucher et Albert-Camus. Les espaces dédiés aux piétons sont fortement minoritaires.

**Un nouveau projet d'aménagement**

L'État, la région Provence-Alpes-Côte d'Azur, le département des Alpes-Maritimes, la métropole Nice-Côte d'Azur, la ville de Cagnes-sur-Mer et SNCF Gares & Connexions ont décidé au début de l'année 2016 d'étudier la requalification du Pôle d'échanges multimodal de Cagnes-sur-Mer.

**Les objectifs du projet**

• Créer un nouvel espace public : la déviation de l'avenue de la gare permet de créer un espace public agréable, confortable et apaisé, dédié au piéton.

• Favoriser le report modal : l'objectif de ce projet est d'inciter les usagers de la voiture particulière à laisser leur véhicule dans le parking relais pour se déplacer à l'aide des transports collectifs, réduisant ainsi l'impact écologique lié au trafic routier.

• Valoriser la synergie[2] entre modes de transport : les aménagements du parvis permettent au voyageur de passer du train au bus, au vélo, au taxi ou à la voiture particulière.

Source : https://www.garesetconnexions.sncf/fr/actualites/projet-requalification-gare-cagnes-mer, publié le 31 octobre 2019.

---

1. Espaces intermodaux : espaces mettant en lien plusieurs modes de transport différents.
2. Synergie : complémentarité.

## DOCUMENT 2 Le projet de transformation du quartier de la gare à Cagnes-sur-Mer

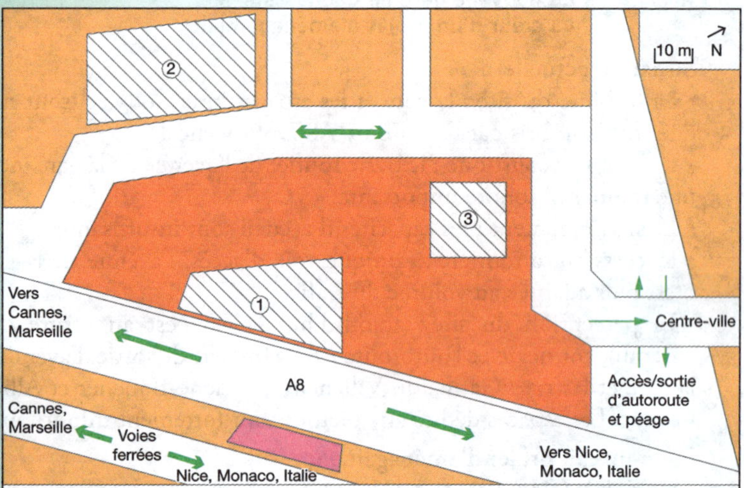


**I. Un espace urbain dense**

- Bâti existant (commerces, immeubles d'habitation, quais de la gare…)
- Bâtiment de l'ancienne gare (accès piéton sous le viaduc de l'autoroute)
- Flux automobiles et ferroviaires

**II. Des aménagements pour favoriser l'intermodalité et valoriser le quartier de la gare**

- Nouveau parvis piétonnier, accessible aux personnes à mobilité réduite, avec stations de taxis et vélos en libre-service et une végétation permettant d'éviter l'imperméabilisation des sols et les îlots de chaleur
- Nouveaux bâtiments :
  - ① Gare : nouveau bâtiment laissant entrer la lumière et la ventilation naturelles
  - ② Parking relais : 280 places, bornes de recharge pour véhicules électriques
  - ③ Kiosque d'information, billetterie, commerces

### DOCUMENT 1

▶ **1.** Quelles difficultés justifient les travaux d'aménagement du quartier de la gare ? (au moins trois réponses attendues)

▶ **2.** Relevez deux collectivités territoriales participant à ce projet d'aménagement.

### DOCUMENT 2

▶ **3.** Montrez que les aménagements prennent en compte la diversité des usagers de ce lieu.

### DOCUMENTS 1 ET 2

▶ **4.** Classez les aménagements proposés dans le projet selon les objectifs suivants :

| **Améliorer l'utilisation des infrastructures de transport** | **Améliorer le cadre de vie des habitants du quartier de la gare** |
|---|---|
| | |

▶ **5.** En vous appuyant sur l'ensemble des documents, montrez que l'aménagement de la gare de Cagnes-sur-Mer répond à des enjeux à différentes échelles, locale et régionale.



## LES CLÉS DU SUJET

### Comprendre les documents

**L'aménagement de la nouvelle gare de Cagnes-sur-Mer**

- **Nature du document**
  Texte extrait d'un site web
- **Auteur**
  Site de SNCF Gares & Réseaux,
  société anonyme à capitaux publics, filiale de la SNCF
- **Thème**
  Le projet d'aménagement d'une nouvelle gare
- **Contexte**
  La gare de Cagnes-sur-Mer
  doit faire l'objet d'un réaménagement.

**Le projet de transformation du quartier de la gare à Cagnes-sur-mer**

- **Nature du document**
  Plan d'aménagement
- **Auteur**
  Non précisé
- **Thème**
  Le projet de transformation du quartier d'une gare
- **Contexte**
  Les auteurs de l'étude de projet publient une proposition d'aménagement.

## Répondre aux questions

▶ **2.** La deuxième partie du document recense les acteurs de ce projet. Attention : une collectivité territoriale est une structure administrative – distincte de l'État – qui gère un territoire précis. Ni l'État, ni SNCF Gares & Réseaux ne sont donc des collectivités territoriales.

▶ **3.** Repère dans le document 2 les différentes catégories de personnes qui utilisent la zone de la gare.

▶ **4.** Les aménagements sont indiqués dans le document 2, mais tu peux mieux les comprendre en lisant la dernière partie du document 1.

▶ **5.** La question finale reste centrée sur l'exemple local. Rédige quelques paragraphes en reprenant les principaux thèmes abordés dans les questions précédentes.

# 57 CORRIGÉ GUIDÉ

▶ **1.** Un certain nombre de difficultés justifient des travaux d'aménagement dans le quartier de la gare de Cagnes-sur-Mer. On peut citer :

– « le confort acoustique » : le trafic routier proche de la gare génère beaucoup de nuisances sonores ;

– le stationnement, dont « les capacités d'accueil sont insuffisantes » ;

– « l'accessibilité routière », car l'avenue de la gare « n'est plus adaptée au trafic ».

> **ATTENTION**
> Les extraits significatifs du texte doivent être cités entre guillemets.

▶ **2.** Parmi les acteurs mentionnés dans le document 2, on peut relever des collectivités territoriales comme la région Provence-Alpes-Côte d'Azur et le département des Alpes-Maritimes.

▶ **3.** Les aménagements indiqués sur le document 2 prennent en compte la diversité des usagers du quartier de la gare : les piétons, y compris les personnes à mobilité réduite, grâce au nouveau parvis ; les cyclistes avec les vélos en libre-service ; les automobilistes qui disposeront d'un parking relais de 280 places, équipé en bornes de recharge électrique ; les voyageurs désireux de se déplacer dans la ville, avec l'installation d'une station de taxis.

▶ **4.**

| Améliorer l'utilisation des infrastructures de transport | Améliorer le cadre de vie des habitants du quartier de la gare |
|---|---|
| • stations de taxis<br>• vélos en libre-service<br>• nouvelle gare<br>• parking relais avec bornes de recharge électrique | • parvis piétonnier accessible aux personnes à mobilité réduite<br>• végétalisation pour éviter les îlots de chaleur<br>• nouveaux commerces |

▶ **5.** Le site de la gare est devenu inadapté au trafic. La population et le trafic de voyageurs semblent avoir beaucoup augmenté dans les dernières décennies à l'échelle régionale : « l'unique voie d'accès, l'avenue de la gare, n'est plus adaptée au volume du trafic. » Cette inadaptation résulte de la forte croissance démographique enregistrée par la région.

• De plus, les équipements ne sont plus en phase avec les enjeux environnementaux récents. On s'efforce aujourd'hui de favoriser les mobilités douces. Cela explique la création d'un parking relais, du parvis piétonnier et l'installation de vélos en libre-service.

• Enfin, la qualité de vie à l'échelle locale fait partie intégrante du projet d'aménagement. Elle concerne autant les voyageurs, qui bénéficient d'une nouvelle gare « laissant entrer la lumière et la ventilation naturelles », que les habitants du quartier, qui profiteront d'un parvis végétalisé, « permettant d'éviter l'imperméabilisation des sols et les îlots de chaleur ». Ces deux phénomènes font en effet partie des contraintes fortes en milieu méditerranéen.

# Une société française réformée (années 1950 à 1980)

**MAÎTRISER LES DIFFÉRENTS LANGAGES**

45 minutes
20 points

**INTÉRÊT DU SUJET** • Après la guerre, la France se reconstruit et s'enrichit. La prospérité favorise les réformes qui mettent en place une société plurielle et plus émancipée, bien que les inégalités subsistent.

▶ **1.** Rédigez un développement construit d'une vingtaine de lignes dans lequel vous décrirez les transformations de la société française des années 1950 aux années 1980 en vous appuyant sur des exemples. *(14 points)*

▶ **2.** Utiliser des repères historiques *(6 points)*
Après avoir lu le texte ci-dessous, répondez aux consignes sur la frise chronologique (voir page suivante).

**DOCUMENT**

Yvette Roudy est une journaliste et femme politique française. Née en 1929, elle est trop jeune pour voter lorsque les femmes obtiennent le droit de vote. Engagée dans les actions pour la reconnaissance des droits des femmes **tout au long de la Ve République**, elle devient ministre des Droits de la femme après la première victoire de François Mitterrand à la présidence de la République. Elle complète la loi Veil sur l'interruption volontaire de grossesse (IVG) en mettant en place le remboursement de celle-ci et se bat pour l'égalité professionnelle entre hommes et femmes.

**a)** Coloriez à l'intérieur de la frise chronologique la période évoquée en gras dans le document, en indiquant sur la frise chronologique l'année où débute cette période.

**b)** À partir du texte :
– Replacez chacun des trois événements soulignés dans le cadre qui convient.
– Indiquez la date de chacun de ces événements.
– Reliez chaque cadre à la date qui convient sur la frise chronologique.

| Événement : ............ | Événement : ............ | Événement : ............ |
|---|---|---|
| ............................... | ............................... | ............................... |
| ............................... | ............................... | ............................... |
| Date : ..................... | Date : ..................... | Date : ..................... |

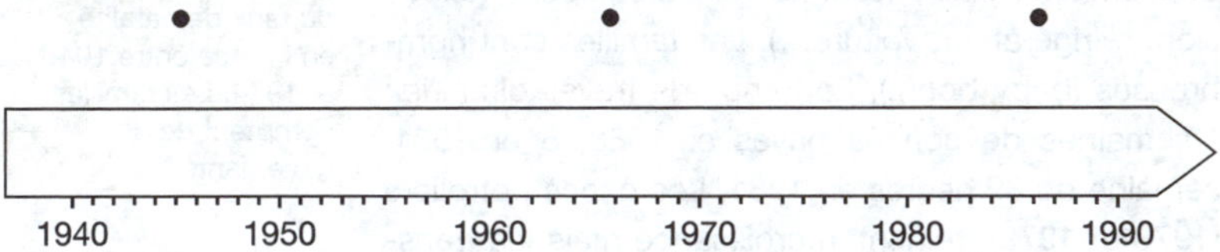


## LES CLÉS DU SUJET

### Analyser le sujet de développement construit (▶ 1)

• Le sujet porte sur ce qui change (« transformations »). La notion de « société » renvoie aux habitudes économiques, sociales et culturelles.

• La période à traiter s'étend des Trente Glorieuses au premier mandat de François Mitterrand compris.

### Organiser ses idées

**Décrire les changements par thème mais, pour chacun d'eux, présenter les exemples en suivant la chronologie**

En introduction, commence par rappeler que la France sort ruinée de la guerre et que les années qui suivent sont plutôt fastes.

❶ Évoque d'abord la croissance économique parce que la prospérité favorise les autres transformations.

❷ Sur le plan social, appuie-toi sur les lois que tu connais en précisant les dates.

❸ Rédige une troisième partie décrivant les nouveaux comportements qui annoncent des évolutions sociétales après 1990.

❹ Conclus en évoquant les réactions hostiles qu'elles suscitent.

# 58 CORRIGÉ **GUIDÉ**

▶ **1.** La France sort ruinée de la guerre. Les années qui suivent sont dites « glorieuses ». La prospérité favorise l'enrichissement des Français et l'avènement de nombreux changements.

• De 1950 à 1973, la France connaît une croissance forte (5 % par an) et le plein emploi. Elle fait venir des ouvriers de l'étranger. Conquis par la société de consommation, les Français s'équipent (télévision, réfrigérateur, voiture…). Les familles sont nombreuses (baby boom). Le temps de travail diminue : 4 semaines de congés payés en 1968, 5 en 1981, semaine de 39 heures en 1981. Les chocs pétroliers (1973 et 1979) freinent la croissance mais les transformations se poursuivent.

> **INFO+**
> Le baby-boom est une période d'augmentation du taux de natalité en France entre 1946 et 1974. Les familles comptent de 3 à 5 enfants.

• Les femmes obtiennent de nouveaux droits. À partir de 1965, elles peuvent travailler sans l'autorisation de leur mari. Les lois Neuwirth (contraception libre, 1967) et Veil (IVG, 1975) bouleversent leur rapport à la sexualité et à la maternité. La crise de 1968 précipite des réformes dans l'enseignement. La suppression de la sélection à l'entrée des universités profite aux jeunes issus d'un enseignement secondaire démocratisé (collège Haby, 1975).

> **INFO+**
> La loi Haby institue le collège « unique », identique pour tous. Les enfants reçoivent une même éducation jusqu'à 16 ans.

• La victoire de la gauche (1981) prolonge les transformations sociétales. La peine de mort est abolie, les médias (radio et télévision) se libéralisent. La pratique religieuse recule. L'union libre ou l'homosexualité sont mieux acceptées.

• De 1950 à 1989, la société française s'est profondément transformée. D'autres ruptures s'annoncent, mais elles suscitent des réactions négatives des milieux conservateurs.

▶ **2. a)** et **b)**

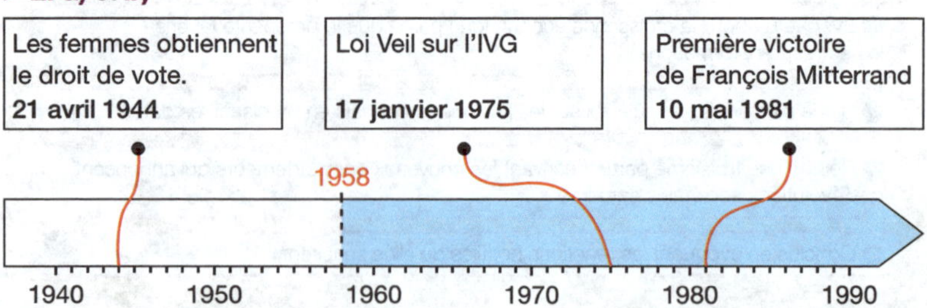

# Le don de sang, un engagement citoyen

**ENSEIGNEMENT MORAL ET CIVIQUE**

**25 minutes**
**10 points**

**INTÉRÊT DU SUJET** • Le don de sang est une forme d'engagement citoyen. Les aspects sanitaires de la solidarité nationale prennent un relief particulier depuis la pandémie de Covid-19.

**DOCUMENT 1** **Campagne de l'Établissement français du sang**

Source : https://ville-fouesnant.fr/en-une-heure-vous-pouvez-sauver-trois-vies/, publié le 18 décembre 2020.

DOCUMENT 2 **La campagne des « ambassadonneurs »**

**Qu'est-ce qu'un « ambassadonneur » ?**

Un « ambassadonneur » communique autour de lui son intérêt pour le don de sang et sensibilise son entourage (famille, amis, collègues, voisins, réseaux etc.) à l'importance de celui-ci !

Cet engagement peut se manifester de différentes manières, par exemple :

- Devenir relais dans son entreprise, établissement scolaire, association etc. ;
- Relayer sur les réseaux sociaux l'importance du don de sang ;
- Encourager son entourage à donner son sang ;
- Faire partie d'une communauté active « d'ambassadonneurs » ;
- Animer des séances de sensibilisation au don de sang ;
- Organiser des collectes de sang ou des minibus don de sang ;
- S'investir dans une association de donneurs de sang bénévoles.

**Pourquoi être un « ambassadonneur » ?**

Tout le monde peut être un « ambassadonneur » que l'on donne son sang ou non. Vous n'y avez peut-être jamais pensé mais partager son intérêt pour la cause du don de sang avec ses proches, ses amis, ses collègues, etc. constitue le meilleur moyen de recruter de nouveaux donneurs. Pour cela, pas besoin de grands discours ! Des explications simples et concrètes sur le don de sang et ses bénéfices constituent le meilleur moyen de sensibiliser votre entourage à l'importance de donner.

Source : site de l'EFS (Établissement français du sang) Grand Est, 13 novembre 2018.

### DOCUMENT 1

▶ **1.** Expliquez l'importance du don du sang.

### DOCUMENT 2

▶ **2.** Relevez deux manières de participer à la campagne « ambassadonneurs ».

### DOCUMENTS 1 ET 2

▶ **3.** Quelle valeur républicaine peut être associée au don du sang ?

▶ **4.** Le CVC (conseil de vie collégienne) de votre établissement choisit de s'engager dans la campagne « ambassadonneurs ». Rédigez un texte d'une dizaine de lignes destiné aux parents d'élèves, afin de les sensibiliser à l'importance du don du sang et de les convaincre que le don du sang est une forme d'engagement citoyen.

## LES CLÉS DU SUJET

### Comprendre les documents

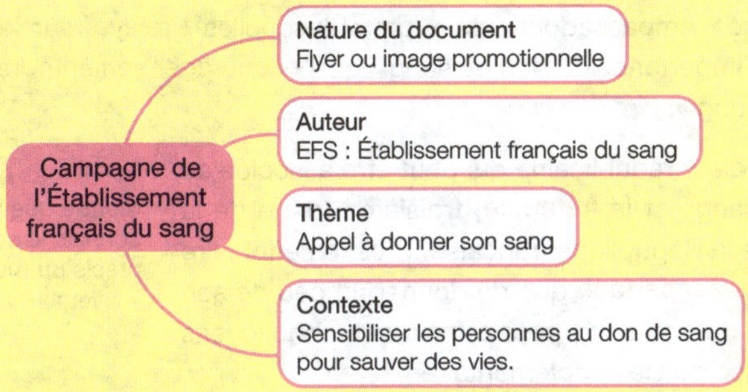


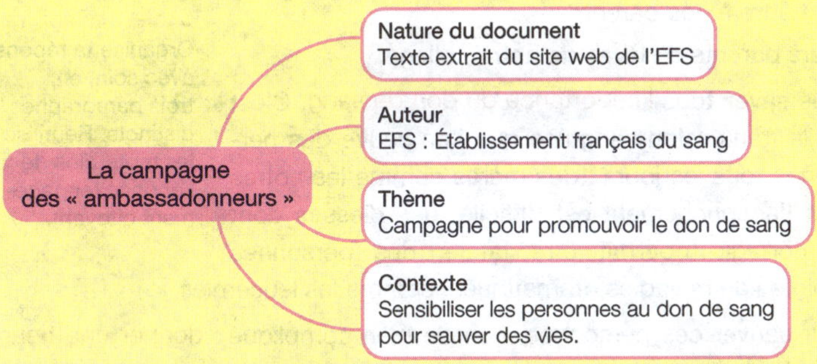


### Répondre aux questions

▶ **1.** Donne l'idée générale, puis développe les trois exemples fournis par le document.

▶ **3.** Une valeur est un idéal partagé. La devise de la République exprime ses valeurs essentielles.

▶ **4.** Après avoir précisé à qui tu t'adresses, tu peux commencer par rappeler l'importance du don de sang, puis expliquer la procédure. Ensuite, montre l'importance de ce geste en termes d'engagement citoyen. Termine ton texte par un slogan rappelant l'essentiel.

## 59 CORRIGÉ GUIDÉ

▶ **1.** Le don de sang est d'une extrême importance car il permet de sauver des vies. Dans de nombreuses situations médicales, les malades doivent recevoir du sang ou certains de ses composants : des globules rouges lors d'hémorragies, des plaquettes dans le cas de maladies comme les leucémies, du plasma dans le traitement de certaines maladies chroniques.

▶ **2.** Le document 2 présente sept manières différentes de participer à la campagne « ambassadonneurs », parmi lesquelles « relayer sur les réseaux sociaux l'importance du don de sang » ou « encourager son entourage à donner son sang ».

▶ **3.** La valeur républicaine qui peut être associée au don de sang est la fraternité, troisième terme de la devise de la République française. C'est en effet faire vivre cet idéal partagé que de donner un peu de son temps et de son sang pour offrir à nos concitoyens une chance de vie supplémentaire.

> **GAGNE DES POINTS**
> Montre que tu connais le sens précis du mot-clé « valeur ».

▶ **4.** Lettre à nos parents

Chers parents d'élèves de notre collège,

Vous savez tous l'importance du don de sang. C'est par la transfusion sanguine que l'on sauve des personnes tous les jours : des mères comme les nôtres dont l'accouchement est difficile, des blessés dont l'hémorragie pourrait être fatale, des personnes atteintes de maladies dramatiques, comme les leucémies.

> **GAGNE DES POINTS**
> Organise ta réponse avec soin, en trois paragraphes distincts. Réutilise les mots-clés de l'énoncé (engagement citoyen).

Pour sauver ces personnes, rien de bien compliqué : donner une heure de votre temps pour sauver trois vies. Il suffit d'être en bonne santé, de peser au moins 50 kg et de se munir d'une pièce d'identité. Tout le monde peut le faire. Tout le monde, mais pas nous : nous n'avons pas encore 18 ans.

Vous pouvez ainsi réaliser ce que votre enfant ne peut pas encore faire. Vous pouvez sauver des vies, et faire ainsi vivre une des valeurs fondamentales de notre République : la fraternité. Donner son sang est ainsi un acte d'engagement citoyen au service de tous.

Donnez ! C'est vital !